崤函唐诗之路

李久昌 编著

陕西新华出版
三秦出版社

图书在版编目（CIP）数据

峭函:唐诗之路/李久昌编著.—西安:三秦出版社,
2023.5
ISBN 978-7-5518-2730-0

Ⅰ.①峭… Ⅱ.①李… Ⅲ.①唐诗—诗歌研究
Ⅳ.①I207.22

中国国家版本馆 CIP 数据核字(2023)第 020091 号

崤函:唐诗之路

李久昌 编著

出品人 支旭仲
策划人 何飞燕 贾 云
责任编辑 何飞燕 胡若涵 胡艳丽
责任校对 张依晨 李梦悦
出版发行 三秦出版社
社 址 西安市雁塔区曲江新区登高路 1388 号
电 话 (029) 81205236
邮政编码 710061
印 刷 陕西隆昌印刷有限公司
开 本 850mm×1168mm 1/32
印 张 14.5
字 数 450 千字
版 次 2023 年 5 月第 1 版
印 次 2023 年 5 月第 1 次印刷
标准书号 ISBN 978-7-5518-2730-0
定 价 68.00 元

网 址 http://www.sqcbs.cn

前　言

“崤函”是一个古代地名，最早见载于先秦史籍《战国策》。《战国策·秦策一》记载战国著名纵横家苏秦始将连横，游说秦惠王云：“大王之国，……东有肴、函之固。”苏秦之后，“崤函”一词开始大为流行，并有狭义、广义之分。狭义的崤函，是对崤山和函谷关的合称。崤山在河南西部，是秦岭东段的支脉。函谷关在河南灵宝东北，一侧崤山，一侧黄河，是战国秦国创建的首要关隘。广义的崤函，指崤山和函谷关所在的区域，东至河南新安，西至陕西潼关。崤函古道便是古代经行崤函及其毗邻地区的交通线路的总称，其所连接的是最能彰显中国古代煌煌盛景的长安、洛阳两大都城。

崤函古道的形成，与西周初期丰镐、洛邑两京制度的建立有直接关系。西周初期，周公继承武王遗志，营建东都洛邑，作为东方统治中心，开创首都宗周丰镐与陪都成周洛邑并行的两京制。应两京制的需要，周王室大规模修筑连接东西两京的国家级交通干道——周道，自丰镐直达洛邑。西周这条经行崤函、连接两京的周道，就是崤函古道交通线路。可见，崤函古道从一开始就与中国古代都城制度史上最具特色和创造力的两京制度密切地联系在一起。

自西周开创丰镐与洛邑东西两京制，直至唐末的两千年间，长安与洛阳构成我国古代历史上十分奇特的“双都轴心”，联袂主导了我国古代最为辉煌的文明发展阶段。崤函地区地处两京之间，东距洛阳 140 余千米，西距长安 240 余千米，独特的地理位置以及与周围地理环境的特定关系，使其成为长安与洛阳沟通和交往不可或缺的中间地带和主要通道，同时又是东进中原、西出关中的门户和中原王朝锐意经营的黄河漕运上的重要中转站。历史上，两京之间，无论是皇帝、官员、平民的往来通行，还是商贸物资的运输，都必须穿行崤函古道。

唐代是中国历史上最鼎盛的一个朝代，也是崤函古道交通最为繁荣的时期。在已有基础上,唐代崤函古道不断丰富和发展,拥有发达的水陆双轨交通体系。

陆路交通线路,西起关中盆地东侧的门户潼关,东至洛阳的西出道口新安与宜阳,全程400多千米,以陕州城为中心,分为东西两段。西段函谷道自潼关进入豫西山地,沿黄河南岸东行,经桃林塞、阌乡、湖城、虢州、函谷关、灵宝至陕州,全长约130千米。东段崤山道从陕州到洛阳,有南、北两道。南道即崤山南路、南崤道,由陕州故城沿青龙涧河东南行,经交口、南硖石,溯青龙涧支流雁翎关水(古称"安阳溪水")越崤山,沿洛河支流连昌河东南至宜阳三乡,再沿洛河谷地北上至洛阳,全程约130千米。南道虽然道路迂曲,但路较平坦,景色亦佳,利于行旅,故唐时以崤山南路为主线,官员及使臣一般走此路。北道即崤山北路、北崤道,由陕州故城沿青龙涧河东行,经交口、北硖石、渑池,过义马、新安,沿谷水抵洛阳,全程约140千米。北道道路较直,但多山险,民间私行较多。水路交通,即著名的黄河三门峡漕运河段,西至陕州,东至新安八里胡同,长130余千米,大体与崤函古道陆路平行。源源不断的江南财物通过新修的大运河运至洛阳,再经崤函古道通过水运或陆运运至陕州,后转漕长安。黄河漕运成为保障唐王朝政治和经济的一道生命线。

唐代的崤函古道不仅是一条繁忙的交通道路,也是一条唐代诗歌生产和传播之路。有唐一代,几乎所有的诗人都曾在此行旅漫游,穿梭其间,众多诗人在这里接踵踏歌,吟咏不绝,在这条五百里的道路上留下隽永的诗篇,铺就了一条以崤函古道交通主线为纽带的唐诗之路。

崤函古道之所以能在唐代成为一条诗歌之路,关键因素是唐代长安、洛阳东西两京制度及唐代诗歌的繁荣。唐以长安、洛阳为两京,交通干线亦以两京为中轴,以长安、洛阳为轴心,向四面八方辐射。崤函古道作为连接东西两京的枢纽大道,在全国驿路中居于核心地位,在唐王朝政治运作中具有其他任何道路都无可比拟的价值和作用。这是崤函古道产生大量优质唐诗的根本前提。与其他地方的唐诗之路相比较,崤函古道不仅线路更加明确、发达,而且行旅极盛,呈现出三大特征,直接促进了崤函唐诗之路的形成。其一,皇帝行幸多。开元以前,唐帝频频行幸洛阳。每次行幸,从驾文官成群结队,首尾一般耗时二十天,多者三十天,免不了作诗唱和,直接带动了唐诗的创作。其中虽不乏歌功颂德、粉饰太平之语,但所反映的内容代表着当时主流的文化和审美,推进了诗歌美感形式建设,为促进唐诗的全面发展打下了坚实的基础。其二,官员使者多。崤函古道沟通两京,官员出使、赴任、离任、游历、避乱都经行此道,一些入幕府任幕僚者也经这里来去,可以说崤函古道上来往者的数量以及职业或身份的广度都十分惊人。"两京间驿家,缘使命极繁。""驿骑星轺尽疾驱。……日驰一驿向东都。""百官月月拜章表,驿使相续长安道。""憧憧洛阳道,日夕皇华使。"唐代官员大都能诗能文,在匆匆的旅途中,往往会将所见所感用诗歌这种自由方便、灵巧精致的文体表现出来。这也是崤函古道有大量诗歌产生的重要原因。其三,求进举子多。两京是科举选拔人才的中心,连接两京的崤函古道是唐代举子赴考的必经之路,唐代文人大多都有穿梭两京应试赶考的经历,有的甚至多次经由崤函古道赴考。岑参记述自己的科举经历:"出入二郡,蹉跎十秋。"吕温诗云:"一沾太常第,十过潼关门。""十秋""十过"都极言多次往返,真切地记述了唐代文人频频经行崤函古道,与崤函古道结下深厚情缘。唐代科举以诗赋取士为重,举子本身通常也是诗人,他们用诗的形式记述行旅感受,举凡沿途风物、社会生活乃至个人心灵,都在他们笔下得到充分的表现。此外,唐代文人来崤函地区做官或寓居,也留下了不少诗作。如诗人岑参任虢州刺史三年,创作了四十余首诗歌;王勃、元稹、王建、李商隐、卢纶、韦庄、吴融等也都在做官或寓居崤函期间,创作了不少诗歌佳作。唐代诗人为官崤函、隐居崤函,使得这一区域文化发达、诗歌繁盛。李贺、姚合等本土诗人的崛起,更给崤函唐诗增添了一抹绚丽的色彩。

发达的交通条件,为崤函唐诗之路的形成提供了坚实的交通支撑和物质保障。崤函古道作为唐代法定的"大路驿",其交通建设极具典型意义。唐王朝在沿线设陕州、虢州、河南府,加强对沿线一带的建设经略,又在沿线置行宫16座、驿站22所,行宫、驿站设置最为密集。白居易《西行》描述了崤函古道风景宜人、使人行旅愉悦的情形:"寿安流水馆,硖石青山郭。官道柳阴阴,行宫花漠漠。"行在驿路,宿在驿站,成为唐代文人一种重要的生存状态。驿站中的人际交往和驿路沿途的游玩、赏景成为他们重要的活动内容,因此驿站、驿路也成为他们聚会、谈艺、作诗最为频繁的场所。刘禹锡《送王司马之陕州》的“两京大道多游客,每遇词人战一场”,十分形象地描述了唐人在崤函古道上交往酬唱赋和的盛况。发达的交通条件对唐诗创作起到了促进作用,驿路通达、驿站舒适与诗歌创作的繁荣,呈现复合共生的状态。发达的驿路和驿站是形成崤函唐诗之路的重要因素。

独特的地域文化,浓厚的历史人文积淀,给崤函山水注入了内蕴,助力了崤函唐诗之路的形成。先秦以来,崤函古道便是东西交通大道,崤函地区在中国历史发展的长河中扮演着重要角色,历史人物经历多,历史事件发生多,历史名胜和传说多,形成密集而厚重的文化景观和独特的地域文化优势,这是崤函地区最为鲜明、最引人瞩目的景观所在,足以引发行走在崤函古道上的诗人嗟叹咏歌,成为唐人诗兴勃发的催化剂,从而在沿途留下不少优美动人的诗篇。其题材,有咏史怀古,有交游送别,有羁旅思乡,有山水田园,还有长篇叙事。其年代,有初唐、盛唐、中唐、晚唐,涉及唐朝各个时期。其作者,有如李贺、宋之问这样的本地诗人,更多的是经行于崤函古道的外地诗人。其身份,有唐帝,有朝臣,有举子,有僧人等。几乎唐代所有著名诗人都曾经行此道,如李白、杜甫、白居易、李商隐、李贺、王维、王勃、王建、张九龄、宋之问、韦应物、刘长卿、杜牧、许浑、岑参、刘禹锡、韩愈、元稹、罗隐、姚合、韦庄、吴融等都有崤函相关诗作传世,有的诗作还成为诗人的代表作品而千古传诵,如杜甫“三吏”“三别”、元稹《连昌宫词》、韦庄《秦妇吟》、许浑《秋日赴阙题潼关驿楼》等都堪称唐诗名篇。崤函古道厚重的文化积淀与山水形胜相互交融,成为唐代诗人取之不竭的诗材,促成了崤函唐诗创作的发达和崤函唐诗之路的形成。

据统计,唐代诗人在崤函古道上创作的诗歌数量有1300多首,作者有400多人,题材十分丰富。本书从中选录佳作434首,涉及作者128人,汇为一册,为崤函古道是典型的唐诗之路提供了最有力的实证,既充分展示了古人为我们留下的宝贵文化遗产,又为唐诗爱好者了解崤函唐诗之路提供一点导引与便利,为读者行走崤函，领略崤函山水之壮美，了解人文地理之魅力，进而提升民族自豪感和文化自信，提供一点生动的资料。读者手持这本书，可以依诗寻踪，寻访唐代诗人的崤函古道行迹，欣赏和领略唐诗与崤函古道的内在联系；还可以一册在手，随着唐代诗人行吟之路，而做快意的神游。

为此，在编撰过程中，编者主要考虑了以下几点：其一，所选唐诗以唐代崤函古道交通线路为限。据唐李吉甫《元和郡县图志》载，崤函古道所经区域有关内道华州和河南道虢州、陕州及河南府三州一府，今属陕西省渭南市潼关县，河南省三门峡市的灵宝市、陕州区、湖滨区、渑池县、义马市，河南省洛阳市的宜阳、洛宁、新安三县。其二，所选唐诗包括诗人经行崤函古道时所作，以及虽非亲临，但内容涉及崤函古道之自然物象与人文意象、反映古道标志物的诗歌。两部分作品的共同特征是它们都离不开崤函古道交通线，特别是这条交通线在文化上对它们的影响。其三，所选唐诗主要出自中华书局 1999 年版《全唐诗》（增订本）及《全唐诗补编》，同时以诗人别集为参考，旁及旧地方史志、新出碑刻等。凡选诗皆注明出处及具体卷数。一些诗歌过长，视情况只收录与崤函相关部分。其四，本书篇章整体按照唐代崤函古道交通线路自西向东走向编排，具体篇章划分则以当时的行政区划为准，诗歌编排顺序则以《全唐诗》收录顺序为依据。部分诗作内容通言崤函古道行旅感受，无法确切地编排在当时某一具体行政区域内的，则归入总说篇——“古道纵游”。其五，题解、注释不求面面俱到，旨在帮助读者了解诗人创作背景及诗作的情况，文字尽量简略，内容力求突出学界最新研究结论。诗歌系年、系地，能考证者，尽力而为；有成说者，主要采用学界基本认同的观点；有多说者，择善而用。以往注释疑有误者，尽力改之。

限于学养和水平，选编、注释难免存在不足，敬请专家学者和读者指正。

目录

潼关位于陕西省渭南市潼关县，地处关中平原东端，既是崤函古道西端的起点，也是中国古代最为著名的关隘之一。潼关东接河南灵宝，西连陕西华阴，南依秦岭，北临黄河、渭河，自古就是关中的东大门，是军事要塞和兵家必争之地。

潼关建关始于东汉，以潼水得名，关址在今潼关县秦东镇杨家庄村北的麟趾原上。隋大业七年(611)，潼关北迁到秦东镇禁沟口的坑兽槛谷，南距汉潼关四里。隋亡后，唐朝仍在此设防约 80 年。武则天天授二年(691)，又将关城北移至沿河大路上，新筑关城。新关城北临黄河，南依山势而建。宋、金、元三代仍在唐潼关城依险设防。明清时期又在唐宋关城基础上做大规模的扩建，城池空前扩大，周长十里，先后为潼关卫、厅、县治所在地。1959 年，因修建三门峡水库，潼关县城迁至原上的吴村，老潼关城仅残留南、北门等遗迹。

唐代，潼关为六大上关之一，先隶长安，后隶虢州。唐代宗宝应元年(762)改属华州(治今陕西省渭南市华州区)。唐肃宗时设潼关防御、镇国军使，后更设华州潼关节度使，以重兵镇守潼关。潼关城内设有潼关驿，在城西二里许设关西驿，驿有驿亭、驿楼。对唐代诗人而言，潼关是出入长安必经之处，故众多诗人于潼关吟咏不绝。崤函唐诗之路上众多的优秀诗篇，就从这里开始咏唱。

潼　关

入潼关

李世民

载《全唐诗》卷一

崤函称地险[一]，襟带壮两京[二]。
霜峰直临道，冰河曲绕城。
古木参差影，寒猿断续声。
冠盖往来合，风尘朝夕惊。
高谈先马度，伪晓预鸡鸣[三]。
弃繻怀远志[四]，封泥负壮情[五]。
别有真人气[六]，安知名不名。

唐太宗三次经行潼关，但冬季入潼关仅有一次，在贞观十五年(641)十一月下旬，诗当作于此次自洛阳还京入潼关时。诗作抒写潼关的雄壮险要及冠盖往来的喧闹，表达了一代帝王励精图治、志在功成的雄大襟怀。“崤函称地险，襟带壮两京”是吟咏崤函的名句。

【注】

[一]崤函，狭义指崤山和函谷关，广义指崤山和函谷关所在的区域。崤山为秦岭东段支脉，在今河南西部洛河与黄河之间；函谷关建于战国秦惠文王时，因在函谷之中而得名，故址在今灵宝函谷关镇王垛村。

[二]两京，指西京长安和东京洛阳。

[三]伪晓，战国时，孟尝君逃出咸阳，夜半至函谷关，门客学鸡鸣，引得雄鸡齐鸣，孟尝君顺利过关，逃出秦国。后人在门客学鸡鸣处建鸡鸣台。故址在秦函谷关城西关门外，今改建在太初宫北。

[四]弃繻，典出西汉终军入函谷关事，后用以表示志在显通，后果成功。繻，帛制的出入关津的凭证，分两半，过关时验合。

[五]封泥，东汉初，隗嚣割据西北，部将王元请以一丸泥东封函谷关。意谓函谷关地势险要，用极少的力量就可据守。

[六]真人，指老子。春秋时，老子西游，函谷关令尹喜见有紫气浮关，是老子乘青牛而过，遂留之。

潼关口号

李隆基

载《全唐诗》卷三

河曲回千里[一]，关门限二京。
所嗟非恃德[二]，设险到天平。

此诗为唐玄宗开元十二年(724)冬十一月东幸洛阳经行潼关时所作的一首口号诗。因此诗乃唐玄宗随口吟诵而成，故称“口号诗”。诗写唐玄宗经行潼关时所见的千里河流回环、雄关分割二京的壮丽景色，表达了他险不可恃、仁德为上的治国主张，洋溢着他以德治国、使天下太平的信心。

【注】

[一]河曲，指潼关一带黄河迂曲处。

[二]恃德，凭借功德。

述怀

魏徵

载《全唐诗》卷三十一

中原初逐鹿，投笔事戎轩[一]。纵横计不就[二]，慷慨志犹存。杖策谒天子，驱马出关门。请缨系南粤[三]，凭轼下东藩[四]。郁纡陟高岫，出没望平原。古木鸣寒鸟，空山啼夜猿。既伤千里目，还惊九逝魂。岂不惮艰险，深怀国士恩。季布无二诺[五]，侯嬴重一言[六]。人生感意气，功名谁复论。

唐高祖武德元年(618)十月，李密率魏徵等入长安归降唐朝，其旧部徐世勣仍控制着山东地区，不愿降唐。魏徵不畏艰险，自请前往安抚。此诗即作于魏徵此次奉使出潼关之时。诗写诗人在隋末群雄逐鹿时投笔从戎，不惮艰险、勇往直前的豪迈气概，表达了诗人为唐王朝建功立业的决心。清沈德潜《唐诗别裁集》评价此诗："气骨高古，变从前纤靡之习，盛唐风格，发源于此。"

【注】

[一]投笔，用东汉班超投笔从戎的典故。

[二]纵横，合纵连横。这里指魏徵曾向李密献策。

[三]请缨，用西汉终军出使南越的故事。

[四]凭轼，驾车。

[五]季布，秦末汉初人，以任侠重然诺著名。

[六]侯嬴，战国时魏国信陵君的门客，受信陵君礼遇，在信陵君窃符救赵时，许以死送行。至期，果自杀。

奉和入潼关

许敬宗

载《全唐诗》卷三十五

曦驭循黄道[一]，星陈引翠旗。济潼纡万乘[二]，临河耀六师[三]。前旌弥陆海，后骑发通伊[四]。势逾回地轴，威盛转天机。是节岁穷纪，关树荡凉飔。仙露含灵掌[五]，瑞鼎照川湄[六]。冲襟赏临眺，高咏入京畿。

此诗是奉和唐太宗《入潼关》之作，作于贞观十五年（641）十一月诗人随幸回京途经潼关时。奉和，亦称奉和圣制，是指皇帝先作诗，然后各大臣和作。诗写潼关树木在冬季的疾风激荡下透着寒气，唐太宗的万乘六师在彩旗飘飘中临河度关，展现出大唐天子的恢宏气概。

【注】

[一]曦驭，羲和驭车，指太阳运行。此处指太宗的御驾。黄道，古人想象中太阳运行的轨道。此处指天子经行的道路。

[二]潼，指潼水，源自陕西华阴，北经潼关入黄河。

[三]河，指黄河。

[四]伊，伊河，又称伊水，是洛河的主要支流。

[五]灵掌，指华山东峰的仙人掌。

[六]瑞鼎，汉武帝“得鼎汾水上”，以为瑞兆，遂改元元鼎。事见《汉书·武帝纪》。川湄，指黄河岸边。

奉和圣制度潼关口号

张九龄 载《全唐诗》卷四十九

嶙嶙故城垒[一]，荒凉空戍楼。
在德不在险[二]，方知王道休。

此诗是诗人奉和玄宗《潼关口号》之作，作于开元十二年（724）十一月随玄宗东幸洛阳途经潼关时。诗借写潼关城垒嶙嶙、戍楼空空的荒凉景象，赞颂唐玄宗“在德不在险”的治国理念。

【注】

[一]嶙嶙，此处指城垒拔地而起的突兀的样子。垒，指城墙及防守工事。

[二]在德不在险，意谓君临天下靠的是政德而不是坚固的天险城防。典出《史记·孙子吴起列传》。

奉和圣制过潼津关

苏 颋

载《全唐诗》卷七十四

在德何夷险，观风复往还[一]。
自能同善闭[二]，中路可无关。

此诗是奉和玄宗《潼关口号》之作，作于开元十二年(724)十一月随玄宗东幸洛阳途经潼关时。潼津关即潼关。诗赞美玄宗多次巡幸潼关观风，歌颂盛世明君的仁德治国。

【注】

[一]观风，指天子巡幸，观察民风与执政得失。

[二]善闭，善于锁闭。《老子》："善闭，无关楗而不可开；善结，无绳约而不可解。"

题潼关楼

崔颢

载《全唐诗》卷一百三十

客行逢雨霁，歇马上津楼[一]。
山势雄三辅[二]，关门扼九州[三]。
川从陕路去[四]，河绕华阴流[五]。
向晚登临处，风烟万里愁。

这首诗是崔颢途经潼关，在骤雨初晴后登上关楼眺望山川时的触景生情之作，抒发了诗人的乡愁。诗写潼关雨后初晴的景象：山势雄伟，关门险峻，扼守三辅九州，黄河环绕华阴，又奔腾着沿陕路而去。景色虽美，在诗人眼中却又是一座风烟万里的离别之关，一条系满惆怅的“万里离别路”。周珽《唐诗选脉会通评林》评价此诗：“天造地设，险要通衢，远近在目，极畅登临大观。”

【注】

[一]津楼，即潼关楼，因潼关地处津要，故称。

[二]三辅，汉景帝时，左、右内使和主爵都尉合称“三辅”，汉武帝时改为京兆尹、左冯翊、右扶风。三位官员所治地区相当于关中一带，后世因称关中地区为“三辅”。

[三]九州，相传大禹治水时将中国分为九州。后泛指全国。

[四]陕路，即古陕陌，汉称陕县，地处长安与洛阳之间。

[五]河，即黄河。在潼关北面，黄河由北向南流来，在潼关和对面的风陵渡之间折而向东。华阴，此指华山之北。

送朱大出关

陶翰

载《全唐诗》卷一百四十六

楚客西上书[一]，十年不得意。平生相知者，晚节心各异。
长揖五侯门[二]，拂衣谢中贵。丈夫多别离，各有四方事。
拔剑因高歌，萧萧北风至。故人有斗酒，是夜共君醉。
努力强加餐，当年莫相弃。

这是一首送友人还乡的赠别诗。朱大，楚地人，姓名与生平皆不详，多次进京应举，十年不中，遂拂衣离京出关而去。陶翰为之饯别，作诗送行。出关，即出潼关。诗中既为友人的怀才不遇鸣不平，悲叹世态炎凉，又赞赏友人的高洁品格与爽朗性格，劝他积极进取，以图未来。

【注】

[一]楚客，从楚地而来的客人，此处指朱大。

[二]五侯，汉成帝封舅父王谭、王商、王立、王根、王逢时为侯，五人同日得封，时称五侯；东汉梁冀之子胤、叔父让及亲从淑、忠、戟等皆封侯，称梁氏五侯；东汉桓帝封宦官单超、徐璜、具瑗、左悺、唐衡五人为侯，也称五侯。后因称朝廷权贵为五侯。

关门望华山

刘长卿

载《全唐诗》卷一百四十九

客路瞻太华[一]，三峰高际天[二]。夏云亘百里，合沓遥相连。雷雨飞半腹，太阳在其巅。翠微关上近，瀑布林梢悬。爱此众容秀，能令西望偏。徘徊忘暝色，泱漭成阴烟。曾是朝百灵，亦闻会群仙。琼浆岂易挹，毛女非空传[三]。仿佛仍伫想，幽期如眼前。金天有青庙[四]，松柏隐苍然。

诗人在开元、天宝中，多次由洛阳赴长安应试，往来均经过潼关，此诗当作于某次经行潼关之时。诗题中，关门指潼关门。华山，即西岳华山，在今陕西华阴南、潼关西南，西入关则岳色在望。唐诗中，潼关与华山向来两两相望，险峻的潼关与高耸的华山构成潼关一带特有的景致。

【注】

［一］太华，即华山。因其西有少华山，故称太华山。

［二］三峰，指华山上最突出的西峰（莲花峰）、南峰（落雁峰）和东峰（朝阳峰）。

［三］毛女，古代传说中的仙女。

［四］金天，唐玄宗先天二年（713），封华山神为金天王。

吴中闻潼关失守因奉寄淮南萧判官

刘长卿

载《全唐诗》卷一百四十九

一雁飞吴天，羁人伤暮律。松江风袅袅，波上片帆疾。木落姑苏台[一]，霜收洞庭橘[二]。萧条长洲外，唯见寒山出。胡马嘶秦云[三]，汉兵乱相失。关中因窃据，天下共忧栗。南楚有琼枝[四]，相思怨瑶瑟。一身寄沧洲，万里看白日[五]。赴敌甘负戈，论兵勇投笔。临风但攘臂，择木将委质。不如归远山，云卧饭松栗[六]。

唐肃宗至德元载(756)六月，安史叛军崔乾祐部攻破潼关，哥舒翰被俘，长安沦陷，玄宗奔蜀。消息传至江南时，刘长卿在吴郡长洲尉任上，他闻知潼关失守，写诗给在淮南李成式幕下为判官的萧直，抒发心中的沉痛与忧栗，表达赴敌平戎，报国建功，挽狂澜于既倒的迫切心情。诗题中，吴中，即吴郡(今苏州)之别称；淮南，指淮南道，治在扬州。

【注】

[一]姑苏台，又名姑胥台，简称胥台，在苏州城外西南隅的姑苏山上。传为吴王阖闾所筑，夫差复加高而崇饰。

[二]洞庭，即苏州太湖东南部之洞庭山。

[三]胡马，北方少数民族的马，此处指安史叛军。秦云，代指关中。此句谓安史叛军攻打潼关事。

[四]南楚，指淮南。

[五]白日，古以日喻君，此处代指京都长安。

[六]饭松栗，以松子、栗实为食，指隐居生活。

初出关旅亭夜坐怀王大校书

孟浩然

载《全唐诗》卷一百六十

向夕槐烟起，葱茏池馆曛。
客中无偶坐，关外惜离群[一]。
烛至萤光灭，荷枯雨滴闻。
永怀芸阁友[二]，寂寞滞扬云[三]。

此诗作于唐玄宗开元二十一年(733)。此年，孟浩然由洛阳三入长安求仕，一无所获，至秋末离开长安，取道洛阳，前往越剡漫游。此诗即作于诗人出潼关时。诗题中，出关，指出潼关。旅亭，即潼关驿亭。王大校书指王昌龄。孟浩然滞留长安期间，与王昌龄声气相投，交往颇密。诗写傍晚时分，潼关草木青翠、槐烟袅袅，诗人却孤独而坐，既为好友王昌龄、也为自己的境遇而忧愁不平。

【注】

[一]关外，指潼关以东。唐都长安，函谷关或潼关以西、王畿附近为关内，与之相对的则称关外。

[二]芸阁，又作蓬阁、芸香阁，指秘书省。校书郎供职于秘书省，故诗称"蓬阁友"，指王昌龄。

[三]扬云，即扬雄，字子云，西汉文学家，以辞赋名世，然终生失意，这里借指王昌龄。

潼关镇国军勾覆使院早春寄王同州

岑参

载《全唐诗》卷一百九十八

胡寇尚未尽[一]，大军镇关门[二]。旌旗遍草木，兵马如云屯。圣朝正用武，诸将皆承恩。
不见征战功，但闻歌吹喧。儒生有长策，闭口不敢言。昨从关东来[三]，思与故人论。
何为廊庙器，至今居外藩。黄霸宁淹留[四]，苍生望腾骞。卷帘见西岳[五]，仙掌明朝暾[六]。
昨夜闻春风，戴胜过后园。各自限官守，何由叙凉温。离忧不可忘，襟背思树萱。

此诗作于唐肃宗宝应元年（762）早春，诗人已由虢州长史改任太子中允兼殿中侍御史，充关西节度判官，驻潼关。诗题中，镇国军，又称同华节度、关西节度，唐肃宗上元二年（761）置，治所在华州（今陕西省渭南市华州区）。镇国军兼掌潼关防御。勾覆使院，当是军中掌监察的官署。王同州，指同州刺史王政。同州隶属同华节度，治所在今陕西省渭南市大荔县。时安史之乱未平，而镇守潼关一带的镇国军节度使李怀让统驭无方，诸将骄侈而不能破贼，岑参虽为判官而不被谘以谋略，故而忧思重重，遂将所见所思写成诗以寄故交王同州。诗作对时政之弊进行大胆的揭露和猛烈的抨击，表现了诗人对现实的愤慨，堪称是那个动乱时代的生动记录。

【注】

[一]胡寇，指安史余党史朝义的军队。时安禄山、史思明虽相继被杀，但史思明之子史朝义于上元二年（761）称帝，继续领军作乱。

[二]关门，指潼关门。

[三]关东，潼关以东，此指诗人曾任职的虢州。

[四]黄霸，西汉著名循吏。宣帝时任扬州刺史、颍川太守，外宽内明，得吏民之心，户口岁增，治为天下第一。后升任御史大夫、丞相。

[五]西岳，即西岳华山。

[六]仙掌，指华山东峰。

东归晚次潼关怀古

岑参

载《全唐诗》卷一百九十八

暮春别乡树，晚景低津楼[一]。伯夷在首阳[二]，欲往无轻舟。遂登关城望[三]，下见洪河流[四]。自从巨灵开[五]，流血千万秋。行行潘生赋[六]，赫赫曹公谋[七]。川上多往事，凄凉满空洲。

开元二十三年(735)暮春时节，诗人赴长安，再次对策落第，失意东归。此诗即诗人途经潼关，夜晚登楼眺望之时的感慨之作。诗歌追怀潼关下伯夷、潘岳、曹操等人物的往事，抒发物是人非、寂寥怅惘之感，流露出时不我待、前途迷茫的悲慨，表达了积极入世受阻而产生的挫折感。

【注】

［一］津楼，在渡口修筑的瞭望楼台。此处指黄河北岸的风陵津楼。

［二］伯夷，商末孤竹君长子。武王伐纣，伯夷曾拦马谏阻。周灭商后，他与叔齐隐居首阳山，采薇而食，不久饿死。首阳山在今山西永济南，与潼关隔河相望。

［三］关城，即潼关城。

［四］洪河，大河，指黄河。

［五］巨灵，河神。

［六］潘生，即西晋文人潘岳。晋惠帝元康二年(292)，潘岳自洛阳西行赴任长安令时作《西征赋》，历述旅途见闻。

［七］曹公，指曹操。建安十六年(211)，马超、韩遂等叛，屯兵潼关，被曹操用计攻破。

宿关西客舍寄东山严许二山人时天宝初七月初三日在内学见有高道举征

岑参

载《全唐诗》卷二百

云送关西雨，风传渭北秋。
孤灯然客梦，寒杵捣乡愁。
滩上思严子［一］，山中忆许由［二］。
苍生今有望，飞诏下林丘。

此诗作于天宝元年(742)七月诗人自长安东行途经潼关时。诗题中，关西客舍即关西驿，在潼关城西二里许，潼水西侧。东山为东晋谢安隐居之地，此处泛指归隐之所。内学，道家以道学为内学。唐玄宗崇奉道教，开设“道举”制科，征召逸士制举，即题中“高道举征”。严、许二山人是隐居嵩山的隐者，岑参在关西客舍与其相遇。诗写诗人在旅途中宿于客舍的孤寂之情与听见异乡捣衣之声而触发的乡思之愁，同时希望两位隐者为了天下苍生出山。

【注】

［一］严子，东汉初严光，字子陵，少与汉光武帝刘秀同游学，有高名。后刘秀称帝，严光隐遁，光武帝派人寻得，授谏议大夫，严光不受，退隐于浙江富春山。后人因称其隐居渔钓之地为严陵滩。事见《后汉书·逸民列传》。

［二］许由，相传尧欲以天下让之，许由不受，遁逃于箕山之下。尧请他做九州长，他以此语为玷污，洗耳于颍水。

送王七录事赴虢州

岑参

载《全唐诗》卷二百

早岁即相知，嗟君最后时[一]。
青云仍未达[二]，白发欲成丝。
小店关门树[三]，长河华岳祠[四]。
弘农人吏待[五]，莫使马行迟。

此诗作于宝应二年(763)春的潼关，诗人当时在关西节度判官任上。诗题中，王七录事即王季友，为岑参故交；录事，即录事参军，负责纠察群吏并掌管州郡符印簿书。时王季友由华阴尉迁虢州录事参军，赴任时途经潼关，岑参作诗相送。诗人从二人早年相知的经历写起，叹息友人仕途蹭蹬，表达对友人的同情和勉励，其中也寄寓了诗人自身的身世之感。可与诗人同期另一首《送王录事却归华阴》参看。

【注】

[一]后时，指出仕落后于时人。

[二]青云，喻高官显位。

[三]小店，小型旅馆或酒店。

[四]长河，指黄河。华岳祠，即西岳庙，古代谒祭华山之神的场所，在今陕西省华阴市岳庙街道东侧，东距潼关15千米。

[五]弘农，西汉武帝元鼎三年(前114)移函谷关至新安，以故关置弘农郡、县。唐弘农县在今河南省灵宝市城关镇，为虢州州治。

戏题关门

岑参

载《全唐诗》卷二百一

来亦一布衣[一]，去亦一布衣。
羞见关城吏[二]，还从旧路归[三]。

此诗当作于开元二十六年(738)，诗人在长安落第，东归嵩阳，过潼关时题写此诗于关门壁上。诗写科场落第，失意而归，全诗情感集中在一个“羞”字上。因为落第，榜上无名，诗人无颜面对熟悉的关门吏，只能灰溜溜地沿旧路返乡。这首诗虽较短小，但真实反映了科举制度下士子们所背负的厚重期许和他们巨大的心理压力以及落第后羞见故人的复杂心理。

【注】

[一]布衣，指代平民，唐时多指未仕的士人。

[二]关城吏，即潼关吏。此处暗用汉代终军、郭丹故事，谓游宦不成，失意而归。

[三]旧路，谓诗人从前入关赴京应考之路，即崤函古道。

赠卫八处士

杜甫

载《全唐诗》卷二百十六

人生不相见，动如参与商[一]。今夕复何夕，共此灯烛光。少壮能几时，鬓发各已苍。访旧半为鬼，惊呼热中肠。焉知二十载，重上君子堂。昔别君未婚，儿女忽成行。怡然敬父执[二]，问我来何方。问答乃未已，儿女罗酒浆[三]。夜雨翦春韭[四]，新炊间黄粱[五]。主称会面难，一举累十觞。十觞亦不醉，感子故意长[六]。明日隔山岳[七]，世事两茫茫。

此诗作于唐肃宗乾元二年(759)春。杜甫从洛阳返回华州任所，路遇卫八处士，因作此诗。诗写故友廿载相违，一朝得见，恍如梦幻，充满惊诧、欣喜之情；诗还写各自种种变化，寄寓了人生如寄、娱短恨长的苍凉情怀。古人评此诗曰："恰无一句不关人情，读之觉情景逼真，兼及顿挫之妙。"

【注】

[一]参与商，二十八宿中的参星和商星。参星现于西，商星现于东，东西相对，此现彼隐，永不相见，故以之喻故友长期不见。

[二]父执，父亲的老朋友。

[三]罗酒浆，摆设酒席。

[四]翦，旧同"剪"。春韭，春天的韭菜，叶最鲜嫩。

[五]间黄粱，掺杂小米，俗称"二半饭"。

[六]故意，故人念旧的情意。

[七]山岳，指西岳华山。

潼关吏

杜　甫

载《全唐诗》卷二百十七

士卒何草草，筑城潼关道。大城铁不如，小城万丈余[一]。借问潼关吏，修关还备胡。要我下马行，为我指山隅。连云列战格[二]，飞鸟不能逾。胡来但自守，岂复忧西都。丈人视要处，窄狭容单车。艰难奋长戟，万古用一夫。哀哉桃林战[三]，百万化为鱼。请嘱防关将，慎勿学哥舒。

此诗是诗人著名的“三吏”组诗之一，作于乾元二年(759)春。是年三月，唐军在相州(治所在今河南安阳)大败，安史叛军乘势进逼洛阳。潼关是长安的屏障。诗人从洛阳回华州任所，一路经新安、石壕，抵潼关，见官军加紧修关筑城，积极备战，以便固守御敌，因有所感，写下此诗。清浦起龙《读杜心解》云：“起四句，虚笼筑城之完固。中十二句，详述问答之语，神情声口俱活。……末四句，乃作者戒词。”

【注】

[一]万丈余，唐代潼关城建在黄河南岸低台地(今称麒麟山)，故言高万丈，形容潼关高峻。清仇兆鳌《杜诗详注》：“铁不如，言其坚。万丈余，言其高。小城跨山，故尤见其高也。”

[二]战格，防御敌人进攻的战栅。

[三]桃林战，指西原之战。西原在今灵宝衡岭塬南部，今称焦村塬。天宝十五载(756)，哥舒翰领兵二十万守潼关，以拒安史叛军。由于杨国忠促战，哥舒翰被迫出关，行至西原，遭叛军崔乾祐伏击，致使全军覆没，数万士卒坠入黄河，潼关陷落，叛军长驱攻入长安。

与从弟瑾同下第后出关言别

卢纶

载《全唐诗》卷二百七十六

同作金门献赋人[一]，二年悲见故园春。到阙不沾新雨露[二]，还家空带旧风尘。
杂花飞尽柳阴阴，官路逶迤绿草深[三]。对酒已成千里客，望山空寄两乡心[四]。
出关愁暮一沾裳[五]，满野蓬生古战场[六]。孤村树色昏残雨，远寺钟声带夕阳。
谁怜苦志已三冬，却欲躬耕学老农。流水白云寻不尽，期君何处得相逢。

此诗当作于唐代宗大历三年(768)春，诗人数举进士不第出关时。诗题中，瑾即诗人同祖叔伯弟弟卢瑾。唐代宗永泰元年(765)，诗人与卢瑾一起从鄱阳赴长安参加进士考试，几次失利。三年后，诗人与卢瑾抑郁东归，在潼关作此诗与卢瑾言别，倾吐自己辗转不第后的万般惆怅和与兄弟离别的悲哀及依依不舍之情。

【注】

[一]金门，指金马门，汉代宫门。汉武帝时令贤良文学待诏金马门，应制奏赋。汉时金门待诏，犹唐时赴京赶考。

[二]雨露，喻皇恩。新雨露，指代宗大历改元事。

[三]官路，驿路，指崤函古道。

[四]乡心，思念家乡之心。

[五]沾裳，形容泪水打湿衣裳。

[六]古战场，潼关为关中的东大门，向为兵家必争之地。

关口逢徐迈

卢纶

载《全唐诗》卷二百八十

废寺连荒垒[一]，那知见子真[二]。
关城夜有雪，冰渡晓无人。
酒里唯多病，山中愿作邻。
常闻兄弟乐[三]，谁肯信家贫[四]。

此诗写诗人在一个雪夜于关口遇高士事。诗题中，关口，据诗意，当指潼关关口，在潼关西边。唐祖咏《观华岳》："西入秦关口，南瞻驿路连。"唐鲍溶《夏日华山别韩博士愈》："别地泰华阴，孤亭潼关口。"徐迈，事迹不详。

【注】

[一]荒垒，荒废的城垒、营垒。

[二]子真，指西汉高士郑朴，字子真，修身持礼，隐居不仕，耕于岩石之下，名震京师。后因以喻指隐逸高士。这里借指徐迈。

[三]兄弟乐，用东汉陈留人李充家贫，兄弟六人同食递衣事。见《后汉书·独行列传》。

[四]信家贫，即相信阮家贫。三国魏阮籍、阮咸叔侄居道南，家贫而放达；诸阮居道北，家富。

秋日经潼关感寓

武元衡 载《全唐诗》卷三百十七

昔年曾逐汉征东[一]，三授兵符百战中[二]。
力保山河嗟下世，秋风牢落故营空。

这是一首七言绝句。诗人经行潼关，在秋风寥落中追忆往事，心生感慨，故赋诗一首，抒发力挽狂澜、为君分忧、建功立业的志向。

【注】

[一]汉征东，指东汉名将马腾。汉献帝初平中，拜马腾征东将军，事见《三国志·蜀书·关张马黄赵传》注引《典略》。诗人曾屡辟使府，此以汉之征东将军喻指昔年所参佐的幕主。

[二]兵符，调遣军队的符节凭证。战国时魏信陵君使如姬窃兵符，夺晋鄙兵权救赵。事见《史记·魏公子列传》。

入关咏马

韩愈

载《全唐诗》卷三百四十三

岁老岂能充上驷[一]，力微当自慎前程。
不知何故翻骧首[二]，牵过关门妄一鸣[三]。

这是一首咏物诗，唐宪宗元和六年(811)夏，韩愈由河南令召为尚书职方员外郎，自洛阳赴长安路过潼关时作。诗人借咏马感叹自己的命运多舛，表现自己虽近暮年，却仍意气风发、壮心不已，有强烈的出仕愿望。

【注】

[一]上驷，上等良马。典出《史记·孙子吴起列传》。也喻指上等人才。

[二]骧首，马首昂举，喻意气轩昂。

[三]关门，潼关关门。妄一鸣，徒然叫一声。

次潼关先寄张十二阁老使君

韩　愈

载《全唐诗》卷三百四十四

荆山已去华山来[一]，日出潼关四扇开[二]。

刺史莫辞迎候远[三]，相公亲破蔡州回[四]。

元和十二年(817)，宰相裴度平淮西叛乱，擒叛将吴元济，韩愈作为随行军司马随裴度胜利还朝。十二月，当大军走过荆山，向潼关进发时，诗人难掩内心的激动，挥笔写下此诗。诗题中，张十二，即张贾，时任华州刺史。阁老，唐时中书省、门下省属官互称阁老。使君，汉代尊称州刺史为使君，唐代沿用。诗写裴度平叛凯旋，虽寥寥二十余字，然堪比豪壮凯歌，充满胜利的喜悦和豪迈自信、腾跃踔厉的英雄主义光彩。清查慎行《初白庵诗评》评曰："气象开阔，所谓卷波澜入小诗者。"可与诗人同期另一首《次潼关上都统相公》参看。

【注】

[一]荆山，一名覆釜山，在今河南省灵宝市，西距华山二百余里。

[二]四扇，四扇门。唐时潼关形制不详，或以为指潼关东、西各有两扇门；或以为关门外另有古瓮城，关门加上瓮城之门为四扇。

[三]刺史，指张贾。

[四]相公，指平淮大军实际统帅宰相裴度。

和令狐相公入潼关

刘禹锡

载《全唐诗》卷三百五十八

寒光照旌节[一]，关路晓无尘。
吏谒前丞相[二]，山迎旧主人[三]。
东瞻军府静[四]，西望敕书频。
心共黄河水，同升天汉津[五]。

此诗作于唐文宗大和二年(828)十月的长安。令狐相公(即令狐楚)时奉诏由宣武军节度回京入朝任户部尚书，途经潼关，赋诗赠在京伫候的刘禹锡等诗友，此诗今已不存。刘禹锡作诗唱和，诗借描述潼关山河迎候旧主，吏属拜谒令狐楚，表达对令狐楚归京的喜悦和期盼。

【注】

[一]旌节，皇帝授予将帅刑赏大权的信物。

[二]前丞相，令狐楚曾于元和十四年(819)授朝议大夫、中书侍郎、同中书门下平章事。

[三]旧主人，令狐楚曾于元和十三年(818)为华州刺史。

[四]军府，指汴州，时为宣武军节度使治所。

[五]天汉，天河，喻指京都长安。

及第后答潼关主人

吕温

载《全唐诗》卷三百七十

本欲云雨化[一]，却随波浪翻。
一沾太常第[二]，十过潼关门[三]。
志力且虚弃，功名谁复论。
主人故相问，惭笑不能言。

这是一首酬答潼关主将的诗作。吕温因赴京应举，多次经行潼关，以致潼关主将也与他相熟，每次经过都热情询问诗人举业进达之事。唐德宗贞元十四年(798)，吕温终登进士第，返乡经潼关时作诗答之。诗诉说了诗人为一朝及第而苦读奔波和备受挫折的无限辛酸，表露了进士及第后的无限喜悦。

【注】

[一]云雨化，指登龙门。事见《太平广记》引《三秦记》。这里用以比喻登科中举。

[二]太常第，即进士第。

[三]十过潼关门，吕温家居洛阳，到长安应举，须经潼关，所谓“十过潼关门”，是说他为应举多次经过潼关。

出关寄贾岛

周贺

载《全唐诗》卷五百三

旧乡无子孙[一]，谁共老青门[二]。
迢递早秋路，别离深夜村。
伊流偕行客[三]，岳响答啼猿[四]。
去后期招隐[五]，何当复此言。

诗题一作“送客”。诗题中，出关，指出潼关。贾岛，唐代著名诗人。唐宪宗元和末（一说唐穆宗长庆三年），诗人初次入长安，与贾岛相识。唐文宗大和元年(827)秋，周贺离长安东归洛阳，途经潼关时作此诗以寄贾岛。诗写诗人出关旅途的落寞，羁旅漂泊的凄苦，以及对世事人生的沉重失望，表现了诗人希望能够早日实现归隐的心愿。

【注】

[一]旧乡，故乡。

[二]青门，汉长安城东南门，本名霸城门，因门色青，俗称青门。时贾岛居于长安青门里。

[三]伊，伊水。洛河支流，在今河南西部，源出熊耳山南麓栾川县，后入洛河。

[四]岳，此指中岳嵩山。在河南登封北。

[五]招隐，招隐居之贤者出仕。

入潼关

张祜

载《全唐诗》卷五百十

都城三百里[一]，雄险此回环[二]。
地势遥尊岳[三]，河流侧让关[四]。
秦皇曾虎视，汉祖昔龙颜。
何处枭凶辈[五]，干戈自不闲。

这是一首羁旅行役诗，又见《全唐诗》卷十八，题作“入关”。关即潼关。诗人一生三次入京，前两次分别在元和六年(811)冬、长庆元年(821)春，第三次在大和五年(831)秋，此诗即作于诗人被令狐楚表荐入长安求仕第三次经过潼关之时。诗歌称颂潼关雄伟险峻，乃秦汉帝王所居，非跳梁者可觊觎，表达了诗人反对割据、维护唐王朝统一的思想感情。

【注】

[一]都城，指唐都城长安。三百里，指长安到潼关的距离。一作“连百二”。

[二]此，指潼关。

[三]岳，西岳华山，在潼关西南。

[四]河，指黄河，在潼关北侧。

[五]枭凶，犹枭雄。此指当时反叛的藩镇。长庆元年(821)，卢龙、成德、魏博等河北三镇反叛，朝廷发兵讨伐终不胜，遂命叛将为节度使，河北三镇再次分立。

晚秋潼关西门作

张祜

载《全唐诗》卷五百十一

日落寒郊烟物清[一]，古槐阴黑少人行。
关门西去华山色[二]，秦地东来河水声[三]。

此诗与前诗《入潼关》的写作时间和写作地点相同。诗写诗人黄昏时分路过潼关西门所见之风烟凄迷、古槐阴黑、人烟稀少的潼关晚秋日暮景象，表现了诗人孤旅悲凉的心境。

【注】

[一]寒郊，深秋的郊野。

[二]关门，指潼关西城门。

[三]秦地，潼关春秋战国时属秦地。河，指黄河。

赠潼关不下山僧

李远

载《全唐诗》卷五百十九

与君同在苦空间[一],君得空门我爱闲[二]。
禁足已教修雁塔[三],终身不拟下鸡山[四]。
窗中遥指三千界[五],枕上斜看百二关[六]。
香茗一瓯从此别,转蓬流水几时还。

此诗当为诗人路经潼关时写给当地僧人的一首赠别诗。诗人平时与僧道往来频繁,志趣相投,经常相互吟咏酬唱。其写作时间,据诗中内容,当在唐宣宗大中元年(847)后不久。诗叙写潼关僧人窗中指三千世界、枕上看百二重关的修行生活情境。

【注】

[一]苦空间,佛家语,谓世间。

[二]空门,指佛门。

[三]禁足,封足,即驻锡一地,不再出世间之意。修雁塔,大雁塔在今陕西西安,此处泛指佛寺。唐宣宗即位后,一反武宗会昌排佛之政,敕令修复所废佛寺。

[四]鸡山,即鸡足山,传为佛祖释迦牟尼大弟子迦叶所开辟的佛教圣地,在今云南省大理白族自治州洱海东北五十里。这里借指潼关僧所居之山。

[五]三千界,佛教用语,"三千大千世界"的省称,泛指无边无际的宇宙。此处指寺外的凡尘俗世。

[六]百二关,这里喻指潼关。

入关

杜牧

载《全唐诗》卷五百二十四

东西南北数衢通[一]，曾取江西径过东。
今日更寻南去路，未秋应有北归鸿[二]。

杜牧是长安人，入仕后却长期在京外各地任官，此诗当为杜牧离京赴东南任职，路过潼关时所作。按，唐时，自长安往东南的路线，一为东出潼关，循崤函古道至洛阳，或南下襄阳，或经汴河、淮河、江南运河往洪州、扬州；一为由长安东南行过武关，至南阳南下襄阳，再由汉水南达。陈景云《韩集点勘》尝考云："唐人诗文中，凡止称关者，皆谓潼关。至蓝田、武关，则必系关名以别之。"

【注】

[一]衢，大路，四通八达的道路。

[二]归鸿，回归的大雁。

及第后寄长安故人

杜牧

载《全唐诗》卷五百二十四

东都放榜未花开[一]，三十三人走马回[二]。
秦地少年多酿酒[三]，已将春色入关来[四]。

此诗作于唐文宗大和二年(828)春。唐代科举考试常设在长安,但有时也会在东都洛阳举行。唐文宗大和二年的进士考试就设在洛阳。当时杜牧一举登进士科,将从洛阳回长安,心中十分喜悦、得意。《唐摭言》卷三《慈恩寺题名游赏赋咏杂记》载:“大和二年,崔郾侍郎东都放榜,西都过堂。杜牧有诗曰……”杜牧所作之诗即此篇。

【注】

[一]放榜,即科举考试后公布被录取者名单。

[二]三十三人,指大和二年进士及第人数。走马回,谓及第进士由洛阳乘马循崤函古道去往长安参加吏部关试。

[三]秦地,指长安。

[四]春色,此处有两种含义,既指自然之春光,又谓通过关试的喜讯。唐时,进士及第后,必须通过吏部关试,方可取得入仕资格。唐人往往谓过关试为“春色”。关,此处同时指关试和潼关。

行次潼关题驿后轩

许浑

载《全唐诗》卷五百二十八

飞阁极层台[一]，终南此路回[二]。
山形朝阙去[三]，河势抱关来[四]。
雁过秋风急，蝉鸣宿雾开。
平生无限意，驱马任尘埃。

此诗《丁卯集》题作《始至潼关》，系唐宪宗元和二年(807)秋诗人初次赴长安赶考，途经潼关时所作。题驿后轩，即题写在潼关驿后轩的墙壁上。在驿站的壁、柱、亭上题诗，是唐代流行的一种文人雅趣，也是唐诗的传播方式之一。诗人自嵩阳一路西行，至夜幕降临，入住潼关驿，但见秋风萧瑟，薄雾重重，蝉鸣阵阵，勾起无限愁绪，故题诗于驿后轩壁上。诗描写潼关驿所处地势的雄壮，抒发自己在秋风时节奔走的无奈，以及执着地追求理想，不为困难所屈的愿望。

【注】

[一]飞阁，古代宫殿楼宇间连接的跨道，此谓潼关内许多高台由跨道连接，与城池相互呼应。

[二]终南，山名，在长安南。此借代长安。又《丁卯集》此句作“终童此路回”，终童，即汉代终军，少即出众，世称终童。

[三]阙，宫殿前面两边的高台及高台上的阁楼建筑，此处借指京城长安。

[四]河，黄河。关，潼关。

秋日赴阙题潼关驿楼

许　浑

载《全唐诗》卷五百二十九

红叶晚萧萧，长亭酒一瓢[一]。
残云归太华[二]，疏雨过中条[三]。
树色随山迥，河声入海遥。
帝乡明日到[四]，犹自梦渔樵[五]。

此诗诗题，《全唐诗》一作《行次潼关逢魏扶东归》，《丁卯集》作《行次潼关驿》。赴阙，即赴京入朝。唐宣宗大中元年(847)秋，许浑拜监察御史，自洛阳赴京，途经潼关，在驿楼饮酒后，四望风物而触景生情，充满豪兴，题诗于潼关驿楼壁上。诗写潼关晚来雨过，万物如洗，气象壮丽的秋天景色，婉转流露了诗人内心深处淡泊名利的意绪。清吴北江评此诗为"高华雄浑，丁卯压卷之作"，乃传世名篇。

【注】

[一]长亭，古时城外建的供旅人休息的场所，有"十里一长亭，五里一短亭"之说。

[二]太华，即华山，在潼关西。

[三]中条，即中条山，在今山西永济东南，居太行山和华山之间，其西南端与潼关隔黄河南北相望。

[四]帝乡，本指天帝所居，引申为天子所居，即京师。此指长安。

[五]梦渔樵，指向往隐逸生活。

潼关兰若

许浑

载《全唐诗》卷五百三十

来往几经过[一],前轩枕大河[二]。
远帆春水阔[三],高寺夕阳多。
蝶影下红药,鸟声喧绿萝。
故山归未得[四],徒咏采芝歌[五]。

潼关在唐时有不少寺院。兰若,即指寺院,梵语"阿兰若"之省称,意为寂而净、无苦恼烦乱之处。许浑曾皈依禅宗之南宗,对佛教信仰十分虔诚。此诗为诗人经过潼关,拜谒黄河岸边一座佛教寺院时所作。诗写春日潼关柔美艳丽的景色,抒发帝乡明月在即,而自己内心却梦回渔樵的纠结情绪。

【注】

[一]来往,指入关和出关。

[二]轩,有窗槛的长廊或小屋。大河,指黄河。

[三]远帆,黄河上远处的船只。

[四]故山,故乡的山,代指故乡。

[五]采芝歌,即《采芝操》,琴曲名,传为汉初商山四皓所作。

秋霁潼关驿亭

许浑

载《全唐诗》卷五百三十一

霁色明高巘[一]，关河独望遥[二]。
残云归太华，疏雨过中条[三]。
鸟散绿萝静，蝉鸣红树凋。
何言此时节，去去任蓬飘[四]。

这是一首纪行诗。驿亭，即潼关驿中的亭子。据罗时进《丁卯集笺证》考证，在许浑数首潼关诗中，此诗似是最早的一首，盖为大和前所作。也有人认为，此诗当为大中三年(849)秋，许浑托病坚辞监察御史，解职东归经过潼关时所作。诗歌描绘了秋雨初霁后潼关清冷寂寥的景色。

【注】

[一]高巘，高山峻岭。此指秦岭山脉。

[二]关河，潼关与黄河。

[三]残云、疏雨二句，与诗人《秋日赴阙题潼关驿楼》颔联同。许浑自己以为得意之句，时有重复入诗者，清赵翼称为“复句”。

[四]蓬飘，犹转蓬，蓬草随风飘荡，言漂泊不定，如断根蓬草。

秋日行次关西

许浑

载《全唐诗》卷五百三十二

金风荡天地[一]，关西群木凋。
早霜鸡喔喔，残月马萧萧。
紫陌秦山近[二]，青枫楚树遥。
还同长卿志[三]，题字满河桥[四]。

此诗当作于唐武宗会昌元年(841)秋。关西，即关西驿，在潼关城西二里许。时诗人由太平县令内擢监察御史，赴京就任，在秋风木落之时，披着残月，踏着早霜，行次潼关。诗歌描摹潼关秋景，流露出不畏艰难跋涉，立志于功名的情怀。

【注】

[一]金风，秋风。古以阴阳五行解释季节变换，秋属金，故称。李善云："西方为秋而主金，故秋风为金风也。"

[二]紫陌，指京城长安的道路。秦山，指秦岭。

[三]长卿，西汉司马相如字。

[四]题字满河桥，典出《华阳国志·蜀志》，后以"题桥柱""题河桥"喻胸怀大志。

出关

许浑

载《全唐诗》卷五百三十六

朝缨初解佐江滨[一]，麋鹿心知自有群[二]。
汉囿猎稀慵献赋[三]，楚山耕早任移文[四]。
卧归渔浦月连海[五]，行望凤城花隔云[六]。
关吏不须迎马笑，去时无意学终军[七]。

此诗与《全唐诗》卷五百二十六的杜牧同题诗重出。据罗时进等考证，此诗首见载于许浑最初所编诗集《乌丝栏诗真迹》，又见元刊《丁卯诗续补》，故当为许浑诗。诗当作于会昌三年(843)诗人自监察御史托病辞职，经由潼关东归润州之时。

【注】

[一]佐江滨，会昌三年，诗人乞病东归后，旋除润州司马，司马为州刺史佐吏，故称“佐江滨”。

[二]麋鹿，兽名，俗称四不像。诗人用以自比如麋鹿一般志在长林丰草。

[三]献赋，此处反用汉代司马相如、扬雄献赋事，表示自己淡于仕宦，有意归隐。

[四]移文，即檄文。此用南朝齐孔稚圭借山灵《移文》拒绝周颙(彦伦)进山事，表现自己的隐遁之愿。

[五]卧归渔浦，诗人东归润州，居丁卯别墅，濒临长江，故谓“卧归渔浦”。

[六]凤城，传秦穆公之女弄玉吹箫引来凤凰，降于秦京咸阳。后因以凤城作为京都的代称。此谓离京出关。

[七]终军，此用西汉终军事，谓自己已消弭功名之心。

关门柳

李商隐

载《全唐诗》卷五百四十

永定河边一行柳[一]，依依长发故年春。
东来西去人情薄[二]，不为清阴减路尘[三]。

这是一首托物寓怀诗。关门，指潼关门。《新唐书·韦坚传》：“玄宗咨其才，擢为陕郡太守、水陆运使。汉有运渠，起关门，西抵长安，引山东租赋。”此关门即潼关。唐时，在潼关到渭津的漕渠上植柳，关门柳当指此。诗借咏关门柳以感叹旅途跋涉、人生驱驰之苦。

【注】

[一]永定河，新、旧《唐书》未见，当在潼关关门附近。

[二]东来西去，形容来来往往。此谓连接长安、洛阳两京的崤函古道交通繁忙，人来人往。

[三]清阴，清凉之树荫，此指柳荫。

潼关河亭

薛逢

重冈如抱岳如蹲[一]，屈曲秦川势自尊[二]。
天地并功开帝宅[三]，山河相凑束龙门[四]。
橹声呕轧中流渡[五]，柳色微茫远岸村。
满眼波涛终古事，年来惆怅与谁论。

载《全唐诗》卷五百四十八

薛逢一生多次经行潼关，诗题中的河亭，即筑于潼关黄河之旁的亭台建筑。诗通过写诗人登上河亭所见潼关雄健惊险的景象，抒世事沧桑之慨，寄托自己满心的惆怅之情。此诗是薛逢代表作之一，有诗家赞此诗为“黄钟大吕之音，晚唐中间有数之作”。

【注】

［一］重冈，谓河亭旁的山冈重叠。

［二］秦川，即关中。

［三］帝宅，指唐都长安。

［四］龙门，在今山西河津西北与陕西韩城东北之间，两岸峭壁对峙，形如阙门，黄河流至此地，因河床变窄，故水流湍急，气势壮观。相传大禹治水，导河积石于此，故又称禹门。

［五］呕轧，象声词，形容摇橹声。

潼关驿亭

薛逢

载《全唐诗》卷五百四十八

河上关门日日开[一]，古今名利旋堪哀。
终军壮节埋黄土[二]，杨震丰碑翳绿苔[三]。
寸禄应知沾有分，一官常惧处非才[四]。
犹惊往岁同袍者，尚逐江东计吏来[五]。

这首诗为诗人登潼关驿亭时有感而作。潼关驿亭，是唐代潼关驿的标志性建筑之一。诗题中的驿亭，当与许浑《秋霁潼关驿亭》所咏驿亭为同一建筑。诗人看到匆匆出入潼关的行客，他们竞奔利禄，只是为了一时的荣名，故而感叹潼关乃迎送出入的古今名利之关，表达了功名利禄不足挂齿的思想。

【注】

[一]河，黄河。关，指潼关。

[二]终军，用终军持节出关事，表现自己因过关而想到显宦只是一时的。

[三]杨震，东汉弘农华阴人，明经博览，人称“关西孔子”。汉安帝时官至太尉，以清廉著称。后因权贵和宦官谗毁，愤而自杀。

[四]处非才，指居官而无当官之才能。

[五]计吏，负责将郡县政情、财政收支等情况登录并上报中央政府的官吏。唐时，举子通过州府考试后，随计吏入京。

关中送别

薛能

一行千里外，几事寸心间。
才子贫堪叹，男儿别是闲。
黄河淹华岳，白日照潼关[一]。
若值乡人问，终军贱不还[二]。

载《全唐诗》卷五百五十八

这是诗人在潼关送友人出关归乡时作的送别诗。诗写诗人与友人的深厚情谊和依依惜别之情，感叹一行千里都是为了心中的功名，流露出诗人向往建功立业的心志。

【注】

[一]白日，太阳。

[二]终军，这里用终军持节出关事，表示自己待到通显后方还乡。

过潼关

温庭筠

载《全唐诗》卷五百八十二

地形盘屈带河流[一]，景气澄明是胜游。
十里晓鸡关树暗[二]，一行寒雁陇云愁[三]。
片时无事溪泉好，尽日凝眸岳色秋[四]。
麈尾角巾应旷望[五]，更嗟芳霭隔秦楼[六]。

这是一首纪行诗，作于诗人秋天东出潼关之时。诗人极写潼关秋景，并寓情于景，借景抒怀，表达对长安的思念之情。

【注】

[一]带河流，指被黄河围绕。

[二]晓鸡，报晓的鸡鸣声。关，指潼关。

[三]陇云，陇山之云。此处借指边塞。

[四]岳，指西岳华山。

[五]麈尾，即拂尘。角巾，方巾。麈尾、角巾都是古代隐士常用的物品。

[六]秦楼，秦穆公为其女弄玉所建之楼，在关中。此处代指长安。

秋日寓怀

刘沧

载《全唐诗》卷五百八十六

海上生涯一钓舟，偶因名利事淹留。
旅涂谁见客青眼[一]，故国几多人白头。
霁色满川明水驿[二]，蝉声落日隐城楼。
如何未尽此行役[三]，西入潼关云木秋。

诗人久游科场，跋涉经年，却屡试不第。诗人又一次西赴长安应举，路过潼关时，正值秋雨初霁，河水在阳光照射下逶迤如银带，日落城楼，蝉声断续，登高眺远，不由百感俱生。诗人因名缰利锁而行役不断，如海上浮槎，载沉载浮，面对浮生不定的漂泊与跌宕坎坷的仕途，诗人内心的痛苦与迷惘，逍遥适志与妥协求名间徘徊依违的矛盾心态，都在这首秋思诗中被淋漓尽致地表现出来。

【注】

[一]青眼，三国魏名士阮籍能分别以青、白眼看不同的人，对凡俗之士施以白眼，见到意气相投者，则用青眼（黑眼珠在眼眶中间）对人。后因以“青眼”比喻对人器重、赏识。此谓诗人行于途中，少有人对他青眼相待。

[二]水驿，水路驿站。唐代潼关无水驿，此借指潼关驿，意谓近在河边。

[三]行役，因公务而奔波跋涉。泛指行旅、出行。

入关留别主人

刘 沧

载《全唐诗》卷五百八十六

此来多愧食鱼心[一]，东阁将辞强一吟[二]。
羸马客程秋草合，晚蝉关树古槐深。
风生野渡河声急，雁过寒原岳势侵[三]。
对酒相看自无语，几多离思入瑶琴[四]。

这是一首写给友人的七言律诗。诗人在秋天入关，小住友人(即诗题中的“主人”)处，临行时友人摆酒饯行，诗人心存感激，赋诗言别。诗题中的关，当指潼关。诗写诗人羁旅漂泊的悲凉心情和即将与友人惜别的不舍之情。

【注】

[一]食鱼心，战国时齐人冯谖寄食孟尝君门下，曾弹铗而歌，埋怨食无鱼、行无车，孟尝君皆与之。后因以谓知遇之恩。此处用以点明自己的客人身份，亦表示对友人的感激之情。

[二]东阁，汉武帝时，丞相公孙弘曾开东阁招揽人才。事见《汉书·公孙弘传》。此借指主人招待客人之所。

[三]岳势，指西岳华山高耸云天之势。

[四]瑶琴，指有美玉装饰的古琴。

春晚旅次有怀

刘沧

载《全唐诗》卷五百八十六

晚出关河绿野平[一]，依依云树动乡情。
残春花尽黄莺语，远客愁多白发生。
野水乱流临古驿[二]，断烟凝处近孤城[三]。
东西未遂归田计[四]，海上青山久废耕[五]。

这是诗人在春天的一个晚上来到潼关后写的一首感怀诗。诗写诗人在潼关所见郊原雨足、播种及时的情形。诗人触景生情，不由得思念起家乡，却漫无归计，只能徒然慨叹，以此表达自己的倦游之情。

【注】

[一]关河，指潼关及附近的黄河。

[二]古驿，指潼关驿站。

[三]孤城，指潼关城。

[四]归田计，东汉张衡久游京都，不得志，作《归田赋》，表达想归隐田园的情绪。后因以“予归田”咏归隐。

[五]海上，海滨。诗人为山东人，故云归海上。

入关

曹邺

载《全唐诗》卷五百九十二

衡门亦无路[一]，何况入西秦[二]。
灸病不得穴[三]，徒为采艾人。

这首诗是诗人到长安应试途经潼关时所作。诗人因多年应试失利，满心苦涩与失望，故写诗长叹身无奥援，一事无成，无可奈何。这首诗虽短小，却反映了当时科举存在徇私请托的真实一面。

【注】

[一]衡门，横木为门。指简陋的屋舍。也指隐士的居处。

[二]西秦，长安一带在春秋战国时地属秦国，处于西陲，故云入长安为入西秦。

[三]灸，中医的一种医疗方法。灸法是用艾叶制成艾炷或艾卷，按穴位熏烤，与针法合称针灸。诗中以采艾灸病比喻读书应试。

出关

曹邺

载《全唐诗》卷五百九十二

山上黄犊走避人，山下女郎歌满野。
我独南征恨此身[一]，更有无成出关者[二]。

这是一首登科抒怀诗，作于唐宣宗大中六年(852)诗人进士及第后离开长安，与刘驾同出潼关归江东时。出关，即出潼关。由长安往江东，潼关是必经之地。

【注】

[一]南征，指与刘驾同归江东。征，远行。

[二]无成，无所成就，即未能及第。

关下早行

林宽

载《全唐诗》卷六百六

轧轧推危辙[一]，听鸡独早行[二]。
风吹宿霭散，月照华山明。
白首东西客[三]，黄河昼夜清[四]。
相逢皆有事，唯我是闲情。

这是一首记述早行的五言律诗。关，指潼关。早行，谓清晨早早出发赶路。“早起赴前程”是唐人普遍的心理，对常年在外奔波应举求仕的士人来说更是如此。诗写诗人在清空朗月之下从潼关推车早行的情景，反映出应举士人在外的奔波劳累。

【注】

[一]轧轧，象声词，这里谓车行声。辙，原指车轮印，这里代指车。

[二]听鸡，古时关法，鸡鸣而开关放行。此谓听到鸡叫，客人就要趁早出行。

[三]东西客，四方客游之人。

[四]黄河昼夜清，黄河水浑浊，古人以黄河水清喻难得、罕见之事。

题潼关兰若

皮日休

载《全唐诗》卷六百十三

潼津罢警有招提[一]，近百年无战马嘶。
壮士不言三尺剑[二]，谋臣休道一丸泥[三]。
昔时驰道洪波上[四]，今日宸居紫气西[五]。
关吏不劳重借问，弃繻生拟入耶溪[六]。

此诗是诗人唐懿宗咸通七年（866）应试不第，返乡途中经行潼关之时题写在寺院墙壁上的一首七言律诗。诗写潼关地势险要，却武备废弛，驿道毁坏，面对危机四伏的天下形势，委婉地表达了自己求仙学道的志向。

【注】

［一］潼津，即潼关。罢警，撤除警戒。招提，梵语“拓斗提奢”的省称（原为“拓提”，后在传写过程中误写为“招提”）。北魏太武帝造立伽蓝，名之曰“招提”，“招提”后遂为寺院的别称。

［二］三尺剑，古时剑长多为三尺。

［三］一丸泥，用王元请用一丸泥东封函谷关典。

［四］驰道，古代供君王行驶车马的路。

［五］宸居，帝王居住之所。紫气，古代以为祥瑞之气，亦指帝王之气。

［六］耶溪，即若耶溪，在今浙江绍兴东南若耶山下，北流入运河。传为西施浣纱之所，道家称为神仙所居之福地。此句言自己将隐居耶溪，不再求取功名。

关西

胡曾

载《全唐诗》卷六百四十七

杨震幽魂下北邙[一]，关西踪迹遂荒凉[二]。
四知美誉留人世[三]，应与乾坤共久长。

胡曾，以咏史诗名世，有《咏史诗》一百五十首，皆七绝，每为后世讲史小说所引用。这首诗是诗人咏史组诗之一。胡曾咏史诗皆题古君臣争战废兴尘迹，此诗为诗人少有的颂扬咏史诗。诗赞美杨震的“四知”美名，言其将与天地永存。杨震又有“关西孔子”之誉，故诗以“关西”为题。

【注】

[一]杨震（？—124），字伯起，东汉弘农华阴人。少好学，明经博览，在弘农华阴、湖县创办学馆，讲学授徒二十余年，门生弟子逾三千，诸儒尊称其为“关西孔子”。五十岁后始入仕途，历任荆州刺史、涿郡太守。汉安帝时入为太仆，迁太常、司徒，官至太尉。延光三年（124），因忤权贵被免职，遣归本郡，愤而自杀。北邙，即北邙山，在今洛阳北，汉魏以来，王公贵族多葬于此，后因之泛指墓地。

[二]荒凉，谓杨震冤死后，关西就少有杨震那样的清官。

[三]四知，杨震赴任东莱太守，经过昌邑，县令王密至夜以十金送给杨震，说：“暮夜无知者。”杨震说：“天知，神知，我知，子知。何谓无知！”王密愧而出。后因以“四知”赞美廉洁的官吏。

入关

罗邺

载《全唐诗》卷六百五十四

古道槐花满树开[一]，入关时节一蝉催。
出门唯恐不先到，当路有谁长待来[二]。
似箭年光还可惜，如蓬生计更堪哀[三]。
故园若有渔舟在，应挂云帆早个回。

这是一首入关应第诗，作于唐宣宗大中年间诗人初次入京赴试路过潼关时。诗写举子们于秋天国槐树槐花盛开的时节急切地入关赶考的情形。

【注】

[一]古道槐花，唐时崤函古道夹路植国槐，长势茂盛，是古道上的标志性景观。每年槐花开放之际，举子们就开始为举业奔忙，往来于崤函古道，因而有“槐花黄，举子忙”之说。

[二]当路，喻担任要职，掌握大权。

[三]如蓬生计，蓬草被风吹起，四处纷飞，喻一生到处飘零。

关中

高蟾

载《全唐诗》卷六百六十八

风雨去愁晚[一]，关河归思凉[二]。
西游无紫气[三]，一夕九回肠[四]。

此诗当作于诗人落第后经由潼关返家之时。诗写诗人西入关中，一无所获，在风雨穷途中，油然而生归思。

【注】

[一]去，指诗人入关之时。

[二]关河，潼关与黄河。归，指诗人出关之时。

[三]西游，关中在潼关以西，诗人是渤海人，进京赴试，自东而西，故云。

[四]九回肠，形容忧思之甚。典出司马迁《报任少卿书》。

留别

唐彦谦

载《全唐诗》卷六百七十一

西入潼关路，何时更盍簪[一]。
年来人事改，老去鬓毛侵。
花染离筵泪，葵倾报国心[二]。
龙潭千尺水，不似别情深。

此诗当作于唐僖宗文德元年(888)春。此时，诗人由金陵返回长安，途经潼关，临别之际，友人为他饯行，诗人作诗相赠以为留念。此前，诗人因王重荣遇害案被贬，时昭宗即位，人事改换，诗人重燃希望，因而诗虽写诗人与友人的依依话别，但诗歌整体情调感伤而不悲怨、低沉中有昂扬，勉励友人的同时也勉励自己士当弘毅，要心向朝廷、报效国家。

【注】

[一]盍簪，朋友聚合，语出《易·豫》。后因以用作朋友聚首。

[二]葵倾，葵花向日而倾，比喻向往渴慕之情。此处谓自己一心报效朝廷，犹如葵花向日。

潼关道中

郑谷

载《全唐诗》卷六百七十四

白道晓霜迷[一]，离灯照马嘶[二]。
秋风满关树[三]，残月隔河鸡[四]。
来往非无倦，穷通岂易齐。
何年归故社[五]，披雨剪春畦。

此诗当作于唐昭宗龙纪元年(889)秋，时诗人由家乡袁州奔赴长安，路经潼关。诗歌围绕潼关道，写诗人于秋日拂晓之时在潼关道上所见之景象，感叹这是一条见证了来往之人升迁穷通的道路，表达了诗人羁旅行役之情，蕴含了诗人对前程的憧憬以及对故乡的由衷眷恋。

【注】

[一]白道，大路。人来人往，绿草不能生，故云白道。

[二]离灯，指关道上所罗列的灯。离，罗列，陈列。

[三]关，指潼关。

[四]隔河鸡，指由黄河北岸传来的鸡鸣声。潼关北临黄河，对岸是山西风陵渡。

[五]故社，犹故乡。

出潼关

吴融

载《全唐诗》卷六百八十四

重门随地险[一]，一径入天开。
华岳眼前尽，黄河脚底来。
飞轩何满路[二]，丹陛正求才[三]。
独我疏慵质，飘然又此回[四]。

诗人曾困于举场长达二十余年，常年往来于崤函古道。这首诗便是他再次落第返乡途经潼关时所作。诗人描摹潼关重门依随险地而设，道路入天，华岳难尽，黄河河水由脚下涌来的万千景色，叹息自己多年辛勤举业，却劳而无功。

【注】

[一]重门，犹重关，喻指潼关险要。

[二]飞轩，轻车，此指使者之车。

[三]丹陛，皇宫中的红色台阶，借指朝廷或皇帝。

[四]又此回，谓又一次落第出关而归。

早发潼关

吴融

载《全唐诗》卷六百八十五

天边月初落，马上梦犹残。
关树苍苍晓[一]，玉阶澹澹寒[二]。
宦游终自苦[三]，身世静堪观。
争似山中隐，和云枕碧湍。

这是一首以“早发”为主题的抒写羁旅之思的五言律诗。诗人因在天边月落、马上梦残的拂晓时分早早出潼关而感叹宦游之苦，向往以云为枕、伴碧湍而游的山中归隐生活。诗歌反映了当时宦游生活真实的一面。

【注】

[一]关树，潼关之树。

[二]玉阶，石阶之美称。

[三]宦游，外出求官或做官。

关西驿亭即事

吴融

载《全唐诗》卷六百八十七

晚霞零落雨初收，关上危阑独怅留[一]。
千里好春聊极目，五陵无事莫回头[二]。
山犹带雪霏霏恨，柳未禁寒冉冉愁。
直是无情也肠断，鸟归帆没水空流。

关西驿在唐潼关城西二里许。这首诗是诗人在早春雨后初晴的一个早晨登上关西驿亭四望之时即兴而作。诗写潼关早春雨后清寒凄凉的景象，表现了诗人凄愁惆怅的心情。

【注】

[一]关上，潼关上。危阑，高高的栏杆。

[二]五陵，西汉五个皇帝的陵墓，即高祖长陵、惠帝安陵、景帝阳陵、武帝茂陵、昭帝平陵，在长安北。五陵附近为富豪贵族聚居之地。这里喻指京都长安。

下第东归别友人

杜荀鹤

载《全唐诗》卷六百九十一

不得同君住，当春别帝乡[一]。
年华落第老，岐路出关长[二]。
芳草缘流水，残花向夕阳。
怀亲暂归去，非是钓沧浪[三]。

这是一首落第诗，为诗人参加科考失利，东出潼关返还故乡之时所作。诗人徘徊在潼关关门之下，油然生出诸多叹惋，表现了诗人落第后的酸楚和羁旅行役之苦，以及对未来命运的无可奈何。

【注】

[一]帝乡，指京都长安。

[二]岐路，岔路。此处“岐路”除指分别，更指站在人生的十字路口上面临抉择。出关，指出潼关。

[三]钓沧浪，谓归隐。语出《楚辞·渔父》。

入关寄九华友人

杜荀鹤

载《全唐诗》卷六百九十二

坐床难稳露蝉新[一],便作东西马上身。
醲酒却输耽睡客[二],好山翻对不吟人。
无多志气禁离别,强半年光属苦辛。
箧里篇章头上雪,未知谁恋杏园春[三]。

此诗当作于唐昭宗大顺二年(891)诗人登进士第之前,时诗人赴京应举,路过潼关。诗描写了诗人心事重重,在坐卧不宁中送走长长秋夜,天刚拂晓,便匆匆入关赶路应试的情景。诗题中,入关,即入潼关;九华,即九华山。

【注】

[一]露蝉新,晨露新凝,秋蝉始鸣,喻指天刚刚亮。

[二]醲酒,烈性的酒。

[三]杏园,在曲江西,唐时新科进士游宴之地。此谓期盼进士及第。

关河道中

韦庄

载《全唐诗》卷六百九十五

槐陌蝉声柳市风[一]，驿楼高倚夕阳东[二]。
往来千里路长在[三]，聚散十年人不同[四]。
但见时光流似箭，岂知天道曲如弓。
平生志业匡尧舜[五]，又拟沧浪学钓翁[六]。

此诗当作于唐懿宗咸通二年(861)秋，诗人自虢州入长安应举时。诗题又作《关河道中作》。关河道即自陕虢经函谷关、潼关出入关中之道。全诗以“道”为契机，层层推衍，先写诗人黄昏时分登上潼关驿楼，凭眺西往长安的驿路所见；续写诗人由眼前的驿路，引起的对时光、世道的深沉感慨。科场沉浮的诗人，报国无门，忧心如焚，在诗中表现出对举路漫漫的痛切感受和志业未酬的感伤。

【注】

[一]槐陌，指道路两旁植有国槐的街道。柳市，本为汉代长安九市之一，与东、西市并列，这里代指柳树成荫的街市。

[二]驿楼，指潼关驿楼。

[三]往来千里，据《元和郡县图志》，虢州西北至长安四百三十里，往返则近千里。

[四]聚散十年，指从长安迁居虢州已十年。

[五]尧舜，古代两位圣君，此处代指当朝皇帝。

[六]沧浪，水名，泛指隐居的地方。

梦入关

韦庄

载《全唐诗》卷六百九十七

梦中乘传过关亭[一]，南望莲峰簇簇青[二]。
马上正吟归去好，觉来江月满前庭。

此诗疑作于唐昭宗大顺二年(891)诗人泛湘西归之前。诗题中，入关，即入潼关。从唐僖宗中和三年(883)起，诗人流落江南达十二年，颠沛流离，不知归宿何处。诗写诗人梦中乘骑过关的情景，表达了浓烈的思归之情。

【注】

[一]乘传，乘坐驿车。关亭，此指潼关之亭。

[二]莲峰，指华岳中峰莲花峰，在潼关南。

与东吴生相遇

韦庄

载《全唐诗》卷六百九十九

十年身事各如萍[一]，白首相逢泪满缨[二]。
老去不知花有态，乱来唯觉酒多情[三]。
贫疑陋巷春偏少，贵想豪家月最明。
且对一尊开口笑，未衰应见泰阶平[四]。

此诗题下原注“及第后出关作”，表明这首诗是诗人唐昭宗乾宁元年(894)进士及第后出潼关遇友人东吴生时作。东吴生，姓名及生平事迹均不详，当是诗人十年前在东吴(今江苏南部、浙江、安徽南部一带)结交的朋友。诗写诗人与朋友久别重逢的欢喜和对时势衰败的愤慨以及对天下太平的期望。

【注】

[一]十年，诗人从唐僖宗中和三年(883)流落江南，到唐昭宗乾宁元年擢第，历十二年。此处为概指。

[二]白首，犹白发，表示年老。韦庄及第时，已五十多岁，故云。

[三]乱，指唐末战乱。

[四]泰阶，古星座名，即三台星。古人认为泰阶星现，预示风调雨顺、民康国泰。

出关

韦庄

载《全唐诗》卷六百九十九

马嘶烟岸柳阴斜，东去关山路转赊。
到处因循缘嗜酒[一]，一生惆怅为判花[二]。
危时只合身无著，白日那堪事有涯。
正是灞陵春酬绿[三]，仲宣何事独辞家[四]。

此诗当作于唐僖宗乾符六年（879）春。时黄巢继王仙芝为王，克宋、汴，引兵渡江，克广州。诗人离开长安，流离南越。诗题出关，谓出京东行，关，指潼关。诗先总说出关，再说出关之前的经过，表现了诗人感伤时事、自伤身世的心态。

【注】

［一］因循，指寄人篱下为门客。

［二］判花，即在文书上签字画押，泛指各种文书，此处指入仕。

［三］灞陵，唐代送别的经典场所，在长安东南。春酬，又作春酎，指经过多次酝酿的醇酒。

［四］仲宣，即王粲，字仲宣，东汉末著名诗人，“建安七子”之一。汉末，董卓部将李傕、郭汜等在长安作乱，王粲离开长安，投靠荆州刘表。这里诗人以王粲去国自比，自伤背井离乡。

出关言怀

黄滔

载《全唐诗》卷七百六

又乞书题出[一]，关西谒列侯[二]。寄家僧许岳，钓浦雨移洲。卖马登长陆，沾衣逐胜游。菜肠终日馁[三]，霜鬓度年秋。诗苦无人爱，言公是世仇。却怜庭际草，中有号忘忧[四]。

这是一首落第志感诗，约作于唐僖宗乾符二年(875)诗人第三次落第返乡出潼关时。诗人诉说自己饱经生活困窘、漂泊无定的艰辛，却得不到同情和认可，更添怀才不遇的惆怅。

【注】

[一]乞书题，指投诗文谒权贵名流，请其提名荐举。

[二]关西，指函谷关或潼关以西地区，此指长安。

[三]菜肠，食菜之肠，指肚子。馁，饥饿。

[四]忘忧，即忘忧草，传说见之即可忘忧。

入关言怀

黄滔

载《全唐诗》卷七百六

背将踪迹向京师，出在先春入后时。

落日灞桥飞雪里[一]，已闻南院有看期[二]。

此诗作于唐昭宗文德元年(888)春，诗人自边塞返回长安时。诗人此次进京，是要看进士试放榜，入关时恰逢黄昏时分，遥想礼部南院已经放榜，自己的功名还是未知数，故不胜感慨。

【注】

[一]灞桥，在今西安东灞水上，唐代送别的经典场所。

[二]南院，即唐礼部南院，唐进士试放榜之地。张榜于南院东墙上。

旅次寓题

徐夤

载《全唐诗》卷七百八

胡为名利役，来往老关河[一]。
白发随梳少，青山入梦多[二]。
途穷怜抱疾，世乱耻登科[三]。
却起渔舟念[四]，春风钓绿波。

这是一首羁旅诗。旅次，即旅途中暂住的地方。诗人早年蹭蹬举场，长达十年以上，其间多次循崤函古道出入长安，身心疲惫，故在旅途中写诗表达难得遂意、叹老怀乡之情。

【注】

[一]关河，潼关与黄河。

[二]青山，指故乡的山。

[三]登科，唐制，举子及第后，待选服官，由吏部复试，获中，称登科。此指做官。

[四]渔舟念，归隐的想法。

忆潼关

徐夤

载《全唐诗》卷七百九

洞壑双扉入到初[一]，似从深阱睹高墟。
天开白日临军国[二]，山夹黄河护帝居[三]。
隋炀远游宜不反[四]，奉春长策竟何如[五]。
须知皇汉能扃鐍[六]，延得年过四百余[七]。

这是诗人追忆早年初次经行潼关经历而作的一首七言律诗。诗歌通过描写潼关的雄伟壮丽，总结汉、隋两朝对潼关利用的得失，表达了诗人对唐国祚绵长的祝愿。

【注】

[一]洞壑双扉，指潼关的关门。

[二]军国，指潼关城。

[三]帝居，京都，指长安。

[四]隋炀，即隋炀帝杨广。大业十二年(616)，杨广出潼关，南巡至江都(今江苏扬州)；十四年(618)，在行宫被禁军将领缢杀。

[五]奉春长策，汉高祖时，娄敬上书，力排定都洛阳之议，主张入关定都关中，为高祖采纳，赐姓刘氏，封奉春君。这里用刘邦据娄敬策入关定都长安事咏潼关，寄托了对唐国祚绵长的祝愿。

[六]扃鐍，门锁，此谓严守关门。

[七]四百余，西汉与东汉凡四百二十六年。

忆潼关早行

徐夤

载《全唐诗》卷七百九

行客起看仙掌月[一]，落星斜照浊河泥[二]。
故山远处高飞雁，去马鸣时先早鸡。
关柳不知谁氏种，岳碑犹见圣君题[三]。
刍荛十轴憧三尺[四]，岂谓青云便有梯[五]。

此诗是诗人追忆早年经行潼关经历的又一首七言律诗。诗人潼关早行，一路泥泞，星光下，看到关柳岳碑、荒草青云，听到马鸣鸡啼，场面奇异，不由感慨自己在科举路上不停奔波，饱尝艰辛，虽负载十轴诗书，却未必有路通达青云。

【注】

[一]仙掌，指仙掌崖，在华山东峰，峰侧石上有痕印，自下望之，很像手掌印，五指俱全。

[二]浊河，指黄河。

[三]圣君题，指刻于华山的唐玄宗《御制西岳华山碑铭》。

[四]刍荛，采薪者。语出《诗经·大雅·板》。后以刍荛用作陈述己见的谦辞。

[五]青云，喻高官显位。

晓

徐夤

载《全唐诗》卷七百十

水尽铜龙滴渐微[一]，景阳钟动梦魂飞[二]。
潼关鸡唱促归骑[三]，金殿烛残求御衣[四]。
窗下寒机犹自织，梁间栖燕欲双飞。
羲和晴耸扶桑辔[五]，借与寰瀛看早晖[六]。

这是一首咏时诗，描写了诗人在潼关拂晓时的所见所想，表现了诗人时不我待、不负韶华的紧迫感和对君王励精图治的期待。

【注】

[一]铜龙，指雕刻成龙样子的漏壶。

[二]景阳，南朝齐武帝因宫深不闻端门鼓漏声，置钟于景阳楼上，宫人闻钟声，起床梳妆。后人称为景阳钟。

[三]鸡唱，鸡鸣、鸡啼，此谓潼关晨鸡唱晓。

[四]金殿，皇宫。求御衣，又作求衣，典出《汉书·贾邹枚路传》。后因以用作帝王勤于朝政、励精图治的典故。

[五]羲和，神话中太阳的御者。扶桑，神话中的树名。传说日出于扶桑之下，拂其树梢而升。亦借指太阳。

[六]寰瀛，寰宇，指疆域、世界。

秋入关

贾 驰

载《全唐诗》卷七百二十六

河上微风来[一]，关头树初湿[二]。
今朝关城吏，又见孤客入。
上国谁与期[三]，西来徒自急[四]。

此诗当作于唐文宗大和八年(834)秋。诗人屡举进士不第，这次孤身一人再赴长安，行至潼关有感而作。《唐才子传》:“(贾)驰，大和九年郑确榜进士。初负才质，蹭蹬名场。来往公卿间，担簦蹑屩，莫伸其志。尝入关赋诗云……主司得闻，有怜才之意，遂放第。”贾驰入关赋之诗即《秋入关》。

【注】

[一]河，指黄河。

[二]关，指潼关。

[三]上国，京城，指长安。

[四]西来，指西入潼关赴长安。

杨震

周昙

载《全唐诗》卷七百二十九

为国推贤匪惠私，十金为报遽相危[一]。
无言暗室何人见，咫尺斯须已四知[二]。

此诗是诗人系列咏史诗《后汉门》之一首。诗写杨震去东莱郡途中拒绝王密送礼事，歌颂杨震为官清正、刚直不阿、拒受贿赂的高风亮节。

【注】

[一]十金，十斤金或十镒金。

[二]斯须，片刻，须臾。

题潼关普通院门

陈季卿 载《全唐诗》卷八百六十八

度关悲失志[一]，万绪乱心机。
下坂马无力[二]，扫门尘满衣。
计谋多不就，心口自相违。
已作羞归计，还胜羞不归。

据《太平广记》引《纂异记》，陈季卿辞家至京师举进士不第，偶访青龙寺，见寺壁绘《寰瀛图》，恍惚入图登舟，旬余至家。旋复登舟归至青龙寺，从图画中出，见山翁尚在。后陈虽登进士第，仍辟谷入终南山而去。其归途中及至家后作诗五首，《全唐诗》当作梦诗一并收入。此诗即陈季卿在潼关题于普通院门之作。普通院，寺院名，在潼关关门东。诗写诗人辞家十年，屡试不第，度关时失志之悲涌起，万绪萦心，烦乱不堪，马乏无力，衣衫尘满，心口相违，而无论是归家还是不归家，均让人羞愧难堪，表现了诗人功业无成、空怀抱负的忧伤、凄楚和失魂落魄。

【注】

[一]悲失志，伤痛没有实现自己的理想。

[二]坂，山坡，斜坡，此指关道。

送友生下第出关

李郢

载《全唐诗续补遗》卷八

天榜无名玉未焚，几飘凝泪泣青云。
挈将孤剑家何在，叫断重阍帝不闻[一]。
花笑旅人惟赖酒，镜欺双鬓莫言文。
糟床滴沥余声尽，还典重裘又送君[二]。

这是一首慰人落第的送别诗。友生，即朋友，姓名不详。时李郢在长安，有朋友落第后离开长安，出潼关东归，诗人作诗相送。诗人既为朋友落第打抱不平，又安慰、勉励朋友心存希望、莫要灰心。

【注】

［一］重阍，重门，此指皇宫门。

［二］重裘，重叠在一起穿的两件裘衣，谓厚重的毛皮材质的衣服。

出关怀古

郭文之

载清康熙《潼关卫志》卷下《艺文志》

雄关百二气佳哉[一]，日色苍茫拂曙开[二]。
华岳三峰皆北拱[三]，黄河一水自西来[四]。
汉津徐度原无险[五]，楚炬才消但有灰[六]。
六国未亡秦已灭[七]，凄凉空使后人哀。

这是一首怀古七言律诗，《全唐诗》无载。诗写潼关雄奇的山川景象，抒发了对秦汉兴亡交替的感慨与哀伤。

【注】

［一］雄关，指潼关。

［二］拂曙，拂晓的太阳。谓潼关关门迎着曙光敞开。

［三］三峰，指华山西、南、东三峰。

［四］自西来，黄河在潼关附近由北掉头向东，故云。

［五］汉津，指汉代潼关的黄河渡口。

［六］楚炬，秦末，项羽入咸阳，杀秦降王子婴，烧秦宫室，火三月不灭。事见《史记·项羽本纪》。后因以“楚炬”“楚人一炬”盖指此事。

［七］六国，此处指被秦国吞并的齐、楚、燕、韩、赵、魏等关东六国的后裔。

阌乡县是崤函古道上东出潼关第一县，西连潼关，东接函谷，北临黄河，故址在今河南省灵宝市豫灵镇文底南原村以北的黄河滩上，西距潼关三十余里，东南距虢州一百里。

《元和郡县图志》卷第六《河南道二·虢州》记载："（阌乡县）本汉湖县地，属京兆尹，自汉至宋不改。北周明帝二年（558），置阌乡郡。按：阌乡，本湖县乡名。隋开皇三年废阌乡郡，十六年移湖城县于今所，改名阌乡县，属陕州。"唐高祖武德元年（618）改凤林郡为鼎州，移治阌乡。唐太宗贞观八年（634）废为县，改属虢州。元世祖至元二年（1265），省湖城入阌乡。明太祖洪武元年（1368），阌乡县移治于唐湖城县旧址（今灵宝市阳平镇南寨子村附近）。1954 年 6 月，阌乡县并入灵宝县，原阌乡县城改置阌底镇。1959 年，因修建三门峡水库，阌底镇居民一部分迁至东南五里的今阳平镇文乡村，大部分迁至西南五里的今阳平镇文西村，阌乡县故城成为农田，仅留原城内东南角一座城隍庙基址。

唐代阌乡是仅次于赤、畿的望县，县当驿路。有在城驿，称阌乡驿，规制甚壮，与华州普德驿并称为"邮亭之甲"，官员多在此处停留，虢州人迎来送往的仪式也常在这里进行。阌乡的王濬墓、望思台、关亭、盘豆驿等都是唐代诗人反复吟咏的对象。

阌　乡

过王濬墓

李隆基

载《全唐诗》卷三

吴国分牛斗[一]，晋室命龙骧[二]。受任敌已灭，策勋名不彰。
居美未尽善，矜功徒自伤[三]。长戟今何在，孤坟此路傍。
不观松柏茂，空余荆棘场。叹嗟悬剑陇[四]，谁识梦刀祥[五]。

此诗为开元十二年(724)冬十一月唐玄宗东幸洛阳途经阌乡王濬墓时所作的凭吊诗。诗将王濬的盖世功绩与“策勋名不彰”的遭遇做对比，将昔日繁盛与今日寂寥做对比，在深邃沉重的历史中感悟人生，哀婉真挚。王濬(206—286)，西晋名将，字士治，弘农湖县(今河南灵宝西北)人。官益州(治今成都)刺史时，奉诏造舟舰、练水师。太康元年(280)，率水军浮江东下，直取吴都建业(今南京)，灭吴国，结束三国割据局面。因功封襄阳县侯，拜抚军大将军。其墓在今灵宝市西阎乡大字营村。

【注】

[一]牛斗，星辰名，牛宿、斗宿均为二十八宿之一。古人认为，牛宿为越之分野，斗宿为吴之分野，古吴越之地，即三国吴地，地处牛、斗的分野。

[二]龙骧，指王濬。晋武帝拜王濬为龙骧将军，监益州军事。

[三]矜功，指王濬平吴后，每觐见皇上，即陈攻伐之劳与见枉之状，或不胜忿愤，径出不辞。

[四]悬剑陇，春秋时季札出使，北过徐，徐君喜欢季札的宝剑，季札知之，未献。及季札归，徐君已死，季札乃解剑挂徐君冢树而去。后因以表示对亡人的吊唁、追怀及思念。

[五]梦刀祥，王濬任广汉太守时夜梦卧室悬三刀，继之又加一刀，主簿李毅祝贺说，三刀为州字，又益一刀，大概要出掌益州了。不久，王濬果迁益州刺史。

轩游宫十五夜

李隆基

载《全唐诗》卷三

行迈离秦国[一]，巡方赴洛师[二]。
路逢三五夜，春色暗中期。
关外长河转[三]，宫中淑气迟。
歌钟对明月，不减旧游时。

此诗当作于开元二十二年(734)正月，唐玄宗自长安东幸洛阳途中驻跸轩游宫之时。轩游宫，始建于隋，称别院宫，唐高宗咸亨五年(674)更名，亦称阌乡别馆，位于唐阌乡县城内，即今灵宝市豫灵镇一带。《宋史·柴通玄传》载：“柴通玄字又玄，陕州阌乡人。为道士于承天观。……所居观即唐轩游宫，有明皇诗石及所书道德经二碑。”“明皇诗”即《轩游宫十五夜》。诗中描述诗人在春夜满月的景色下与群臣宴享娱乐的情形，体现了诗人志得意满的畅达情怀和作为天下至尊的矜夸与自满。由“旧游”可知，唐玄宗东幸洛阳时曾多次驻跸轩游宫。

【注】

[一]秦国，指关中。战国至秦代，关中一直是秦统治的核心区域。

[二]师，京师，洛师即洛阳。

[三]长河，指黄河。

奉和圣制过王濬墓

张九龄

载《全唐诗》卷四十九

汉王思巨鹿[一]，晋将在弘农[二]。入蜀举长算，平吴成大功。
与浑虽不协[三]，归皓实为雄[四]。孤绩沦千载，流名感圣衷。
万乘度荒陇[五]，一顾凛生风。古节犹不弃，今人争效忠。

这是诗人奉和唐玄宗《过王濬墓》的诗作，作于开元十二年（724）十一月随唐玄宗东幸洛阳途经阌乡时。诗称颂王濬“平吴成大功”，对他“孤绩沦千载”的遭遇表示同情。

【注】

[一]思巨鹿，指君主思得良将。汉文帝为代王时，闻战国末赵国将领李齐有贤能，居军巨鹿。即位后，自称“吾每饮食，意未尝不在巨鹿也”。

[二]晋将，指王濬。

[三]与浑虽不协，指将帅间争抢战功。王濬平吴，受王浑节度，而王浑畏缩不前，王濬乘势攻下建康。事后，王浑上表，指王濬不听节度，与己争功，王濬因此受到处分。

[四]归皓，指王濬率水军攻吴，吴主孙皓投降，被解送京师。

[五]万乘，皇上的车马仪仗。荒陇，谓王濬墓地荒凉废圮。

奉和圣制过王濬墓应制

张　说

载《全唐诗》卷八十八

牛斗三分国，龙骧一统年。智高宁受制，风急肯回船[一]。
有策擒吴嚭[二]，无言让范宣[三]。援孤因势屈[四]，功重为谗偏。
旧迹灰尘散，枯坟故老传[五]。百代逢明主，何辞死道边[六]。

这是诗人应制奉和唐玄宗《过王濬墓》的诗作，作于开元十二年(724)十一月随唐玄宗东幸洛阳途经阌乡时。诗写王濬平吴，统一国家，智高功重，却遭受谗言，全是未遇明主的缘故，透露出对当朝天子的盛赞与希冀。

【注】

[一]回船，王濬平吴时，晋武帝命王濬至秣陵受王浑节度，王濬不服。王濬将至秣陵时，王浑邀其暂过论事，王濬推托“风利，不得泊也”，乃挥军直入石头城，乘胜受降。

[二]吴嚭，即春秋时吴国太宰伯嚭，越灭吴后，擒而诛之。这里以吴嚭借指东吴孙皓。

[三]范宣，即范宣子，春秋时晋卿。此借指王濬的外亲益州护军范通。范通曾责王濬：“卿功则美矣，然恨所以居美者，未尽善也。”

[四]援孤，孤立无援。王濬灭吴后，王浑表奏濬违诏不受节度，侵吞吴国宝物；有司奏濬不受节度，大不敬，宜付廷尉科罪。王濬一时陷入孤根独立、朝无党援的境地。

[五]枯坟，荒坟。

[六]死道边，《后汉书·五行志一》：“顺帝之末，京都童谣曰：直如弦，死道边；曲如钩，反封侯。”

阌乡送上官秀才归关西别业

岑参

载《全唐诗》卷二百

风尘奈汝何,终日独波波[一]。
亲老无官养[二],家贫在外多。
醉眼轻白发,春梦渡黄河。
相去关城近[三],何时更肯过。

此诗当作于唐肃宗宝应元年(762),诗人当时在关西节度判官任上。诗题中,上官秀才,名不详。据诗题,诗人当是因差到阌乡与上官秀才相识,临别作诗相送。诗塑造了一位怀才不遇、穷困落魄而又坚强不屈的知识分子形象,表达了诗人对这位秀才遭遇的同情和对其人格的钦佩,同时也表达了对当朝天子不能任用贤才的不满。

【注】

[一]波波,奔波,比喻辛苦劳困。

[二]官养,即官府供养。《礼记·王制》云,上古有养老之礼,由官府对年老有德之人按时供给酒食,谓之官养。

[三]关城,指潼关城。

晚过盘豆寺礼郑和尚

岑参

载《全唐诗》卷二百

暂诣高僧话[一]，来寻野寺孤。
岸花藏水碓[二]，溪水映风炉[三]。
顶上巢新鹊[四]，衣中带旧珠[五]。
谈禅未得去[六]，辍棹且踟蹰[七]。

诗题中的“豆”，底本作“石”，为形近之误，当作“豆”。礼，致礼。郑和尚，生平事迹不详。盘豆寺当在阌乡盘豆一带。诗人二十岁至约三十岁时为仕途而奔波，往返于京、洛间，此诗当是这一时期在阌乡礼拜盘豆寺郑和尚后所作。诗写盘豆寺充满野趣的独特景象，表现了诗人对禅理的眷恋，表露出诗人失意的孤独茫然以及他在出仕与隐居间犹豫的矛盾心态。

【注】

[一]高僧，指郑和尚。

[二]水碓，旧时一种利用水力捣米的器具。

[三]风炉，一种煮茶的器具，用铜铁铸成，形如古鼎。

[四]顶上，头顶。此句谓坐禅时身体不动，以致鸟筑巢于头顶。

[五]珠，念珠。

[六]谈禅，谈论禅理。禅即梵语“禅那”的音译，静思息虑之意。

[七]辍棹，放下船桨，停船。

夜过盘豆隔河望永乐寄闺中效齐梁体

岑参

载《全唐诗》卷二百

盈盈一水隔[一]，寂寂二更初。
波上思罗袜[二]，鱼边忆素书[三]。
月如眉已画，云似鬓新梳。
春物知人意[四]，桃花笑索居[五]。

诗题中的“豆”，底本原作“石”，为“豆”之误字。盘豆，指盘豆驿，故址在今河南省三门峡市灵宝市故县黄河滩地。河，指黄河。永乐，唐河中府属县，地处黄河北岸，在今山西省芮城市西南永乐镇一带。闺中，女子居室，此借指妻室。齐梁体，即永明体。南朝齐梁时流行的一种格律体诗，诗风绮丽软媚。此诗盖作于开元末，诗人新婚不久即外出。诗中描写妻子美丽动人的风姿以及孤寂静守、思念丈夫的无奈。全诗充满诗人对妻子的思念及爱怜等真挚情感，表现出浓浓的家庭温情。元方回《瀛奎律髓》评曰：“波、鱼、月、云，所睹之四物也；袜、书、眉、鬓，所思之四事也。可谓工矣。”

【注】

［一］盈盈，水清浅貌。一水，指黄河。

［二］罗袜，丝织的袜子。此处借指妻子。

［三］素书，指家信。

［四］春物，春天的景物。

［五］索居，谓妻子独居。

阌乡姜七少府设脍戏赠长歌

杜　甫

载《全唐诗》卷二百十七

姜侯设脍当严冬，昨日今日皆天风。河冻未渔不易得[一]，凿冰恐侵河伯宫[二]。饔人受鱼鲛人手[三]，洗鱼磨刀鱼眼红。无声细下飞碎雪[四]，有骨已剁觜春葱。偏劝腹腴愧年少，软炊香饭缘老翁。落砧何曾白纸湿[五]，放箸未觉金盘空。新欢便饱姜侯德，清觞异味情屡极。东归贪路自觉难[六]，欲别上马身无力。可怜为人好心事，于我见子真颜色[七]。不恨我衰子贵时，怅望且为今相忆。

唐肃宗乾元元年(758)冬，杜甫自华州赴洛阳，途经阌乡，遇友人设鱼脍招待，故作此诗。诗写诗人享受姜七少府美酒佳肴盛情款待的快乐，赞美其尊老重情的品德，表达了诗人对姜七少府的感激之情和惜别之意。诗题中，姜七，名及事迹不详。少府即县尉。脍，把鲜鱼切成薄片。诗中详细地描写了凿冰捕鱼、斫鱼制脍及品尝其味的全过程，从中可读到唐人的饮食文化和当地友善好客的淳朴民风。

【注】

[一]河冻未渔，河水冰冻，还无法开始捕捞。一作黄河美鱼。

[二]河伯，传说中的黄河河神。姓冯名夷，华阴潼乡(今渭南市潼关县)人。

[三]饔人，官名，掌调菜肴，此处指厨师。鲛人，传说中鱼尾人身的神秘生物，此处指渔夫。

[四]碎雪，喻鱼肉之白嫩。

[五]白纸湿，切鱼肉时，以灰去血水，用纸来抹灰，鱼肉便干净。

[六]东归，东去洛阳。贪路，急于赶路。

[七]子，指姜七少府。真颜色，真情实意。

戏赠阌乡秦少公短歌

杜甫

载《全唐诗》卷二百十七

去年行宫当太白[一]，朝回君是同舍客。
同心不减骨肉亲，每语见许文章伯[二]。
今日时清两京道[三]，相逢苦觉人情好[四]。
昨夜邀欢乐更无，多才依旧能潦倒。

此诗作于唐肃宗乾元元年(758)冬，时诗人由华州赴洛阳途经阌乡。秦少公，名不详。少公，即少府。秦少公为杜甫在凤翔行在的同僚，此次姜七少府设筵款待杜甫，秦少公出席作陪，诗人因之作诗相谢。诗写在凤翔为官时，二人同心，互相推许，此次与旧友途中重逢，倍感欢乐。结尾以嘲语叹其潦倒，也是自嘲。

【注】

[一]行宫，此指唐肃宗在凤翔的住处。太白，太白山。

[二]文章伯，文章大家，犹今文豪。

[三]时清，此年唐王朝从安史叛军手中收复两京，故云。两京道，即崤函古道。

[四]苦觉，犹格外觉得。

使次盘豆驿望永乐县

武元衡

载《全唐诗》卷三百十七

山川不记何年别，城郭应非昔所经。
欲驻征车终日望[一]，天河云雨晦冥冥[二]。

这是一首叙事与写景相结合的七言绝句。诗人奉诏出使，短暂停留于盘豆驿，眺望黄河北岸的永乐县，有感而作。诗写自己久离家乡，长期在外做官，经过太多的山川、城郭，一直在人生的旅途中跋涉，委婉地表达了渴望安定、思念家乡之情。诗题中，盘豆驿在唐阌乡县东二十五里，即今灵宝故县镇黄河滩地，是崤函古道上的著名驿站，水陆相兼，景色尤佳。1959年，因三门峡大坝蓄水，盘豆镇居民迁于娄店，分建盘东、盘西二村。永乐县，在今山西芮城西南永乐镇一带，位于黄河北岸，与盘豆驿隔河相望。

【注】

[一]驻，车马停驻，驻扎。征车，人所乘之车。

[二]天河，指黄河。

盘豆驿

权德舆

载《全唐诗》卷三百二十五

盘豆绿云上古驿[一]，望思台下使人愁[二]。
江充得计太子死，日暮戾园风雨秋[三]。

这是诗人经行盘豆驿时写的一首咏古诗。盘豆驿历史悠久，传汉武帝曾微服经过湖城，遇仙翁以牙盘飧豆，后因以“盘豆”命名此地。诗由盘豆驿繁茂的国槐起笔，联想到西汉武帝时的巫蛊之祸，充满对历史沧桑的感慨，也从侧面描写了盘豆驿的历史渊源。

【注】

[一]绿云，喻指树叶繁茂。盘豆驿东有一棵大国槐树，高大茂密，耸入云天，时称“两京道上槐王”。

[二]望思台，汉武帝征和二年（前91），汉武帝患病，江充用事，诬陷太子行巫蛊之术。太子惧遭祸端，起兵斩杀江充，并与丞相等战，事败后出长安，东逃至湖县，藏匿于泉鸠里，被围后自缢。后武帝知太子枉死，乃于太子被害处造望思台，其址在今灵宝市豫灵镇底董村戾太子冢西北五里。

[三]戾园，汉宣帝即位后，追谥太子曰“戾”，以湖县阌乡邪里聚为戾园，置奉邑二百家，“园置长丞，周卫奉守如法”。其址在今灵宝豫灵底董村东南，有戾太子冢，高50米，周长480米，占地2公顷。冢西北有皇孙冢两座。

望思台作

吕温

载《全唐诗》卷三百七十一

浸润成宫蛊[一]，苍黄弄父兵[二]。
人情疑始变，天性感还生。
宇县犹能洽[三]，闺门讵不平[四]。
空令千载后，凄怆望思名。

这是一首咏史怀古诗，约作于唐德宗贞元十一年(795)，时吕温再次赴京应举不第，由长安东归洛阳，途经阌乡王濬墓有感而发。与此诗作于同时的还有一篇《望思台铭并序》，可以相互参证。诗写巫蛊之祸中奸臣挑唆导致父子误会的悲剧史实，同时也对太子刘据的所作所为提出严厉批评，这也是该诗与唐代其他望思台诗相比较颇为特别之处。

【注】

[一]浸润，指谗言。宫蛊，宫中之蛊，指汉武帝末年发生的巫蛊之祸。

[二]苍黄，同仓皇，谓急促匆忙。弄父兵，指戾太子矫诏起兵。

[三]宇县，天下。

[四]闺门，宫苑、内室的门。借指宫廷、家庭。

晋王龙骧墓

吕温

载《全唐诗》卷三百七十一

虎旗龙舰顺长风[一]，坐引全吴入掌中。
孙皓小儿何足取[二]，便令千载笑争功[三]。

此诗约作于唐德宗贞元十一年(795)，时吕温再次赴京应举不第，由长安东归洛阳，谒见河南尹齐抗，途经阌乡王濬墓，即景抒怀而作。诗写王濬率水军顺流东下，大破吴军，逼得吴主孙皓素车白马，肉袒面缚，衔璧牵羊，出门投降。诗作表达了对名臣雄杰的企慕与向往。

【注】

[一]虎旗龙舰，刻有或画有虎、龙的战船。形容水师威武。

[二]孙皓，即三国吴末帝。

[三]争功，指平吴后王浑与王濬争功事。

王濬墓下作

李贺

载《全唐诗》卷三百九十二

人间无阿童[一]，犹唱水中龙[二]。白草侵烟死[三]，秋梨绕地红。
古书平黑石[四]，袖剑断青铜[五]。耕势鱼鳞起[六]，坟科马鬣封[七]。
菊花垂湿露，棘径卧干蓬[八]。松柏愁香涩[九]，南原几夜风[十]。

此诗作于唐宪宗元和四年(809)十月，诗人为求取仕途，由洛阳赴长安，途经阌乡王濬墓时有感而发。诗歌浓墨重彩地描绘了诗人凭吊墓地时所见的荒丘废陇、寂寥荒凉的景况，表达了对世无王濬这样的英雄的叹息，以及对朝廷排斥贤能、冷落人才的不满和抗议。

【注】

[一]阿童，王濬的小名。

[二]水中龙，指王濬取长江水道伐吴。

[三]白草，秋后经霜的衰草，色变白。

[四]古书，指碑上文字。黑石，黑色的墓碑，因岁久而字迹漫漶。

[五]神剑，指陪葬之青铜剑。

[六]耕势，耕地的地形。鱼鳞，言其由茔域变为耕地，畦径交错，状若鱼鳞。

[七]坟科，墓穴。马鬣封，墓穴上长满枯草，如马颈上的长毛。

[八]棘径，荆棘丛生的小路。

[九]香涩，带涩味的香气。

[十]南原，即今灵宝衡岭塬，王濬墓地所在的大字营村在衡岭塬上。

歌舞

白居易

载《全唐诗》卷四百二十五

秦中岁云暮[一]，大雪满皇州[二]。雪中退朝者，朱紫尽公侯[三]。贵有风雪兴[四]，富无饥寒忧。所营唯第宅，所务在追游[五]。朱门车马客[六]，红烛歌舞楼。欢酣促密坐，醉暖脱重裘。秋官为主人[七]，廷尉居上头[八]。日中为一乐，夜半不能休。岂知阌乡狱[九]，中有冻死囚。

此诗是组诗《秦中吟十首》之第九首，诗题一作“伤阌乡县囚”，作于唐文宗大和五年(831)。元和年间，内乡县行市、黄涧两场仓督邓琬等四人漕运糙米中有大量坏烂，被禁于阌乡监狱。邓死后，移罪于其子孙，前后囚数十人，长达二十八年。白居易为此上《奏阌乡县禁囚状》，详述阌乡狱中无辜妻儿惨遭迫害的真相，又作此诗揭露长安达官贵族醉生梦死的奢靡生活，篇末以阌乡狱囚的悲惨生活做对比，抨击官场的腐败。后经唐文宗下敕，邓家人被放出。

【注】

[一]岁云暮，岁末。

[二]皇州，都城的别称。此指长安。

[三]朱紫，唐制三品以上官员穿紫色官服，四品、五品以上官员穿朱色官服。

[四]风雪兴，吟风赏雪的兴致。

[五]所务，所追求的。追游，追逐游乐。

[六]朱门，古时贵族府邸的大门漆成红色，因以朱门代指贵族府邸、富贵之家。

[七]秋官，周以司寇为秋官，掌管刑狱。武则天时曾改刑部为秋官，中宗时复旧。

[八]廷尉，秦代官制，为九卿之一，掌管刑狱，相当于唐代的大理寺卿。

[九]阌乡狱，指邓琬案。

思子台有感二首

白居易

载《全唐诗》卷四百四十八

(其一)曾家机上闻投杼[一]，尹氏园中见掇蜂[二]。
但以恩情生隙罅，何人不解作江充。

(其二)暗生魑魅蠹生虫，何异谗生疑阻中。
但使武皇心似烛[三]，江充不敢作江充。

这两首诗是以思子台为吟咏对象的咏史怀古诗。思子台即望思台。诗作于唐敬宗宝历二年(826)，诗人苏州刺史任上。题下注云："凡题思子台者，皆罪江充。予观祸胎不独在此，偶以二绝辨之。"所"辨"者，即诗人认为巫蛊之祸的祸胎不独在江充，更在于汉武帝暗而不明，显示了诗人政治见解的高明之处。

【注】

[一]曾家，曾参家。杼，织布梭。此句用"曾母投杼"之典。《战国策·秦策二》载，人有与曾参同姓名者杀人，有人告曾母曾参杀人，曾母不信。后有人再三告之，曾母惧，投杼逾墙而走。后因以"投杼"喻指谣言众多以致迷惑人心。

[二]尹氏，指尹伯奇。伯奇，周上卿吉甫之子，为后母所谗而自杀。

[三]武皇，指汉武帝。

望思台

郑还古

载《全唐诗》卷四百九十一

谗语能令骨肉离[一]，奸情难测事堪悲[二]。
何因掘得江充骨，捣作微尘祭望思[三]。

此诗作于唐宪宗元和年间，时诗人由河中从事被贬吉州，途经阌乡望思台。诗写巫蛊之祸，将戾太子之死归因于“谗语”和“奸情”，以此表达对江充之辈的愤恨之情。

【注】

［一］谗语，谗言。

［二］奸情，奸诈之心。

［三］捣，舂捣，捶打。

咏歌圣德远怀天宝因题关亭长句四韵

杜牧

载《全唐诗》卷五百二十三

圣敬文思业太平[一]，海寰天下唱歌行[二]。
秋来气势洪河壮[三]，霜后精神泰华狞[四]，
广德者强朝万国，用贤无敌是长城。
君王若悟治安论[五]，安史何人敢弄兵[六]。

此诗作于唐宣宗大中五年(851)秋末，诗人由湖州除官赴京，途经阌乡关亭时有感而发。诗题中，咏歌，即歌颂。圣德，指帝王的功德。天宝，唐玄宗的一个年号(742—756)。天宝年间，朝政紊乱，爆发安史之乱，社会秩序遭到严重破坏。关亭，即鸿关亭，一名洪关亭，地处出入潼关之要冲。诗歌赞颂了宣宗广施德政、任用贤才使天下升平的政治举措，同时也恳请统治者反省总结安史之乱的教训，免蹈覆辙。

【注】

［一］圣敬文思，指唐宣宗。大中二年(848)正月，文武百官为宣宗上徽号“圣敬文思和武光孝皇帝”。

［二］唱歌行，指传唱对宣宗的颂歌。

［三］洪河，大河，指黄河。

［四］泰华，太华，即西岳华山。

［五］治安论，指西汉贾谊的政论文《治安策》。后因以谓使政治清明、国家安定的策略。

［六］安史，安禄山、史思明。天宝十四载(755)，安禄山以诛杨国忠为名，在范阳起兵叛唐。叛乱延续八年，史称“安史之乱”。

春尽途中

杜牧

载《全唐诗》卷五百二十三

田园不事来游宦[一]，故国谁教尔别离。
独倚关亭还把酒[二]，一年春尽送春诗。

此诗作于唐武宗会昌二年(842)春，时杜牧由比部员外郎外放为黄州刺史，由长安出潼关经行阌乡关亭，寂寞孤苦之痛和报国无门之愤不由袭上心头。全诗紧扣“春尽”，由惜春引出身世之感、家国之悲，即景生情，真挚感人。

【注】

[一]游宦，即宦游，外出做官。

[二]关亭，即鸿关亭，在今灵宝市豫灵镇底董村一带。

出关宿盘豆馆对丛芦有感

李商隐

载《全唐诗》卷五百四十

芦叶梢梢夏景深，邮亭暂欲洒尘襟[一]。
昔年曾是江南客[二]，此日初为关外心[三]。
思子台边风自急[四]，玉娘湖上月应沉[五]。
清声不远行人去，一世荒城伴夜砧。

此诗作于唐文宗开成四年(839)。诗题中，出关，指出潼关。盘豆馆，即盘豆驿。时作者由秘书省校书郎调任弘农尉，赴任途中宿盘豆馆，夜闻芦叶之声，怆然有怀，因作此诗。诗写驿馆芦叶梢梢的形象和韵味，营造出一种哀感优柔的意境，抒发了诗人仕途坎坷、身世孤寂之感，以及诗人对母亲与妻子的思念之情。叶葱奇《李商隐诗集疏注》评曰："妙在宛转含蓄，所以情致深远，怆惘不尽。"

【注】

[一]邮亭，驿馆，此指盘豆馆。

[二]江南客，盖指诗人少年时随父客居浙水东西。

[三]关外心，关指函谷关。汉武帝元鼎三年(前114)，杨仆以耻为关外人，请东移函谷关三百里于新安。这里暗指诗人由校书郎之京职出为弘农尉，心情有如杨仆。

[四]思子台，即望思台。

[五]玉娘湖，湖名，距盘豆馆不远。

望思台

汪遵

载《全唐诗》卷六百二

不忧家国任奸臣，骨肉翻为蓦路人[一]。
巫蛊事行冤莫雪，九层徒筑见无因[二]。

这是一首咏史七言绝句。诗写汉武帝时期的巫蛊案，讽刺汉武帝听信江充谗言，迫使太子无奈出逃。

【注】

[一]蓦路人，即陌路人。

[二]见无因，唐时望思台仅存基址。

经故杨太尉旧居

许棠

载《全唐诗》卷六百三

在汉信垂功[一]，于唐道更隆[二]。
一川留古迹，多代仰高风。
树折巢堕鸟，阶荒草覆虫。
行人过岂少，独驻夕阳中[三]。

此诗当作于唐宣宗大中九年(855)，时诗人应举落第东归，途经杨太尉故居。杨太尉即杨震，东汉安帝延光二年(123)为太尉。杨震故居有二，一在今陕西省潼关县安乐乡水峪口村，一在今河南省灵宝市豫灵镇杨家村。诗写杨震旧居的荒凉残败，于感叹世事沧桑中抒发诗人对为政清廉、精通儒学的杨震的仰慕和缅怀之情，也隐隐表现了诗人对晚唐黑暗官场的深深忧虑。

【注】

[一]垂功，有卓越的功勋流传下来。

[二]道更隆，谓杨震所崇尚的儒家之道更受推崇。

[三]独驻，独自停驻凭吊。

望思台

胡曾

载《全唐诗》卷六百四十七

太子衔冤去不回[一]，临皋从筑望思台[二]。
至今汉武销魂处，犹有悲风木上来。

这首诗是诗人咏史组诗之一。诗歌讽刺汉武帝听信佞臣方士的蛊惑而使太子蒙冤的愚蠢行为，嘲讽汉武帝虽筑望思台，亦难寄悔恨之情。

【注】

[一]太子，指戾太子。

[二]皋，水旁地。

过王濬墓

罗邺

载《全唐诗》卷六百五十四

埋骨千年近路尘[一]，路傍碑号晋将军[二]。
当时若使无功业，早个耕桑到此坟[三]。

这是一首怀古诗。诗人来到阌乡王濬墓地凭吊逝者，看到这里为王濬建碑立墓并进行保护，使王濬墓免于被农耕桑植所毁，表达了诗人对王濬昔日盖世功绩的敬重之情。

【注】

［一］埋骨，埋藏尸骨。

［二］路傍，崤函古道驿路旁，崤函古道从王濬墓所在的大字营村穿过。

［三］耕桑，《太平广记》引《国朝杂记》曰："唐武后将如洛，至阌乡东，骑忽不进。召巫者问之，巫言：晋龙骧将军王濬云：臣墓在道南，每为采樵者所苦。闻大驾至，故来求哀。后敕，去墓百步，禁耕植。今荆棘森然。"

王濬墓

罗隐

载《全唐诗》卷六百五十八

男儿未必尽英雄，但到时来即命通。
若使吴都犹王气[一]，将军何处立殊功[二]。

这首诗是诗人凭吊阌乡王濬墓时的怀古咏史之作。诗写诗人经过王濬墓时，想到三国孙吴衰落，建业王气尽衰，赞叹王濬抓住机遇，灭吴统一全国，顿生时来即命通、时势造英雄之叹，表现了诗人进步的历史观，并婉转地表达了自己一生怀才不遇的酸楚感叹。

【注】

[一]吴都，即吴都城建业。

[二]将军，指王濬。

关亭春望

罗隐

载《全唐诗》卷六百六十二

关畔春云拂马头，马前春事共悠悠。
风摇岸柳长条困[一]，露裛山花小朵愁。
信越功名高似狗[二]，裴王气力大于牛[三]。
未知至竟将何用，渭水泾川一向流[四]。

此诗为诗人在长安春试落第后，经潼关东归，逗留关亭望春时所作。关亭，即出入潼关之要冲的关亭，在今灵宝市豫灵镇底董村一带。诗主要写诗人落第后的落寞，以致看到美好的春景也有了别样的感觉；后又以汉将韩信、彭越的故事，发出了看淡功名才是正理的感慨。

【注】

[一]柳长条困，谓柳树长长的枝条总是在飘舞，好像女子困倦时伸展纤腰。

[二]信越，西汉开国元勋韩信、彭越的并称，两人都以战功封侯，又皆以叛逆罪被诛。功名高似狗，刘邦将其文武功臣分为出谋和出力两类，前者称为功人，后者称为功狗，后因以用作咏功臣的典故。

[三]裴王，指魏晋之裴氏、王氏两大世族。

[四]泾川，泾水，渭水支流，在西安西北与渭水合。泾水清，渭水浊。

望思台

罗隐

载《全唐诗》卷六百六十四

芳草台边魂不归，野烟乔木弄残晖[一]。
可怜高祖清平业[二]，留与闲人作是非。

诗人于唐宣宗大中五年(851)初次赴长安应举，此后二十余年间多次赴京，此诗当为诗人路经阌乡望思台时所作。诗写望思台凄凉景象，却又跳出事件本身，延伸出对汉王朝历史命运的反思与慨叹。

【注】

[一]残晖，犹残照。

[二]高祖，指汉高祖刘邦。清平业，太平帝业。

书怀

吴融

载《全唐诗》卷六百八十四

傍岩依树结檐楹[一]，夏物萧疏景更清[二]。
滩响忽高何处雨[三]，松阴自转远山晴[四]。
见多邻犬遥相认，来惯幽禽近不惊。
争得便夸饶胜事，九衢尘里免劳生[五]。

此诗作于诗人寓居阌乡时。天复元年(901)十一月，朱全忠兵犯京师，唐昭宗逃至凤翔(今陕西宝鸡)，诗人扈从不及，客寓阌乡，至三年(903)冬，才被返回长安的唐昭宗复召入朝廷，结束三年寓居阌乡的生活。诗人死后归葬阌乡，墓在今灵宝市豫灵镇麻庄村西，冢高3米余，周长约130米，今已不存。诗借描写阌乡盛夏阴晴不定、萧疏清爽的景象，流露出诗人避开喧嚣尘世的种种羁绊和辛劳后发自内心的欢欣，透露出悠然自得、知足闲适的情味。

【注】

[一]檐楹，屋檐下厅堂前部的梁柱。盖指房屋。

[二]萧疏，清丽。

[三]滩响，河水冲击滩石的声响。

[四]松阴，松树树荫，多指幽静之地。

[五]九衢尘，大道上的尘土，借指烦扰的尘世。劳生，《庄子·大宗师》："夫大块载我以形，劳我以生，佚我以老，息我以死。"后因以指辛苦劳累的生活。

阌乡寓居十首

吴融

载《全唐诗》卷六百八十六

阿对泉[一]

六载抽毫侍禁闱[二]，可堪多病决然归。
五陵年少如相问[三]，阿对泉头一布衣[四]。

蛙声

稚圭伦鉴未精通[五]，只把蛙声鼓吹同。
君听月明人静夜，肯饶天籁与松风[六]。

这十首诗作于诗人客寓阌乡的第二年。题下注云:“一作卜居,一本阌乡上有壬戌岁三字。”壬戌岁即唐昭宗天复二年(902)。诗人通过对阌乡山泉、清溪、茅屋、木塔、山禽、飞鸟、山僧等不同山野景物和人物进行描写,勾画出阌乡静极美极的田园美景,抒发了诗人在乱世奔波中对田园生活的向往和他决然的归隐意识,表现了诗人忘却政事,在阌乡乡村怡然自得地生活的闲情逸致。

【注】

[一]阿对泉,泉名。题下自注:“阿对是杨伯起家僮。尝引泉灌蔬,泉至今在。”泉在今灵宝市豫灵镇杨家村。

[二]六载,诗人在唐昭宗乾宁三年(896)冬为翰林学子,至天复元年(901)凡六载。抽毫,挥笔书写,指草拟诏书。禁闱,宫廷门户,指宫内或朝廷。

[三]五陵年少,指京都富豪子弟。

[四]布衣,平民。时诗人离职客居,故云。

[五]稚圭,即南朝齐孔稚珪(一作孔稚圭),官至太子詹事,加散骑常侍,好文咏,不乐世务,居宅盛营山水,曾将宅园中的蛙鸣比作两部鼓吹。后因用作咏隐逸情趣的典故。

[六]肯饶,岂让。天籁,自然界的声响。

阌乡

茆堂[七] 结得茆檐瞰碧溪，闲云之外不同栖。犹嫌未远函关道[八]，正睡刚闻报晓鸡[九]。

清溪 清溪见底露苍苔，密竹垂藤锁不开。应是仙家在深处[十]，爱流花片引人来。

钓竿 曾抛钓渚入秦关[十一]，今却持竿傍碧滩。认得旧溪兼旧意，恰如羊祜识金环[十二]。

山僧 石臼山头有一僧[十三]，朝无香积夜无灯[十四]。近嫌俗客知踪迹，拟向中方断石层。

【注】

[七]茆堂，茅草屋。

[八]函关道，函谷关路。

[九]报晓鸡，函谷关法，鸡鸣方开关放行。阌乡县距函谷关不远，这里将鸡鸣同函关道联系起来，是用典故表现寓居处的地理位置。

[十]仙家，仙人所住之处。

[十一]入秦关，秦关，指函谷关。此代指入长安。

[十二]羊祜识金环，典出《晋书·羊祜传》，此用羊祜事表达隔世之感。

[十三]石臼山，山名，在阌乡附近。

[十四]香积，指僧人的饭食。

小径 碍竹妨花一径幽[十五]，攀援可到玉峰头[十六]。若教须作康庄好[十七]，更有高车驷马忧[十八]。

闻提壶鸟[十九] 早于批𫛞巧于莺[二十]，故国春林足此声。今在天涯别馆里[二十一]，为君沽酒复何情。

木塔偶题 西南古刹近芳林[二十二]，偶得高秋试一吟。无限黄花衬黄叶，可须春月始伤心。

山禽 碧嶂为家烟外栖[二十三]，衔红啄翠入芳蹊[二十四]。可能知我心无定，频袅花枝拂面啼。

【注】

[十五]碍竹妨花，谓小径被竹木花草遮挡。

[十六]玉峰头，玉山峰顶，传为西王母所居。此指仙人所居之地。

[十七]康庄，康衢，宽阔平坦、四通八达的道路。

[十八]高车驷马，四匹马拉的高盖车，此指显贵者所乘的车。

[十九]提壶鸟，鸟名，即鹈鹕。

[二十]批𫛞，又名夏鸟，是一种催明报晓的鸟。

[二十一]别馆，客馆，驿馆。

[二十二]古刹，古寺。

[二十三]碧嶂，青绿色的如屏障一般的山峰。

[二十四]蹊，小路。

偶书

吴融

载《全唐诗》卷六百八十七

青牛关畔寄孤村[一]，山当屏风石当门。
芳树绿阴连蔽芾[二]，长河飞浪接昆仑[三]。
苔田绿后蛙争聚[四]，麦垄黄时雀更喧。
只此无心便无事，避人何必武陵源[五]。

此诗为诗人寓居阌乡时所作。诗写诗人闲逸的幽居生活，通过描写阌乡山野河川的夏日景况，表现诗人对田园生活的沉醉，也折射出诗人对现实消极退避的心理。

【注】

[一]青牛关，函谷关之别称。传说老子乘青牛过此，故名。

[二]蔽芾，树木葱茏。语出《诗经·召南·甘棠》。

[三]长河，指黄河。昆仑，即昆仑山。古谓黄河源出昆仑。

[四]苔田，生有青苔之水田。

[五]武陵源，即桃花源。这里借指避世隐居的地方。

题盘豆驿水馆后轩

韦庄

载《全唐诗》卷六百九十五

极目晴川展画屏[一],地从桃塞接蒲城[二]。
滩头鹭占清波立,原上人侵落照耕[三]。
去雁数行天际没,孤云一点净中生[四]。
冯轩尽日不回首[五],楚水吴山无限情[六]。

这是一首脍炙人口的写景诗。诗人村居虢州,在某一次经过阌乡盘豆驿时,因景生情,题写此诗于水馆后轩。诗作描绘诗人在盘豆驿水馆后轩所见的晴川景物。川原的静与空中流云的动相互映衬,组成一幅立体的画屏,胜似"楚水吴山",令人流连忘返,心生无限感慨。诗题中,水馆,是驿中临水的一个阁。盘豆驿临玉涧水(即阌乡水,今双桥河),是崤函古道上少有的水陆相兼之驿。清胡以梅《唐诗贯珠》评曰:"此驿后轩面临大川,旷望如开画屏之幽致。而地则直连关内,所以极目开爽。下四句皆承如屏画之景,由近至远,琢句清腻。四、六更佳,静观中,觉景物如吴楚之山水为可恋。"

【注】

[一]晴川,晴空下的平原。

[二]桃塞,即桃林塞,指灵宝函谷关以西至湖城之间的古道。蒲城,即蒲坂城,为唐河东道蒲州城(今山西永济)所在。隔河与盘豆驿相对。

[三]原,一种黄土地貌,指顶部平坦的土山、高地。盘豆驿西有郭村原,东北有程村原。侵落照耕,日落前赶快耕种。

[四]净中,明净的天宇中。

[五]冯轩,凭栏。

[六]楚水吴山,泛指长江中下游一带的山水。这里借指盘豆驿一带的山水。

王龙骧墓

贾彦璋

载《全唐诗》卷七百七十六

昔擅登坛宠[一]，爰光典午朝[二]。
刀悬临益梦[三]，龙启渡江谣[四]。
茂绩当年举[五]，英魂此地销。
唯余孤垄上，日夕起松飙[六]。

这是一首五言律诗。诗题中，王龙骧，即西晋名将王濬。诗写诗人经过阌乡王濬墓时的所见所感，称颂墓主为平天下而建立的丰功伟业。名将已去，“唯余孤垄上”，诗人在历史长河中感悟着人生起落那亘古不变的意义。

【注】

[一]登坛，拜将。指王濬拜龙骧将军，受命伐吴。

[二]典午，“司马”的隐语。晋帝姓司马，后因以“典午”代指晋朝或司马这个官职。此处指晋朝。

[三]益，指益州。

[四]渡江谣，《晋书·五行志》：“孙皓天纪中，童谣曰：‘阿童复阿童，衔刀游渡江。不畏岸上兽，但畏水中龙。’武帝闻之，加王濬龙骧将军。及征吴，江西众军无过者，而王濬先定秣陵。”

[五]茂绩，犹丰功伟绩。

[六]松飙，松风，松涛。

万回寺

皎然

载《全唐诗》卷八百二十

万里称逆化[一]，愚蠢性亦全[二]。
紫绂拖身上[三]，妖姬安膝前[四]。
见他拘坐寂，故我是眠禅。
吾知至人心[五]，杳若青冥天。

此诗为诗人礼瞻阌乡万回雕像圣迹时所作。万回寺在阌乡南二里，即今灵宝豫灵万回村，始建于唐，后世多有重修，明清时改称法云寺。万回，阌乡人，俗姓张。传其少时有异术，曾日行万里而回，因号万回。唐高宗、武后时，常应诏入内道场，人称“万回菩萨”；中宗时赐号法元公；玄宗时追封虢国公。宋时被封为“和合之神”。诗通过回顾万回愚而性全、武后赠锦袍玉带等事迹，称赞万回道德修养已达“至人”境界。诗人亦通过体达万回的心境，表达了顺道逍遥的精神追求。另可与耿沣《宿万固(回)寺因寄严补阙》、卢纶《和崔侍郎游万固(回)寺》参看。

【注】

[一]万里，《宋高僧传》卷第十八载，万回有兄戍辽阳(一云安西)，久绝音信，母忧之甚。万回宽慰母曰：兄安，极易知耳，奚用忧焉。乃晨出门径去，际晚执兄平善书而归。去来万里，朝行夕至。

[二]愚蠢，万回幼时痴愚不语，啼笑不定，且不言寒暑，东西狂走，口呼“万回”，终日不息。

[三]紫绂，高官系印用的紫色丝绳。武则天时，常召万回入内道场，赐锦绣衣裳，宫人供事。

[四]妖姬，美女。这里指侍女。

[五]至人，思想或道德修养最高超的人。此指万回。

会真诗

杨敬真

载《全唐诗》卷八百六十三

人世徒纷扰，其生似梦华。
谁言今昔里，俯首视云霞。

这是一首道仙诗，为杨敬真与四位女冠友登华山北峰云台峰时的唱和之作。题后注云："杨敬真，虢州阌乡天仙村田家女，十八嫁同村王清。性沉静，常凝神而坐。元和十二年五月十二日，忽辞其夫，沐浴焚香，居别室。村人闻天乐异香从西来。及明，视之，衣服委地，若蝉蜕去。村吏走告县令，寻逐无踪。十八日，复闻天乐异香自东来，敬真宛复在床，觉面目光采非常。问之，云仙师以云鹤来迎，有四女同夜成仙，会西岳云台峰。……相庆，各为诗道意。俄偕往蓬莱谒大仙伯茅君。敬真以王父年老，请归侍，因得还。遂谢绝其夫，服黄冠，居陕州紫极宫。宪宗尝召见内殿。终岁不食，容色转芳嫩云。"诗写诗人对凡尘俗世纷扰的厌倦、鄙夷以及对仙界的无限向往，表达了诗人对修道成仙理想和素淡、清爽、空灵、澄静生活的坚定追求。这首诗虽较短小，但真实反映了唐代道教思想对阌乡民间的深刻影响。

湖城县为唐代虢州属县，故址在今河南省灵宝市阳平镇文乡村，地处阌乡与灵宝（桃林）之间，东南距虢州五十二里。

湖城是《史记》所载中华民族人文始祖黄帝铸鼎升天之地，也是神话传说中夸父逐日之处，还是周武王灭商后归马于华山之阳、放牛于桃林之野的偃武修文之地。西周时，这里是著名的官营畜牧区，以盛产名马闻名。春秋时又以桃林塞著称于世。晋灵公七年（前614）春，即《左传》中文公十三年春，“晋侯使詹嘉处瑕，以守桃林之塞”。这是古代关塞最早驻兵戍守的记录。瑕在桃林塞西口，即今灵宝市阳平镇文乡村南寨子。晋扼守桃林塞，重挫秦国东进势头，终春秋之世，秦国不得越此而进。战国时，秦夺取桃林后，于瑕置县，以有周天子祠二所，曰胡县，又称胡关。汉武帝建元元年（前140），以黄帝铸鼎于荆山之下，后世名其地为鼎湖，而将胡县更名为湖县，属弘农郡。北魏改为湖城县，又作胡城。隋开皇十六年（596）废县，隋恭帝义宁元年（617）于古上阳宫再立。唐肃宗乾元三年（760）改为天平县；后又移于上阳宫东南一里，即今灵宝市阳平镇文乡村湖水东岸。唐代宗大历四年（769）复为湖城县。元世祖至元二年（1265），省湖城入阌乡县。明太祖洪武元年（1368），移阌乡县治于唐湖城县旧址，历清及民国不改。1959年，因修建三门峡水库，阌乡县城被淹。

唐时，湖城属望县，县当崤函古道驿路，有行宫上阳宫、湖城驿。自湖城向东，崤函古道分为南、北两路，南路通向灵宝（桃林），北路通往虢州。湖城境内的桃林塞、鼎湖、铸鼎原等都是唐代诗人反复吟咏的对象。

湖　城

至桃林塞作

崔湜

载《全唐诗》卷五十四

去国未千里，离家已再旬[一]。丹心恒恋阙[二]，白首更辞亲。怀璧常贻训[三]，捐金讵得邻。抱冤非忤物[四]，罹谤岂由人。不滥辞终辨，无瑕理竟伸。黻还中省旧，符与外台新。塞上同迁客[五]，江潭异逐臣[六]。泪垂非属岘[七]，肠断固由秦。岁月行道尽，山川难重陈。始知亭伯去[八]，还是拙谋身。

唐中宗景龙三年(709)六月，诗人因罪被贬，经桃林塞赴任时作此诗。桃林塞指灵宝函谷关以西至湖城以东之间的崤函古道，以桃树成林得名，东去长安四百里。诗人行至此，百感交集。诗写抱冤罹谤的无奈悲愤、怀璧未用的不甘与愤懑，表达自己去国已远的恋阙丹心和离家日久、白首辞亲的思乡凄凉，充满了对自我的反省与总结。

【注】

[一]再旬，两旬。旬，十日或十年。此处指十日。

[二]恋阙，依恋宫阙，指臣子身在外而不忘朝廷。

[三]怀璧，怀藏美玉。后因以比喻有才能而遭嫉害。

[四]忤物，与人不和，得罪人。

[五]塞上同迁客，东汉蔡邕官拜郎中，校书东观，迁议郎。因数奏事，得罪权贵，遭陷害，流徙朔方。这里诗人以蔡邕自况。

[六]江潭，江边。《楚辞·渔父》："屈原既放，游于江潭，行吟泽畔，颜色憔悴，形容枯槁。"诗人这里以屈原自况。

[七]泪垂，西晋羊祜镇守襄阳，常登岘山，置酒赋诗。死后，部属在岘山建碑立庙，每年祭祀，见碑者皆流泪。杜预因称羊公碑为"堕泪碑"。

[八]亭伯，东汉人崔骃因直言数谏被疏，弃官而归，卒于家。后因以指人因直谏而遭疏远，郁郁失意。

饭覆釜山僧

王维

载《全唐诗》卷一百二十五

晚知清净理[一]，日与人群疏。将候远山僧，先期扫弊庐。
果从云峰里，顾我蓬蒿居[二]。藉草饭松屑[三]，焚香看道书[四]。
然灯昼欲尽，鸣磬夜方初[五]。一悟寂为乐[六]，此日闲有余。
思归何必深，身世犹空虚。

此诗约作于唐肃宗上元元年(760)。诗题中，覆釜山，在今灵宝阳平镇。《新唐书·地理志》虢州湖城县载："有覆釜山，一名荆山。"王维晚年持斋念佛，每日与僧人谈论佛理，此诗即王维招待覆釜山僧人时所写的一首诗。诗歌生动描述了诗人修行禅法、参禅悟道的情状。

【注】

[一]清净，佛家指远离一切恶行与烦恼。

[二]蓬蒿居，长满蓬蒿的居处。

[三]藉草，坐卧于柴草之上。松屑，松子，松实。

[四]道书，指释氏之书。

[五]磬，佛教法器，铜体钵形，做法事念诵经文时鸣之。

[六]寂，寂灭、涅槃。

飞龙引二首（其一）

李 白

载《全唐诗》卷一百六十二

黄帝铸鼎于荆山[一]，炼丹砂[二]。丹砂成黄金，骑龙飞上太清家[三]。云愁海思令人嗟，宫中彩女颜如花。飘然挥手凌紫霞，从风纵体登鸾车[四]。登鸾车，侍轩辕[五]，遨游青天中，其乐不可言。

《飞龙引》是乐府中《琴曲歌辞》鱼龙六曲之一。李白借《史记》中方士欺骗汉武帝的谎言进行演绎，以黄帝升天的传说为引子，描写游仙的情景，表达了对人生短暂的感慨之情。全诗极尽想象之能事，当为李白游荆山有感而作，充分体现了李白诗歌的浪漫主义特色。

【注】

[一]荆山，又名覆釜山，在湖城县南，即今灵宝市阳平镇南二十里。传说黄帝采首山铜铸鼎于此。

[二]丹砂，即朱砂，矿物名，色深红。古代道教徒用其炼丹，中医作药用，也可制作颜料。

[三]太清，道教“三清”尊神为玉清元始天尊、上清灵宝天尊、太清道德天尊。太清家即太清道德天尊太上老君所居的天外仙境。

[四]鸾车，神仙所乘的车。

[五]轩辕，即黄帝。传说黄帝居于轩辕之丘，故名曰“轩辕”。

飞龙引二首(其二)　李　白

载《全唐诗》卷一百六十二

鼎湖流水清且闲[一]，轩辕去时有弓剑，古人传道留其间。后宫婵娟多花颜[二]，乘鸾飞烟亦不还[三]，骑龙攀天造天关[四]。造天关，闻天语，长云河车载玉女。载玉女，过紫皇[五]，紫皇乃赐白兔所捣之药方[六]，后天而老凋三光[七]。下视瑶池见王母[八]，蛾眉萧飒如秋霜[九]。

《飞龙引二首》(其二)继续写黄帝、宫女成仙而去的故事。诗人追慕黄帝升天，载玉女造访天关，拜谒紫皇得仙药，寿高三光，长生不老，下视瑶池王母，蛾眉已如秋霜。此诗当为李白游鼎湖有感而作，主旨是哀叹人生之短暂。

【注】

[一]鼎湖，在今灵宝市阳平镇东北十里，传为黄帝铸鼎祭天、驭龙升天之地。原上有黄帝陵。《史记·封禅书》载："黄帝采首山铜，铸鼎于荆山下，鼎既成，有龙垂胡髯下迎黄帝。黄帝上骑，群臣后宫从上者七十余人，龙乃上去。余小臣不得上，乃悉持龙髯，龙髯拔，堕，堕黄帝之弓。百姓仰望黄帝既上天，乃抱其弓与胡髯号，故后世因名其处曰鼎湖，其弓曰乌号。"

[二]婵娟，指美女。

[三]乘鸾，用箫史乘凤升天之典故，喻成仙。

[四]天关，即天门。

[五]紫皇，道教传说中的最高天神。

[六]白兔，古代神话谓月中有白兔长跪捣药。

[七]后天，谓后于天，即长生不老。三光，指日、月、星。

[八]瑶池，神话中西王母居住之处，在昆仑山上。

[九]蛾眉，蚕蛾触须细长而弯曲，因以比喻女子美丽的眉毛。

湖城东遇孟云卿复归刘颢宅宿宴饮散因为醉歌

杜　甫

载《全唐诗》卷二百十七

疾风吹尘暗河县[一]，行子隔手不相见[二]。湖城城南一开眼，驻马偶识云卿面。向非刘颢为地主，懒回鞭辔成高宴。刘侯叹我携客来，置酒张灯促华馔[三]。且将款曲终今夕，休语艰难尚酣战[四]。照室红炉促曙光，萦窗素月垂文练[五]。天开地裂长安陌[六]，寒尽春生洛阳殿[七]。岂知驱车复同轨[八]，可惜刻漏随更箭[九]。人生会合不可常，庭树鸡鸣泪如线[十]。

此诗当作于唐肃宗乾元元年(758)冬,《全唐诗》校云:“蔡本题上有‘冬末以事之东都’七字。”诗题中,孟云卿,河南人,与杜甫、元结交好。时杜甫离开华州前往洛阳探亲,途中宿湖城友人刘颢家,清晨上路,至湖城东,于疾风暗尘的沙尘暴中邂逅好友孟云卿,遂携手复归刘颢家宴饮。此诗即作于拂晓时,诗记叙诗人复归后与好友彻夜畅饮叙旧的情景。

【注】

[一]河县,即湖城县。其故城北临黄河,故称。

[二]行子,旅行的人。隔手,谓以手遮目,以防大风吹来的尘土迷眼。

[三]促华馔,催促家人备置美酒佳肴。

[四]酣战,指当时九节度围安庆绪于邺城。

[五]素月,皎洁的月亮。练,洁白的熟绢,喻月光。

[六]天开地裂,指长安一度沦陷于安史叛军之手。

[七]寒尽春生,喻乱极将治。此指洛阳终得收复。

[八]同轨,车同轨,即车辙同宽。后因以喻天下统一。

[九]刻漏,古代计时器,此指时光。更箭,浮在漏壶水上指示时间的箭头。

[十]庭树鸡鸣,指鸡在树上报晓。

悲歌六首(其六)

顾况

载《全唐诗》卷二百六十五

轩辕黄帝初得仙,鼎湖一去三千年[一]。周流三十六洞天[二],洞中日月星辰联。骑龙驾景游八极[三],轩辕弓剑无人识[四],东海青童寄消息[五]。

此诗是诗人组诗《悲歌六首》中的第六首,诗题又作《攀龙引》。唐代是道教大盛的时代,顾况亦深受道教思想浸染。诗写黄帝在鼎湖升天,想象其飞升登仙后的情景,刻画出一个瑰奇虚幻的神仙世界,亦流露出诗人对神仙世界的向往之情。

【注】

[一]三千年,极言时间久远。

[二]周流,周行各地。三十六洞天,道家称神仙居住人间的三十六处名山洞府为三十六洞天,是道教仙境的一部分。

[三]驾景,乘车。景,即八景舆,是神仙所乘的一种车。八极,八方极远之地。

[四]弓剑,传说黄帝骑龙仙去,群臣攀附欲上,致帝弓坠。又说黄帝葬桥山,山崩,棺空,唯剑存。

[五]青童,即青童君,道教神仙,居东海。

送太仆寺李丞赴都到桃林塞

耿 沛

载《全唐诗》卷二百六十八

远过桃林塞，休年自昔闻[一]。
曲河随暮草，重阜接闲云[二]。
造父为周御[三]，詹嘉守晋军[四]。
应多怀古思，落叶又纷纷。

这是一首送别诗。诗题中，太仆寺，官署名，掌管全国马政，丞为太仆卿属官。李丞，名不详。都，即东都洛阳。此诗当作于唐代宗大历年间，时耿沛在长安，友人李丞将赴洛阳，耿沛作诗以送。诗写桃林塞曲河暮草、重阜闲云、落叶纷纷的凄迷荒凉景象，追叙造父、詹嘉的人文往事，点出经行桃林塞必多怀古之思。

【注】

[一]休年，太平岁月。此指周武王伐纣后偃武修文，归马于华山之阳，放牛于桃林之野的岁月。

[二]重阜，高而连绵起伏的山冈。

[三]造父，周穆王的驭手，自桃林得骏马骅骝等献于穆王，为穆王西游驾车，见西王母。穆王赐造父以赵城（今山西洪洞），由此为赵氏。

[四]詹嘉，晋大夫。《左传》文公十三年（前614）春，晋侯使詹嘉在瑕地守桃林之塞。在詹嘉等的经营下，晋国凭险据要，在桃林塞建成一套防御体系，有效阻挡了秦国的东进。

秋晚题湖城驿池上亭

刘禹锡

载《全唐诗》卷三百五十四

秋次池上馆，林塘照南荣[一]。
尘衣纷未解，幽思浩已盈[二]。
风莲坠故萼，露菊含晚英[三]。
恨为一夕客[四]，愁听晨鸡鸣。

此诗作于唐宪宗永贞元年(805)九月。时诗人因参与王叔文革新被贬，赴任途中经过湖城。政治生活中的挫折困厄引发了诗人无限的凄伤，故题诗于湖城驿池上亭。诗写晚秋季节湖城驿众芳凋谢、万物萧条的景象，表现了诗人孤独寂寞的愁思。诗题中，湖城驿，在今灵宝市阳平镇文乡村附近。唐代不少驿站外都掘有驿池，中有彩船供人游玩，四周植被茂盛，风景秀丽，唐人常在此泛觞开宴。

【注】

[一]南荣，房屋南檐。

[二]幽思，幽深郁结的情思。

[三]晚英，迟开的花。

[四]一夕客，时刘禹锡被贬谪，迫于行驿期限，只能在此停留一晚，故云。《唐会要》：“天宝五载七月六日敕：……自今以后，左降官量情状稍重者，日驰十驿以上赴任。”

荆山

李商隐

载《全唐诗》卷五百三十九

压河连华势孱颜[一]，鸟没云归一望间[二]。
杨仆移关三百里[三]，可能全是为荆山。

此诗作于唐文宗开成四年(839)。时诗人由秘书省校书郎调补弘农县尉,赴任途中经过荆山。诗中极写荆山气势之雄拔,地位之重要。后两句用西汉杨仆移关事,慨叹移关或许就是为了将荆山纳入关内京辅版图,以壮帝京之威。诗人借用杨仆移关事,叹朝廷蔽贤,排摈俊杰,叹自己由京城调外而屈居尉职。张采田《玉溪生年谱会笺》评价说:“此义山独创之诗格也。”

【注】

[一]压河连华,河,指黄河;华,指华山。荆山对河,居高临下,故谓“压河”;荆山对华山而奇峰突起,故谓“连华”。孱颜,险峻、高耸貌,形容山的雄峻。

[二]“鸟没”句,谓鸟没云归,山色尽收眼帘。

[三]杨仆移关,西汉名将杨仆,宜阳人,数有大功,耻为关外侯,上书乞东徙函谷关。汉武帝元鼎三年(前114)冬,敕令东徙函谷关于新安,距灵宝函谷关三百里。汉武帝东徙函谷关是对汉朝地域政策与大关中布防方略的大调整,通过徙关,扩大了关中的范围,增强了对关东的控制。东迁后的函谷关,史称汉函谷关、新函谷关、函谷新关。原灵宝故关称秦函谷关、旧函谷关、函谷旧关,简称秦关或旧关。

过铸鼎原

刘 沧

载《全唐诗》卷五百八十六

黄帝修真万国朝[一]，鼎成龙驾上丹霄[二]。
天风乍起鹤声远，海雾渐深龙节遥。
仙界日长青鸟度[三]，御衣香散紫霞飘[四]。
唯留古迹寒原在[五]，碧水苍苍空寂寥。

这首诗是诗人游经铸鼎原时所作的一首七言律诗。铸鼎原，因黄帝在此铸鼎祭天、驭龙升天而得名，又称鼎湖，即今阳平原，在今灵宝阳平东北十里，原上有黄帝陵、黄帝庙。诗歌描写黄帝铸鼎既成之后驭龙升天的景状，描绘出铸鼎原古迹犹存、明净阔朗的景象，表达了自己远离尘世、归隐山林的愿望。

【注】

[一]修真，即修仙，唐人常谓仙人为真人。万国朝，黄帝抚万民，度四方，置左右大监，监于万国，万国和同。

[二]丹霄，道家传说中的仙境，亦指天空。龙驾上丹霄，谓黄帝铸鼎既成，驭龙升天。

[三]青鸟，神话传说中为西王母取食传信的神鸟。

[四]御衣，帝王所着的衣服。借指道士所穿的衣服。

[五]原，指铸鼎原。

题湖城县西道中槐树

吴融

载《全唐诗》卷六百八十七

零落欹斜此路中[一]，盛时曾识太平风[二]。
晓迷天仗归春苑[三]，暮送鸾旗指洛宫[四]。
一自烟尘生蓟北[五]，更无消息幸关东[六]。
而今只有孤根在，鸟啄虫穿没乱蓬[七]。

这是一首咏物诗。唐代崤函古道沿路广植国槐，唐末世乱，树木遭到严重破坏，鸟啄虫害，渐失往日之盛。诗歌通过描述湖城县通往潼关驿路上的国槐因战乱而失去养护的情形，抒发了时衰世乱、唐室衰亡的感慨。清胡以梅《唐诗贯珠》评曰："（湖城）乃唐时西京至东都必由之道，盛时必槐阴夹路。天子不东巡，剪伐凋残，见而有感耳。"清姚鼐《今体诗钞》评曰："明皇以前，人主常幸东都，缘道置宫馆，当时殊苦劳费。及天宝乱后，追思昔时更不可得。此诗盛衰之感颇为浓至。"

【注】

［一］欹斜，歪斜不正。

［二］盛时，指树木繁盛时。

［三］天仗，天子的仪卫。春苑，帝王宫苑。

［四］鸾旗，帝王出行仪仗中的旗帜，其上绣有鸾鸟。亦借指帝王。洛宫，洛阳的宫殿。

［五］蓟北，指幽州（今北京）一带。安禄山在范阳（今河北涿州）发兵反叛。

［六］幸，巡幸，帝王巡游。

［七］乱蓬，杂乱的蓬草。

再经胡城县

杜荀鹤

载《全唐诗》卷六百九十三

去岁曾经此县城[一]，县民无口不冤声[二]。
今来县宰加朱绂[三]，便是生灵血染成[四]。

诗题中，胡城县，即虢州湖城县，在今灵宝市阳平镇。这是一首反映民间疾苦的抒情诗。诗人以两度经过湖城县的所见所闻，用深沉、冷峻的讥刺，抒发了对贪官酷吏强烈的愤慨，表现了对苦难人民的深厚同情。

【注】

[一]此县城，指湖城县。

[二]口，代指人。冤声，喊冤之声。

[三]县宰，县令。朱绂，系官印的红色丝带，唐诗中多用以指绯衣。唐制，五品官服浅绯，四品官服深绯，一般县令只有六品或七品，湖城县令身加朱绂，表明升官。

[四]生灵，人民，百姓。

虢州是崤函古道西段函谷段上唯一的州级行政建置，因春秋属虢国地而得名。州治在今河南省灵宝市城关镇。

汉魏六朝时期，虢州属于弘农郡（县）辖地。隋文帝开皇三年（583），废郡为弘农县，属陕州。隋炀帝大业三年（607），复置弘农郡，移郡治于鸿胪川，即今灵宝市城关镇，弘农县亦随徙，并于卢氏置虢郡。隋恭帝义宁元年（617），改名凤林郡。唐高祖武德元年（618），改虢郡为虢州，改凤林郡为鼎州，因鼎湖而名。唐太宗贞观八年（634），废鼎州，移虢州治于弘农，与弘农县同治。故城遗址在今灵宝市城关镇西区、弘农涧河西岸。唐玄宗天宝元年（742）改称弘农郡。唐肃宗乾元元年（758）复为虢州，领弘农、阌乡、湖城、卢氏、玉城、朱阳六县，辖境相当于今河南西部灵宝、栾川以西，伏牛山以北地区。元世祖至元八年（1271），省虢州入虢略；十年（1273），又改虢略为镇。1959 年，灵宝县城迁治虢略镇，也就是唐虢州所在地。

虢州地处长安、洛阳两京之间，西去长安四百一十里，东去洛阳四百六十五里，与两京距离大致相当。州当崤函古道驿路，为“邮传剧道”。从虢州沿弘农涧河向北约三十里可至灵宝（桃林）县，西南通往卢氏、商州，东南通向洛宁。

唐时，虢州初属河南道，唐玄宗开元二十一年（733）改属河东道。初为望州，唐武宗会昌四年（844）升为雄州。虢州盛产绢、绝、绵等丝织品，有著名的园林虢州三堂。唐代诗人王勃、岑参、元稹、李商隐等曾在虢州任官，韦庄尝居虢州十载，他们都在此留下了许多佳作。

虢　州

和酬虢州李司法

杨炯

载《全唐诗》卷五十

唇齿标形胜[一]，关河壮邑居[二]。寒山抵方伯[三]，秋水面鸿胪[四]。
君子从游宦，忘情任卷舒。风霜下刀笔[五]，轩盖拥门闾[六]。
平野芸黄遍，长洲鸿雁初[七]。菊花宜泛酒，浦叶好裁书。
昔我芝兰契[八]，悠然云雨疏。非君重千里[十]，谁肯惠双鱼。

这是一首唱和诗，作于唐武后垂拱三年(687)深秋。时诗人在梓州任司法参军，唱和对象是虢州司法参军李司法，所以诗中从虢州的地理形势写起，勉励友人在这片热土建功立业，体现了朋友之间的真挚情谊。诗题中，李司法，名不详，高宗末、武后初为虢州司法参军。

【注】

[一]唇齿，晋复欲假道于虞以伐虢，虞大夫宫之奇进谏，说虞、虢两国犹如唇与齿，“唇亡齿寒”，“虢亡，虞必从之”。唐虢州即古虢国之地。形胜，地势险要，地理位置优越。

[二]关河，指函谷关和黄河。邑居，州邑所在地。

[三]方伯，虢州治所弘农县东南五里有方伯堆，上有城。南朝宋奋武将军鲁方平所筑。

[四]鸿胪，指鸿胪水，即今弘农涧河。

[五]风霜，此指司法参军。刀笔，法吏讼师之笔。

[六]轩盖，轩车。喻李司法前程远大。

[七]长洲，河中泥沙沉积之陆地。

[八]芝兰契，芝、兰均为香草。喻指君子之交。

[十]重千里，谓虽相距千里，仍不弃故人。

忽梦游仙

王勃

载《全唐诗》卷五十五

仆本江上客[一]，牵迹在方内[二]。寤寐霄汉间，居然有灵对[三]。
翕尔登霞首[四]，依然蹑云背。电策驱龙光，烟途俨鸾态[五]。
乘月披金帔，连星解琼珮。浮识俄易归[六]，真游邈难再[七]。
寥廓沉遐想，周遑奉遗诲[八]。流俗非我乡，何当释尘昧[九]。

这是一首游仙诗，作于唐高宗咸亨三年(672)，时诗人在虢州参军任上，此诗记录了诗人梦游仙境的经历与感受。诗人才华高杰，因得罪高宗被逐，听说弘农草药多，遂来到虢州，潜心于药物研究，托志于神仙世界。诗人借游仙自抒抱负，感叹仙梦遨游一会儿便回到现实，再想这般遨游就很难了，表现了诗人难以言明的惆怅，蕴藏着他凛坎不平之气和对俗世的反抗，与同期所作的《怀仙》意趣相同。学者评价该诗清新俊逸，想象超忽，已开唐风，对后代游仙诗影响很大。

【注】

[一]江上客，山野之士。

[二]牵迹，行走，涉足。方内，犹言世俗。

[三]灵对，灵验。

[四]霞首，即云表，指传说中的仙境。

[五]烟途，犹言云路。

[六]浮识，谓粗浅地见识一下。

[七]真游，仙游。

[八]遗诲，前人的教诲。

[九]尘昧，世俗的愚昧。

初至西虢官舍南池呈左右省及南宫诸故人

岑参

黜官自西掖[一]，待罪临下阳[二]。空积犬马恋[三]，岂思鹓鹭行[四]。素多江湖意，偶佐山水乡。满院池月静，卷帘溪雨凉。轩窗竹翠湿，案牍荷花香。白鸟上衣桁[五]，青苔生笔床[六]。数公不可见，一别尽相忘。敢恨青琐客[七]，无情华省郎[八]。早年迷进退，晚节悟行藏[九]。他日能相访，嵩南旧草堂。

载《全唐诗》卷一百九十八

此诗作于唐肃宗乾元二年(759)夏。这年三月，诗人由右补阙转起居舍人，因得罪权贵，四月出为虢州长史。此诗是诗人到任后写给朝中旧僚的诗。诗题中，西虢乃周时诸侯国，原在陕西宝鸡，西周末迁至今河南三门峡一带。西虢故地在唐时分属陕州和虢州，这里借指虢州。左右省分别指门下省和中书省，南宫指尚书省。诗写虢州官舍的池中之月、鸟上衣架和雨过清凉、荷花飘香的雨夜之景，描摹了虢州空灵静谧、万物共栖的环境和诗人自己闲淡清冷的生活，在诗情画意之中，透露出无所作为的落寞寂寥，抒发了忠而被弃的怨恨和随遇而安的无奈。后人评价该诗“句句幽雅之状可想”。

【注】

[一]西掖，中书省。

[二]下阳，两周时虢国都城，在今山西省平陆县北。

[三]犬马恋，即犬马恋主，喻指臣对君的依恋之情。

[四]鹓鹭行，鹓鹭飞行有序，此喻朝官的行列。

[五]衣桁，衣架。

[六]笔床，笔架。

[七]青琐，宫门名，此处借指中书、门下、尚书三省。

[八]华省，高官显要者的官署。

[九]行藏，退隐。《论语 · 述而》：“用之则行，舍之则藏。”

虢中酬陕西甄判官见赠

岑　参

载《全唐诗》卷一百九十八

微才弃散地[一]，拙宦惭清时。白发徒自负，青云难可期。胡尘暗东洛[二]，亚相方出师[三]。分陕振鼓鼙[四]，二崤满旌旗[五]。夫子廊庙器[六]，迥然青冥姿[七]。阃外佐戎律[八]，幕中吐兵奇。前者驿使来，忽枉行军诗。昼吟庭花落，夜讽山月移。昔君隐苏门[九]，浪迹不可羁。诏书自征用，令誉天下知。别来春草长，东望转相思。寂寞山城暮，空闻画角悲。

此诗当作于唐肃宗上元二年(761)春。诗题中，陕西指陕西节度，领陕、虢、华三州，治陕州。甄判官即甄济，陕西节度使判官。时安史之乱的战火正炽，诗人不能亲自参与平叛，因而生出空怀壮志、寂寞无为的感慨。诗开头自抒平生怀抱，接着描摹友人所在的军队英勇平息安史叛乱的情状，结尾又寄以企盼难及的情思，流露出壮心不已的心理以及不得施展抱负的怅惘悲凉之情。

【注】

[一]散地，闲散之地。谓无实权的官职。

[二]胡尘，指安史叛军。东洛，指东都洛阳。此谓叛军占据洛阳。

[三]亚相，御史大夫的别称，此指时任陕西节度使来瑱。

[四]分陕，用周召分陕而治事。振鼓鼙，鸣鼓击鼙，谓击鼓进军。

[五]二崤，即崤山。崤山由东、西二崤构成，在今河南西北部。

[六]廊庙器，朝廷栋梁。

[七]青冥姿，英姿勃发。

[八]阃外，指军中。佐戎律，辅佐军事。

[九]苏门，山名，在今河南辉县西北。

虢州郡斋南池幽兴因与阎二侍御道别

岑参

载《全唐诗》卷一百九十八

池色净天碧，水凉雨凄凄。快风从东南，荷叶翻向西。性本爱鱼鸟，未能返岩溪。中岁徇微官，遂令心赏睽。及兹佐山郡[一]，不异寻幽栖。小吏趋竹径，讼庭侵药畦[二]。胡尘暗河洛[三]，二陕震鼓鼙[四]。故人佐戎轩[五]，逸翮凌云霓[六]。行军在函谷[七]，两度闻莺啼。相看红旗下，饮酒白日低。闻君欲朝天，驷马临道嘶。仰望浮与沉，忽如云与泥[八]。夜眠驿楼月[九]，晓发关城鸡[十]。惆怅西郊暮，乡书对君题。

这首送别诗当作于诗人虢州长史任上。阎二侍御因公莅虢州，时将还朝，诗人写诗作别。诗先写南池小景和幽居之兴，描绘了虢州城镇亲近自然、静谧清幽的画面；接着写友人的戎马生涯，表达自己的艳羡之意；最后写诗人与友人饮酒道别，目送友人踏上西去长安的驿路，生出无限的惆怅。

【注】

[一]山郡，虢州多山，故云。

[二]药畦，药圃。唐文人种药，不为治病，多为赏花。此谓花圃。

[三]河洛，黄河、洛水之间，即洛阳一带。

[四]二陕，陕东、陕西。陕即陕州。周初，周、召二公分陕而治，故称二陕。

[五]戎轩，兵车，此代指军府。

[六]逸翮，健羽，喻才能出众。

[七]函谷，此泛指函谷路及关城。

[八]云与泥，喻高下悬殊。

[九]驿楼，指虢州柏人驿驿楼。

[十]关城鸡，此用孟尝君出函谷关典故。秦法，鸡鸣则开关。

春半与群公同游元处士别业

岑参

载《全唐诗》卷一百九十八

郭南处士宅[一]，门外罗群峰[二]。胜概忽相引[三]，春华今正浓。
山厨竹里爨[四]，野碓藤间舂。对酒云数片，卷帘花万重。
岩泉嗟到晚，州县欲归慵[五]。草色带朝雨，滩声兼夜钟。
爱兹清俗虑[六]，何事老尘容。况有林下约[七]，转怀方外踪。

这是一首群官游春诗，作于唐肃宗上元元年(760)春，诗人虢州长史任上。诗题中，别业，即在家宅以外，地处城郊，以园林为特色的居所。元处士，名不详。诗写诗人在春华秾艳之时游览元处士别业的所见及游乐之趣，描绘出竹林炊烟、藤间石碓和那可以饮酒赏花的野而不俗的山水园林胜景。诗借对元氏别业景色的铺陈和赞美，抒发了诗人对山林美景的热爱，以及对摆脱世俗烦恼、归隐山林生活的向往。

【注】

[一]郭南，指外城城南。

[二]罗，陈列，矗立。

[三]胜概，胜景，美景。

[四]爨，烧火做饭。

[五]慵，懒散。

[六]清，清除，驱除。

[七]林下约，归隐。

秦筝歌送外甥萧正归京

岑参

载《全唐诗》卷一百九十九

汝不闻秦筝声最苦，五色缠弦十三柱[一]。怨调慢声如欲语[二]，一曲未终日移午。
红亭水木不知暑[三]，忽弹黄钟和白纻[四]。清风飒来云不去[五]，闻之酒醒泪如雨。
汝归秦兮弹秦声[六]，秦声悲兮聊送汝。

这是一首七言歌行体诗歌，作于上元年间，诗人虢州长史任上。诗题中，秦筝，古秦地（今陕西一带）的一种弦乐器。萧正，诗人外甥。诗写送别筵上用秦筝弹奏的乐曲给人的感受和由此引发的悲伤心情。在如怨如诉的秦筝声中，诗人显露了难以割舍的惜别之情，其中也蕴含着诗人对长安的深情思念和对失意境遇的满腹悲伤与哀怨。蒋仲舒评曰："乐府佳语，极如童谣。"（《唐诗广选》）

【注】

[一]五色，指弦涂染成不同颜色。缠弦，将弦缠于筝上。柱，缠弦的支柱，每弦一柱。

[二]怨调慢声，意谓秦筝弹奏出的音调声情幽怨而缓慢。

[三]红亭，漆成红色的亭子，为虢州官舍宴请、游赏、聚会的场所。据岑参虢州诸诗，虢州的东亭、西亭、水亭、后亭皆有"红亭"之称。不知暑，意谓红亭在池水与树木的环绕之间，虽在正午，也不觉得热。

[四]黄钟，唐教坊曲名，即《黄钟乐》。白纻，乐府吴舞曲名，即《白纻歌》。

[五]云不去，谓云彩为筝声所吸引而不愿离去。

[六]归秦，指归长安。

范公丛竹歌

岑参

载《全唐诗》卷一百九十九

世人见竹不解爱，知君种竹府城内。此君托根幸得地[一]，种来几时闻已大。盛暑翛翛丛色寒[二]，闲宵槭槭叶声干[三]。能清案牍帘下见[四]，宜对琴书窗外看。为君成阴将蔽日，迸笋穿阶踏还出。守节偏凌御史霜[五]，虚心愿比郎官笔[六]。君莫爱南山松树枝，竹色四时也不移。寒天草木黄落尽，犹自青青君始知。

这首七言歌行体诗作于上元年间，诗人虢州长史任上。诗题中，范公即范季明，时任职于陕西节度使府。题序曰：“职方郎中兼侍御史范公，乃于陕西使院内种竹，新制丛竹诗以见示。美范公之清致雅操，遂为歌以和之。”诗写竹子的清雅脱俗，突出赞美竹子的高洁品格。虽是借竹喻主人，但也流露出诗人对翠竹青翠欲滴的形象和守节虚心、四时不移的品格的由衷欣赏与喜爱。青青翠竹，成为诗人的一种自我写照。

【注】

[一]此君，指竹。

[二]翛翛，草木茂盛貌。

[三]槭槭，风吹竹叶声。

[四]清案牍，谓驱除案牍烦劳。

[五]御史霜，御史台亦名霜台。霜，比喻法的威严。御史台职掌弹劾，为执法机构，故称。

[六]虚心，竹心空，故云。郎官笔，汉郎官月赐赤管大笔一双。竹可制笔，故云。

西亭子送李司马

岑参

载《全唐诗》卷一百九十九

高高亭子郡城西[一]，直上千尺与云齐。盘崖缘壁试攀跻，群山向下飞鸟低。使君五马天半嘶[二]，丝绳玉壶为君提[三]。坐来一望无端倪[四]，红花绿柳莺乱啼。千家万井连回溪[五]，酒行未醉闻暮鸡，点笔操纸为君题[六]。为君题，惜解携[七]。草萋萋[八]，没马蹄。

上元年间，诗人在西亭为虢州李司马送行，在宴会上作此七言歌行体送别诗。诗题中，西亭子即红亭，又称西亭、西山亭子。西山指虢州城西的一个黄土陡坡，在今灵宝市区新华西路对面。诗围绕西亭描写诗人登高所见之壮美景色，表达了浓浓的惜别、思乡之情。明周珽《唐诗选脉会通评林》评曰："首五句咏亭子之高。次四句即宴别望中之景。末因酒阑赋别，不胜芳草王孙之思，忽着短句，峭拔足奇。"可与诗人同期另一首《暮春虢州东亭送李司马归扶风别庐》参看。

【注】

［一］郡城，指虢州城。唐玄宗天宝元年(742)改虢州为弘农郡，故称郡城。

［二］五马，汉时太守乘坐的车用五匹马驾辕。此指虢州刺史车马。天半嘶，状写西亭之高。

［三］丝绳玉壶，指精美的酒器。

［四］无端倪，无边无际。

［五］回溪，回转的溪流。

［六］点笔，即落笔。

［七］解携，离别，分手。

［八］萋萋，草茂盛的样子。《楚辞·招隐士》："王孙游兮不归，春草生兮萋萋。"后多以王孙指旅人游子。

送裴判官自贼中再归河阳幕府

岑参

载《全唐诗》卷二百

东郊未解围[一]，忠义似君稀。
误落胡尘里，能持汉节归[二]。
卷帘山对酒，上马雪沾衣。
却向嫖姚幕[三]，翩翩去若飞。

此诗作于诗人虢州长史任上。诗题中，裴判官，名不详。判官，唐代协助节度使等地方长官处理政务和文书的文官。贼，指安史叛军。河阳幕府，指河阳节度使李光弼幕府。河阳在今河南孟州南、洛阳东北。诗为诗人在虢州给裴判官饯行时所作。诗通过赞美裴判官在洛阳陷入叛军后伺机脱逃，坚持重回河阳前线杀敌的行为，塑造了一位忠君爱国的志士形象，显示了诗人以国家为重的爱国情怀和慷慨悲壮的英雄主义精神。明代画家谢时臣取诗中"卷帘山对酒，上马雪沾衣"之意，绘成《雪山行旅图》。

【注】

[一]东郊，指洛阳东郊。时史思明由洛阳引叛军围攻河阳。

[二]汉节，汉武帝时，苏武以中郎将持汉节出使匈奴，被拘十九年，矢志不降，终于持节回归汉朝。后因以用作颂赞坚持气节、忠于职守之典。

[三]嫖姚，西汉名将霍去病曾任嫖姚校尉，人称霍嫖姚。此处借指李光弼。

虢州送天平何丞入京市马

岑参

载《全唐诗》卷二百

关树晚苍苍[一]，长安近夕阳。
回风醒别酒[二]，细雨湿行装。
习战边尘黑[三]，防秋塞草黄[四]。
知君市骏马，不是学燕王[五]。

此诗作于上元年间，诗人虢州长史任上。诗题中，天平，即虢州湖城县，乾元三年(760)更名，大历四年(769)复旧。何丞，名字不详。丞，县丞，县令的副手。安史之乱中，唐军东拒安史叛军于陕州，天平东临前线。诗歌称赞何丞为平乱而积极备战习武，感慨唐王朝国难未靖，边地多警，贤者退而不显，同时又隐隐表现出自己念念不忘报效国家却无人赏拔的慨叹。

【注】

[一]关，指潼关。自虢州去长安，必经潼关。

[二]回风，旋风。

[三]习战，练习作战，犹演习。边尘黑，边地发生战事。此亦指安史之乱中，天平东临前线，与边塞之地无异。

[四]防秋，泛指防备敌人入侵。《旧唐书·陆贽传》："西北边常以重兵守备，谓之防秋。"

[五]燕王，燕昭王。战国时，燕昭王为显示自己求贤若渴，以五百金买千里马之骨。后因以燕昭市骏比喻求贤若渴。

虢州西亭陪端公宴集

岑参

载《全唐诗》卷二百

红亭出鸟外[一]，骏马系云端。
万岭窗前睥，千家肘底看[二]。
开瓶酒色嫩[三]，踏地叶声干[四]。
为逼霜台使[五]，重裘也觉寒。

此诗当作于上元年间，是诗人参加虢州刺史在西亭为范端公举行的宴会时所作。诗题中，西亭，即红亭，故址在今灵宝市城关镇西华村九柏台附近。端公，即侍御史，此指范季明。宴集，即宴饮集会。诗先极状西亭精致生动的园林景色，后描写宴会上酣歌宴饮之情状，表现了诗人对闲适安逸生活的向往。可与诗人同期所作的《原头送范侍御》《虢州西山亭子送范端公》参看。

【注】

[一]鸟外，指高空。

[二]千家肘底看，谓民居尽在其下。西亭在虢州西山，其上为平野，东面为绝壁，故云。

[三]嫩，(色)浅。

[四]叶声干，形容枯叶破碎的声音清脆响亮。

[五]霜台使，御史台御史的别称。此处指范端公。

陪使君早春东郊游眺(得春字)

岑参

太守拥朱轮[一],东郊物候新[二]。
莺声随坐啸[三],柳色唤行春[四]。
谷口云迎马,溪边水照人。
郡中叨佐理[五],何幸接芳尘[六]。

载《全唐诗》卷二百

此诗为上元元年(760)初春,诗人陪虢州刺史春游,与同僚分韵赋诗时所作。诗题中,使君,指虢州刺史。诗写随刺史一同乘车游览东郊的所见所闻所感,勾画出一幅莺声里闲坐啸咏、柳色中劝人农耕的早春图画,透露出诗人对大自然的热爱之情。

【注】

[一]朱轮,古代王侯显贵所乘的车,因用朱红色漆轮,故云。

[二]物候,指自然界随季节的推移而发生的变化。

[三]坐啸,坐而长吟。东汉南阳太守成瑨委政事于功曹岑晊(字公孝),民间因有“南阳太守岑公孝,弘农成瑨但坐啸”之谣,意指功曹得力,郡守清闲。后因以用作咏州郡长官不问事而郡得治的典故。

[四]行春,谓官吏春日出巡,“劝人农桑,振救乏绝”。

[五]叨佐理,忝居佐治之职。时岑参任职虢州长史。

[六]芳尘,美好的声誉,名贤的踪迹。接芳尘,犹言得以接触刺史之高风。

题山寺僧房

岑参

载《全唐诗》卷二百

窗影摇群木，墙阴载一峰。
野炉风自爇[一]，山碓水能舂[二]。
勤学翻知误，为官好欲慵[三]。
高僧暝不见[四]，月出但闻钟。

此诗作于上元年间，诗人虢州长史任上。诗题中，山寺，指虢州山中的一个寺院。僧房，即僧人居室。诗人访高僧不遇，便题诗于僧房。诗人通过描写山寺内外的景色风物，勾画出山寺寂静闲适又充满野趣的图景，表达了诗人徘徊在仕与隐这十字路口的惆怅与无奈。

【注】

[一]爇，点燃，焚烧。

[二]碓，石制舂米工具。

[三]慵，懒散，此指隐居生活。

[四]暝，昏暗，引申为黄昏，天渐黑的时候。

题虢州西楼

岑参

载《全唐诗》卷二百

错料一生事，蹉跎今白头。
纵横皆失计[一]，妻子也堪羞。
明主虽然弃[二]，丹心亦未休。
愁来无去处[三]，只上郡西楼。

这首五言律诗作于唐肃宗乾元二年(759)，诗人初至虢州时。诗题中，西楼，即虢州西城楼。时诗人由起居舍人外转虢州长史，面对安史之乱后朝纲不振、满目疮痍的现实，尽管有一腔报国之心，亦无计参与国事，内心郁闷，遂独自登上西楼，遥望长安，以寄哀绪。全诗表达了诗人报国无门的烦闷无奈和忧国忧时的拳拳之心。

【注】

[一]纵横，合纵和连横，是战国时策士游说诸侯的策略。这里借指诗人所提出的各项扶时济世的政治策略。

[二]明主，对皇帝的美称。此指唐肃宗。

[三]去处，去的地方。此处用以比喻前途。

使君席夜送严河南赴长水（得时字）

岑参

载《全唐诗》卷二百一

娇歌急管杂青丝[一]，银烛金杯映翠眉[二]。
使君地主能相送，河尹天明坐莫辞[三]。
春城月出人皆醉，野戍花深马去迟[四]。
寄声报尔山翁道[五]，今日河南胜昔时[六]。

此诗作于上元二年(761)二月，诗人虢州长史任上。诗题中，严河南即严武。长水，唐河南府属县，故城在今洛宁西。时因史思明占据洛阳，河南府治迁寄长水。严武由长安经虢州赴任，使君设宴相送，此诗即诗人在宴会上即席而作。得时字，宴席上众人分韵作诗，诗人拈得“时”字韵。诗写华美的送别宴席，高朋聚集，莺歌燕舞，欢叙达旦，呈现出一派喜悦景象，表现出诗人对平定安史之乱的乐观心境和豪壮的爱国热情。清徐增《而庵说唐诗》评曰：“岑嘉州诗豁达醒快，如听河朔豪杰说话，耳边朗朗。”

【注】

[一]急管，急促的管乐声。青丝，指琴弦，此处泛指弦乐声。

[二]翠眉，古时女子用青绿色颜料画眉，这里代指宴会上的歌伎。

[三]河尹，指河南尹严武。

[四]野戍，野外的戍守营垒。时史思明占据洛阳，陕、虢一带为唐军戍守之地，故云。

[五]山翁，西晋山简，每出游，置酒辄醉。此借指醉中的严武。

[六]河南，黄河之南。虢州在黄河之南。

暮春虢州东亭送李司马归扶风别庐

岑参

载《全唐诗》卷二百一

柳亸莺娇花复殷[一],红亭绿酒送君还[二]。
到来函谷愁中月[三],归去磻溪梦里山[四]。
帘前春色应须惜,世上浮名好是闲[五]。
西望乡关肠欲断[六],对君衫袖泪痕斑。

此诗作于上元年间,诗人虢州长史任上,乃诗人送僚友回乡时所作。诗题中,东亭,不详,岑参虢州诗仅见此一处提及。廖立《岑嘉州诗笺注》云:“虢州有西亭,又有水亭,即红亭,在南池。未知东字是否字误,归扶风乃西去,似不宜饯送于东亭也。”李司马,与《西亭子送李司马》之李司马为同一人。扶风,唐郡名,治在今陕西凤翔。诗写诗人对友人的惜别之情和自己不得归去的乡愁以及对长安的思念之情。明周珽《唐诗选脉会通评林》评价该诗曰:“古意幽韵,盛唐妙境。”

【注】

[一]亸,下垂。殷,形容花开得繁盛。

[二]红亭,漆成红色的亭子,此处指诗题中的“东亭”。

[三]函谷,秦函谷关,在今灵宝市函谷关镇王垛村。愁中月,谓对月生愁。

[四]磻溪,在今陕西宝鸡东南,传为西周姜太公垂钓处。磻溪地近扶风,这里借指扶风。梦里山,梦中向往的关山。

[五]浮名,功名。好是,最是。

[六]乡关,故乡,此指长安。

六月三十日水亭送华阴王少府还县（得潭字）

岑参

载《全唐诗》卷二百一

亭晚人将别，池凉酒未酣。关门劳夕梦[一]，仙掌引归骖[二]。
荷叶藏鱼艇[三]，藤花罥客簪[四]。残云收夏暑，新雨带秋岚[五]。
失路情无适，离怀思不堪。赖兹庭户里，别有小江潭[六]。

此诗作于上元元年(760)六月，诗人虢州长史任上。诗题中，水亭，即红亭，在虢州官府南池。王少府，即王季友。王季友自虢州回华阴，岑参在水亭为之饯行，作诗送别。诗描写虢州夏末秋初的清凉景象，表达了对友人的依依不舍之情，其中也寄寓着诗人身世蹉跎的隐痛和长时间居于关外而怀想长安的情思。清吴瑞荣《唐诗笺要》评曰："写还县，写水亭，写六月时序，细密不遗。"

【注】

[一]关门，指潼关门。夕梦，即夜梦。

[二]仙掌，华山东峰仙人掌。归骖，犹归车。骖，古代指驾在辕马两旁的马。

[三]鱼艇，捕鱼的小船。

[四]藤花，藤萝花。罥，缠绕。

[五]秋岚，秋天山林的雾气。

[六]小江潭，深池。

早秋与诸子登虢州西亭观眺（得低字）

岑参

亭高出鸟外，客到与云齐。树点千家小，天围万岭低[一]。残虹挂陕北[二]，急雨过关西[三]。酒榼缘青壁[四]，瓜田傍绿溪。微官何足道，爱客且相携[五]。唯有乡园处[六]，依依望不迷。

载《全唐诗》卷二百一

这是一首登临诗名作，作于唐肃宗乾元二年(759)秋的虢州。诗题中，诸子，指诗人的各位友人。诗写早秋时节诗人与友人同登西亭所见虢州壮美的风光，表现了自然山水之美给他带来的愉悦，以及他从中感受到的勃勃生机和不息的希望；同时也表现了诗人浓浓的思乡恋阙之情。明周珽《唐诗选脉会通评林》赞该诗“高华超特”。清邢昉《唐风定》誉该诗曰：“壮伟阔远，殆罕其俪。”

【注】

［一］天围，天似围在四周。意谓西亭所处位置极高。

［二］陕北，陕州之北。

［三］关西，指灵宝秦函谷关以西。

［四］酒榼，古时一种盛酒的器具。青壁，长满青色植物的山崖。

［五］爱客，好友。

［六］乡园，指京城长安。

虢州后亭送李判官使赴晋绛（得秋字）

岑参

载《全唐诗》卷二百一

西原驿路挂城头[一]，客散红亭雨未收[二]。
君去试看汾水上[三]，白云犹似汉时秋[四]。

这是一首送别诗佳作，作于上元年间，诗人虢州长史任上。诗题中，后亭，即红亭。李判官，名不详。晋、绛，唐河东道二州名，晋州治今山西临汾，绛州治今山西新绛。诗写雨中送别李判官之景况。面对安史之乱未平的时局，诗人以汉喻唐，于送别中怀古伤今，感慨世事沧桑、盛世不再，表现了诗人深切的忧国之心和爱国之情。清张文荪《唐贤清雅集》评曰："借题发挥，足见胸襟高旷。"

【注】

［一］西原，即今焦村塬，南起女郎山（娘娘山）北麓，北抵黄河南岸，南北长四十里，东西宽十里。驿路，大路。唐时，驿路经过虢州城西500米的西原入虢州。挂城头，谓路在西原上，望去高与城头相接。

［二］红亭，即后亭。

［三］汾水，汾河，源出山西宁武，经晋、绛流入黄河。汉武帝刘彻曾泛舟汾河，作《秋风辞》。

［四］汉时秋，谓汉朝的时候。

原头送范侍御(得山字)

岑参

载《全唐诗》卷二百一

百尺原头酒色殷[一],路傍骢马汗斑斑[二]。
别君只有相思梦,遮莫千山与万山[三]。

此诗作于上元年间,诗人虢州长史任上。诗题中,原头,即原上,原指虢州西原,在灵宝西南五十里,即今焦村塬。范侍御,即《虢州西亭陪端公宴集》中的范端公,即侍御史范季明。诗先写诗人送范侍御至西原后置酒为之饯别的场景,后虚写今日一别后的相思梦境,衬托出眼前的难舍难分,从而表现了诗人与范侍御友情的深厚,刻画出二人的深情厚谊。诗中缠绵不尽的意境,使其成为唐送别诗中的佳作。

【注】

[一]殷,赤黑色。

[二]骢马,毛色青白相间的马。此指范侍御的马。

[三]遮莫,不论,任凭。

寄杨虢州与之旧姻

刘禹锡

载《全唐诗》卷三百五十九

避地江湖知几春[一]，今来本郡拥朱轮[二]。
阮郎无复里中旧[三]，杨仆却为关外人[四]。
各系一官难命驾[五]，每怀前好易沾巾。
玉城山里多灵药[六]，摆落功名且养神。

这是一首写给儿女亲家的诗。诗题中，杨虢州，即杨归厚，刘禹锡长子的岳父，唐文宗大和四年(830)任虢州刺史，不久因病卧疾。时刘禹锡在长安礼部郎中任上，写诗寄之，表达对杨归厚的问候与关心，诚心希望亲家不必留恋官场，要利用虢州多药草的优势养好身体。诗人虽在劝勉亲家，其实也是借题发挥，抒发自己对官场沉浮不定的感慨。

【注】

［一］避地江湖，指外任。唐宪宗元和七年(812)，杨归厚因直言敢谏，由左庶子贬国子主簿分司，后出为外官，历万、唐、寿、郑、虢五州刺史。

［二］本郡，指虢州。杨归厚乃弘农华阴人，虢州为杨氏郡望，故云。

［三］阮郎，阮肇。传说汉明帝时，阮肇入天台山，遇仙女，后归家，方知世上已历十世。此借指人久别归家。

［四］杨仆，用西汉杨仆耻为关外人故而请徙函谷关之典。虢州治所在秦函谷关之外，这里以杨仆喻指杨归厚，谓杨离朝去虢州任地方官。

［五］命驾，驾车上路。

［六］玉城，唐虢州属县。北魏正始二年(505)划卢氏地置石城郡并石城县。西魏废帝时改石城县置，因荆山之石有玉而美，故改名为玉城县。北周武帝天和元年(566)废。隋恭帝义宁元年(617)复置，属虢郡。唐太宗贞观八年(634)移县治于今灵宝市寺河乡寺河村。宋神宗熙宁四年(1071)，省县为镇，入虢略县。

奉和虢州刘给事使君三堂新题二十一咏

韩愈

载《全唐诗》卷三百四十三

此组诗作于唐宪宗元和八年(813)。诗题中,刘给事使君,即刘伯刍。三堂,虢州著名园林,位于虢州官舍北侧,又称"北楼",始建于唐玄宗开元初五王相继出守虢州时,以人臣在三之节(即礼敬君、父、师)命名。唐德宗贞元中,刺史马锡对三堂加以修整,用作虢州刺史官邸兼接待宴饮场所。吕温《虢州三堂记》云:"其广逾百亩,深入重扃,回塘屈盘,沓岛交映。溟渤转于环堵,蓬壶起于中庭。浩然天成,孰曰智及。"又云:"三者明臣子在三之节,堂者励宗室克构之义。岂徒造适,实亦垂训。"元和七年(812),刘伯刍任虢州刺史,复为增饰。次年修缮完成后,刘伯刍作诗21首。韩愈时任国子博士,见诗后逐一和诗,亦21首。题序云:"虢州刺史宅连水池竹林,往往为亭台岛渚,目其处为三堂。刘兄自给事中出刺此州,在任逾岁,职修人治,州中称无事,颇复增饰。从子弟而游其间,又作二十一诗以咏其事,流行京师,文士争和之。余与刘善,故亦同作。"韩愈以五绝组诗,分咏三堂的新亭、竹洞、月台、渚亭、竹溪、北湖等21个园林景观。从整体上看,组诗是对园林景观的总体性描述,使人对园林景观情致有一个整体的把握和感知;从细节上看,一诗写一景,细致入微地刻画景致并互相映照,表现诗人对自然的亲近之感,突出人与自然的融洽。北宋张舜民评曰:"退之诗,惟《虢园二十一咏》为最工,语不过二十字,而意思含蓄过于数千百言者。"

新亭

湖上新亭好，公来日出初。水文浮枕簟[一]，瓦影荫龟鱼[二]。

流水

汩汩几时休？从春复到秋。只言池未满，池满强交流。

竹洞

竹洞何年有？公初斫竹开。洞门无锁钥，俗客不曾来[三]。

月台

南馆城阴阔[四]，东湖水气多。直须台上看，始奈月明何。

渚亭[五]

自有人知处，那无步往踪？莫教安四壁[六]，面面看芙蓉[七]。

竹溪

藹藹溪流慢[八]，梢梢岸筱长[九]。穿沙碧簳净[十]，落水紫苞香[十一]。

北湖

闻说游湖棹[十二]，寻常到此回。应留醒心处[十三]，准拟醉时来。

【注】

[一]文，同“纹”，水面微波。枕簟，枕席，泛指卧具，其花纹如微波。

[二]“瓦影”句，意谓水池中的龟鱼赖屋瓦之影以蔽日光。

[三]俗客，志趣低级的人。

[四]馆，指接待宾客之所。南馆，泛指南面之馆。

[五]渚，水中的小块陆地。

[六]安四壁，指在亭子四面安装墙壁。

[七]芙蓉，荷花。

[八]藹藹，形容溪流丰沛的样子。

[九]梢梢，劲直挺立的样子。筱，一种细长的小竹。

[十]簳，小竹。

[十一]紫苞，指竹实。

[十二]棹，船桨。此处指游船。

[十三]醒心，指消除疲劳，使神志清醒、心胸宁静。

花岛 蜂蝶去纷纷，香风隔岸闻。欲知花岛处，水上觅红云[十四]。

柳溪 柳树谁人种？行行夹岸高。莫将条系缆[十五]，著处有蝉号。

西山 新月迎宵挂，晴云到晚留。为遮西望眼，终是懒回头。

竹径 无尘从不扫，有鸟莫令弹。若要添风月，应除数百竿。

荷池 风雨秋池上，高荷盖水繁。未谙鸣摵摵[十六]，那似卷翻翻[十七]。

稻畦 罫布畦堪数[十八]，枝分水莫寻[十九]。鱼肥知已秀[二十]，鹤没觉初深[二十一]。

柳巷 柳巷还飞絮，春余几许时。吏人休报事[二十二]，公作送春诗[二十三]。

【注】

[十四]红云，喻一片花海。谓花岛在水中的倒影，看起来像花海。

[十五]条系缆，谓用柳条系船。

[十六]摵摵，状风吹荷叶声。

[十七]卷翻翻，荷叶翻卷的样子。

[十八]罫，围棋盘上的方格子。畦，田园中划分的小区块。

[十九]枝，水流的分支，此指田间沟洫。

[二十]秀，禾苗抽穗。

[二十一]深，指田间沟洫中的水深。

[二十二]吏人，衙门中办理具体事务的人。报事，报告请示。

[二十三]送春，谓春天即将过去。

花源 源上花初发[二十四]，公应日日来。丁宁红与紫，慎莫一时开[二十五]。

北楼 郡楼乘晓上[二十六]，尽日不能回[二十七]。晚色将秋至，长风送月来[二十八]。

镜潭 非铸复非熔，泓澄忽此逢[二十九]。鱼虾不用避，只是照蛟龙。

孤屿[三十] 朝游孤屿南，暮戏孤屿北。所以孤屿鸟，与公尽相识。

方桥 非阁复非船，可居兼可过。君欲问方桥，方桥如此作。

梯桥 乍似上青冥[三十一]，初疑蹑菡萏[三十二]。自无飞仙骨，欲度何由敢。

月池 寒池月下明，新月池边曲。若不妒清妍，却成相映烛[三十三]。

【注】

[二十四]初发，刚刚开放。

[二十五]一时，同时。

[二十六]郡楼，郡县之城楼。此指三堂之北楼。

[二十七]尽日，从早到晚，犹言整日。

[二十八]长风，大风。

[二十九]泓澄，水清澈平静。

[三十]孤屿，孤岛。

[三十一]青冥，青天。

[三十二]菡萏，荷花。

[三十三]相映烛，谓明月与池水相互映照。

哭女樊

元稹

载《全唐诗》卷四百四

秋天净绿月分明，何事巴猿不剩鸣[一]。
应是一声肠断去，不容啼到第三声[二]。

这是一首伤悼诗，作于元和十四年(819)秋的虢州。元稹于头年岁末由通州刺史转任虢州长史。是年秋，元稹女儿樊因病卒于虢州。中年丧女，诗人心痛不已，故赋此诗写痛失爱女的伤恸。明陆时雍《唐诗镜》评曰："语近俚而情痛。"可与元稹同期另一首《哭女樊四十韵》参看。

【注】

[一]巴猿，巴蜀之地的猿，以啼声凄婉著称。不剩鸣，意谓只鸣一声，不连续。

[二]第三声，《水经注·江水》引渔者歌："巴东三峡巫峡长，猿鸣三声泪沾裳。"

酬乐天叹损伤见寄

元稹

载《全唐诗》卷四百十六

前途何在转茫茫，渐老那能不自伤。
病为怕风多睡月，起因行药暂扶床[一]。
函关气索迷真侣[二]，峡水波翻碍故乡。
唯有秋来两行泪，对君新赠远诗章。

这是一首涉病诗，作于元和十四年(819)，诗人虢州长史任上。诗人接连被贬江陵、通州后，身患瘴疟，病痛与贬谪之苦交织，令他身心俱疲。诗人到虢州，才得以逃离“炎蒸卧瘴乡”。故而白居易作《寄微之》诗安慰元稹，诗中有“高天默默物茫茫，各有来由致损伤”之句，元稹称之为“叹损伤见寄”。诗人写自己的病况，对好友的关怀表示感激，同时也表现了自己遭受十年贬谪后，内心的哀伤与不平。

【注】

[一]行药，谓服药后，漫步以散发药性。一作“花药”。

[二]函关，秦函谷关的省称，在今灵宝市函谷关镇王垛村。气索，无仙气。真侣，道士。《列仙传》记载，老子乘青牛入函谷关，关令尹喜见东极有紫气西迈，谓有圣人过关。

任弘农尉献州刺史乞假还京

李商隐

载《全唐诗》卷五百四十

黄昏封印点刑徒[一]，愧负荆山入座隅[二]。

却羡卞和双刖足[三]，一生无复没阶趋[四]。

这是一首抒愤诗，作于唐文宗开成四年(839)。诗题中，州刺史，即陕虢观察使孙简。陕虢观察使，唐肃宗乾元二年(759)设，辖陕、虢、华三州，治在陕州。乞假，即请假，实是辞职。时诗人由秘书省校书郎补弘农县尉，主司治安。诗人因为受冤刑徒减刑(即“活狱”)而触怒孙简，孙简拟罢其官，诗人愤而辞职。这首诗就是诗人写给孙简的请辞之作。诗由县尉日常工作入手，因虢州荆山与楚之荆山同名而展开联想，用卞和献玉却遭刖足之事，宣泄内心的怨愤不平。诗歌表现了诗人对受压迫人民的同情，对乱施淫威官长的愤恨，以及对自己忠而见罪的怨愤。

【注】

[一]封印，封存印信，停止办公。点刑徒，提点囚犯。

[二]荆山，在湖城县南，一名覆釜山。入座隅，在座位上办公。

[三]卞和，春秋时楚人，曾得一璞玉，先后献于楚厉王、楚武王，但二王都认为这璞玉只是石头，并处卞和以刖刑。楚文王继位后，卞和抱璞哭于荆山下，楚王使人剖璞而得宝玉，称此玉为“和氏璧”。刖足，即断足，古代一种砍掉脚的酷刑。

[四]无复，不再。没阶，尽阶，走完台阶。没阶趋，形容迎拜上司时奔走于阶前的卑屈情状。

自贶

李商隐

载《全唐诗》卷五百四十

陶令弃官后[一]，仰眠书屋中。
谁将五斗米[二]，拟换北窗风[三]。

此诗作于开成四年(839)。时诗人以“活狱”见罪于陕虢观察使孙简,愤辞弘农县尉一职。自贶,即自赠,写给自己以自勉自励,同时也有自拟、自画像之意。全诗短小,寥寥二十字,刻画出不为五斗米折腰、毅然去官归隐的陶渊明形象,亦即自己理想的人格形象,表达了睥睨府吏、欲效陶渊明归去的傲气。

【注】

[一]陶令,即陶渊明,最后一次出仕为东晋彭泽县令。郡守派督邮至县,手下官吏告诉陶渊明应整理衣冠去迎接,陶潜叹道:“吾不能为五斗米折腰,拳拳事乡里小人邪!”后解印离县,隐居不仕。

[二]五斗米,此指官俸。

[三]北窗风,陶渊明在《与子俨等疏》中描述自己隐居的闲适生活:“常言五六月中,北窗下卧,遇凉风暂至,自谓是羲皇上人。”后因以“北窗风”为咏隐居生活之典。

戏赠张书记

李商隐

载《全唐诗》卷五百四十一

别馆君孤枕[一],空庭我闭关[二]。池光不受月[三],野气欲沉山[四]。
星汉秋方会[五],关河梦几还。危弦伤远道[六],明镜惜红颜[七]。
古木含风久,平芜尽日闲。心知两愁绝,不断若寻环[八]。

此诗作于开成四年(839),诗人弘农尉任上。诗题中,张书记即张审礼,李商隐连襟,曾任朔方节度使掌书记。时张书记未携家眷,小住弘农,诗人亦独居于任所。诗人以庄重典雅之辞,写张书记出门在外时对妻子的思念,抒发同病相怜之感,在设身处地的共情中微寓戏意,显得亲切而不流于狎昵。纪昀《玉溪生诗说》评道:"戏张之忆家也,妙不伤雅。"

【注】

[一]别馆,指虢州客馆。

[二]空庭,诗人在弘农居住的官舍。

[三]不受月,谓池中波光粼粼,不能倒映出清晰的月的形状。

[四]野气,山野间的暮霭。

[五]星,指牛郎星和织女星。汉,河汉,即银河。牛郎、织女被银河阻隔,每年七夕方能相会一次。

[六]危弦,琴瑟上紧之弦,弹奏出的声音急促凄厉,多表现急躁烦乱的心境。远道,遥远的道路,此处指亲人远行未归。

[七]明镜,喻月光。红颜,指女子美丽的容颜。

[八]寻环,循环。

题虢州三堂赠吴郎中

贾 岛

载《全唐诗》卷五百七十四

无穷草树昔谁栽，新起临湖白石台。
半岸泥沙孤鹤立，三堂风雨四门开。
荷翻团露惊秋近，柳转斜阳过水来。
昨夜北楼堪朗咏[一]，虢城初锁月裴回[二]。

诗题一作“题虢州吴郎中三堂”。吴郎中，名不详。郎中，官名，唐尚书六部二十四司皆设郎中，为诸司之长。三堂，即虢州三堂。时吴郎中为虢州刺史，新修三堂。贾岛作诗题咏，诗写三堂新起亭台，草树临湖，令人赏心悦目，是修身养性的好去处。诗人在晚凉暑退时分游咏三堂、登楼坐月，旖旎风光，使诗人顿生无尽遐思。北宋苏轼将该诗与韩愈三堂二十一咏并列，称：“韩公三十一篇，风光咸在；贾岛五十六字，景色如初。”

【注】

[一]北楼，三堂宅内建筑。

[二]虢城，虢州城。裴回，徘徊。

虢州涧东村居作

韦庄

载《全唐诗》卷六百九十五

东南骑马出郊坰[一]，回首寒烟隔郡城[二]。
清涧涨时翘鹭喜[三]，绿桑疏处哺牛鸣[四]。
儿童见少生于客[五]，奴仆骄多倨似兄[六]。
试望家田还自适[七]，满畦秋水稻苗平[八]。

诗人在唐宣宗大中四、五年(850—851)间迁居虢州。此诗盖作于诗人初居虢州时。诗题中，涧东村即今灵宝市城关镇涧东村，在弘农涧河东岸、虢州城西南。诗歌描绘了虢州宁静、平和、优美的乡村图景。白鹭相戏于清涧，黄犊与绿桑相亲，一片水田上平铺稻苗，预示着丰收的年景。诗人放眼望去，顿生舒心适意之感。

【注】

[一]郊坰，郊野。涧东村位于虢州城西南，故云。

[二]郡城，指虢州城。

[三]清涧，指弘农涧河。翘鹭，长颈白鹭。

[四]哺牛，乳牛。

[五]生，陌生，生疏。

[六]倨，不逊，傲慢。

[七]自适，谓悠然闲适，自得其乐。

[八]满畦，犹满田。

送日本国僧敬龙归

韦庄

载《全唐诗》卷六百九十五

扶桑已在渺茫中[一]，家在扶桑东更东[二]。
此去与师谁共到[三]，一船明月一帆风[四]。

这是一首送别诗。诗题中，敬龙，日本僧人。唐时，日本国曾派遣多批遣唐使来中国学习先进文化，其中有很多请益僧和学问僧，敬龙是即将学成归国者，时韦庄正在虢州村居，写诗相送。诗写送友人归国时的依依惜别之情和对友人顺利东归的深情祝愿，字里行间，满溢诗人对友人深厚、真挚的关切之情以及对二人从此天各一方的惆怅之绪。

【注】

[一]扶桑，古代神话中的一种神木，在东方碧海之中，古人认为太阳从这里升起。《梁书》卷五十四《诸夷·东夷·扶桑》载："扶桑在大汉国东二万余里。"

[二]东更东，东方的更东方，极言其辽远渺茫。

[三]师，对敬龙的尊称。

[四]一帆风，满帆风，喻境地顺利。

三堂东湖作

韦庄

载《全唐诗》卷六百九十五

满塘秋水碧泓澄[一]，十亩菱花晚镜清[二]。
景动新桥横蝃蝀[三]，岸铺芳草睡䴔䴖[四]。
蟾投夜魄当湖落[五]，岳倒秋莲入浪生[六]。
何处最添诗客兴，黄昏烟雨乱蛙声。

这首诗作于诗人在虢州村居期间。诗题中，三堂，即虢州三堂。东湖，三堂东面的一个湖。诗人在秋日月明星稀的夜晚静静地游览东湖，并以用清新秀丽的语言描绘出月色笼罩下东湖宁静幽美、充满淳朴野趣的美景，寄寓了诗人返归自然后悠然自得的闲适情怀。可与诗人同期另一首《三堂早春》参看。

【注】

[一]碧泓澄，形容湖水碧绿澄静。

[二]菱花，古代铜镜图案多为菱花形，故以菱花代指镜子，喻水面平静，如镜面一般。

[三]蝃蝀，虹。

[四]䴔䴖，水鸟名，即池鹭。

[五]蟾，蟾蜍。神话传说中，月中有蟾蜍。夜魄，月亮。

[六]岳倒秋莲，指山峰在水面的倒影形似莲花。

渔塘十六韵

韦 庄

载《全唐诗》卷六百九十五

洛水分余脉，穿岩出石棱。碧经岚气重，清带露华澄。莹澈通三岛[一]，岩梧积万层。巢由应共到[二]，刘阮想同登[三]。壁峻苔如画，山昏雾似蒸。撼松衣有雪，题石砚生冰。路熟云中客，名留域外僧。饥猿寻落橡，斗鼠堕高藤。崄树临溪亚[四]，残莎带岸崩。持竿聊藉草，待月好垂罾[五]。对景思任父[六]，开图想不兴[七]。晚风轻浪叠，暮雨湿烟凝。似泛灵槎出[八]，如迎羽客升。仙源终不测，胜概自相仍[九]。欲别诚堪恋，长归又未能。他时操史笔，为尔著良称。

此诗当作于唐懿宗咸通二年(861)，诗人临别虢州之时。题注云:“在朱阳县石岩下，古老云，洛水一派，流出此山。”朱阳县，故址在今灵宝市朱阳镇朱阳村。洛水指流经陕西、河南的北洛河，其余脉自朱阳县石岩下穿流而出，澄碧清澈，当地人蓄水为鱼塘。诗写鱼塘景色和渔钓情状，勾画了一幅岩壁峭峻、林荫覆水、环境清幽的乡间图景，寄托着诗人向往远避喧嚣的隐逸生活的情怀。

【注】

[一]三岛，指传说中的蓬莱、方丈、瀛洲三座海上仙山。

[二]巢由，巢父和许由。相传二人皆为尧时隐士，尧让位于二人，皆不受。后因用以指隐居不仕者。

[三]刘阮，刘晨和阮肇。传东汉明帝永平年间，刘、阮二人至天台山采药，遇二仙女，蹉跎半年始归。归时，子孙已过七代。后复入天台山寻访，旧踪渺然。

[四]崄树，生长于险峻高处的树木。

[五]罾，一种用木棍或竹竿做支架的方形渔网。

[六]任父，即任公子，古代传说中善于捕鱼的人，曾用大钩钓得东海中的大鱼。

[七]不兴，三国吴画家曹不兴。

[八]灵槎，能乘往天河的筏子。

[九]胜概，胜景，美景。

村居书事

韦庄

载《全唐诗》卷六百九十五

年年耕与钓，鸥鸟已相依[一]。
砌长苍苔厚[二]，藤抽紫蔓肥。
风莺移树啭，雨燕入楼飞。
不觉春光暮，绕篱红杏稀。

此诗盖作于诗人于虢州村居期间。时诗人在虢州居住已久，已置办田产，生活闲适。诗写优美的田园风光，流露出诗人对恬静、悠闲的乡居生活的深深喜爱，以及对能远离猜忌险恶的官场的庆幸。

【注】

[一]鸥鸟，水鸟，因食鱼，又称鱼鸟。鸥鸟已相依，谓与鸥鸟结社，相约为友。喻指隐逸。

[二]砌，台阶。

三堂早春

韦庄

载《全唐诗》卷六百九十五

独倚危楼四望遥[一]，杏花春陌马声骄。
池边冰刃暖初落[二]，山上雪棱寒未销[三]。
溪送绿波穿郡宅[四]，日移红影度村桥[五]。
主人年少多情味，笑换金龟解珥貂[六]。

此诗作于诗人于虢州村居期间。三堂，即虢州三堂。诗写早春时节三堂的园林之美和宾主娱游之乐。初春暖煦，冰雪初融，杏花开放，溪边青草点点，溪水流过宅院，恍如一条绿色的丝带，村桥上的日影也随着时间流动。全诗刻画了诗人物我俱忘、倾心田园的归隐生活的真实面貌。

【注】

[一]危楼，高楼。

[二]冰刃，冰柱。

[三]雪棱，积雪覆盖的山脊。

[四]郡宅，州郡之宅第。

[五]红影，指日影。

[六]金龟，汉代高官所佩龟纽金印，唐时，自武则天称帝开始，三品以上官员亦要佩饰。此谓以金龟或貂饰换酒。

灵宝县为唐代陕州属县，故城在今河南省灵宝市大王镇老城村西北，地处弘农涧河入黄河的冲积扇上，东北至陕州七十五里。

灵宝在春秋时先属虢地，后属晋，晋置有瑕、虢略诸邑。战国时属秦，秦惠文王在桃林塞西口（今灵宝市函谷关镇王垛村）置函谷关，此处成为东西交通的咽喉，素有“一夫当关，万夫莫开”之说。凭借函谷关的优势，秦国屡退东方诸侯联军，终兼并六国，一统天下。秦统一后，灵宝划入内史之地。汉武帝元鼎三年（前 114），武帝应杨仆之请，迁函谷关址于新安，并在原关城置弘农郡及弘农县，以弘农县为郡治。曹魏时，在今灵宝市函谷关镇孟村北置魏函谷关，南距秦函谷关十二里。因黄河河床下切，稠桑原北端形成黄河滩地和滨河道路，隋文帝开皇十六年（596），在黄河畔置桃林县，以古桃林塞为名，治在今灵宝市大王镇老城村西北，南距秦函谷关十里，西距魏函谷关四里，隔弘农涧河相望。唐玄宗天宝元年（742），因于函谷关尹喜故宅掘得灵符，遂改年号为“天宝”，改桃林为灵宝县。1959 年，因建三门峡大坝，灵宝县城陆续南迁至虢略镇，即今灵宝市城关镇。灵宝老城废弃，今仅存西城墙与南城墙部分城砖。

灵宝在唐代属望县，县当崤函古道驿路，不仅是西去长安的必经之地，也是自湖城向西的南、北两条驿路的交汇点，有行宫桃源宫和在城驿（即桃林驿），县西十八里处有稠桑驿。西向行旅多经行魏函谷关往稠桑驿。秦函谷关在唐代虽然已不能尽复往日光彩，但作为历史上的雄关要塞，仍震古烁今，经行此处的文人骚客对函谷关的咏唱形成灵宝唐诗的重要主题和鲜明特色。

灵宝(桃林)

过老子庙

李隆基

载《全唐诗》卷三

仙居怀圣德[一]，灵庙肃神心[二]。
草合人踪断，尘浓鸟迹深。
流沙丹灶没[三]，关路紫烟沉[四]。
独伤千载后，空余松柏林。

据新、旧《唐书》载，唐玄宗五次东幸洛阳，其中开元十二年（724）冬十一月东幸时曾游函谷关，作《经函谷关作》诗，已佚。此诗为唐玄宗此次东幸游函谷谒老子庙时所作。诗题中，老子庙即老子著《道德经》的处所，亦即唐玄宗时被认定的尹喜故宅旧地。老子庙原名天宝观，传为天宝元年（742）唐玄宗敕建，宋徽宗崇宁四年（1105）改称太初宫，在函谷关内。唐时，因老子与天子同姓李，故而特别推崇道教，并以老子为教主，奉为“太上玄元皇帝”。诗写谒老子庙所见景状，情调凝重，语气舒缓，显露出一种庄重静谧的氛围，表达了诗人对老子的缅怀和崇敬之情。

【注】

[一]仙居，指老子庙。

[二]灵庙，即老子庙。

[三]流沙，意为西方极僻远的地方。传说老子出函谷关后，西渡流沙，莫知所终。

[四]关路，指函谷关路。紫烟，即紫气。

秋风函谷应诏

徐贤妃

载《全唐诗》卷五

秋风起函谷，劲气动河山[一]。
偃松千岭上[二]，杂雨二陵间[三]。
低云愁广隰[四]，落日惨重关。
此时飘紫气，应验真人还[五]。

这是一首应诏诗，作于唐太宗贞观十八年(644)十月。时徐贤妃随唐太宗自长安东幸洛阳，途经函谷关，应皇帝之命而作。诗题中，函谷，指灵宝秦函谷关。诗写函谷关深秋时节的景色。诗中描写了雄关金风，山河朔气，千岭劲松，古陵风雨，广隰愁云，重关落日，紫气飘忽，真人东来等，呈现出一幅气势磅礴、雄奇壮丽的风景画卷，表达了诗人对天下大治的欣然和对唐太宗的由衷爱慕。

【注】

[一]劲气，凛冽的寒气。

[二]偃松，一种常绿小乔木，分枝多，大枝伏于地，末端斜而向上，状如偃卧，故名。

[三]二陵，指崤山，崤山有南、北二陵。《左传·僖公三十二年》："崤有二陵焉。其南陵，夏后皋之墓也；其北陵，文王之所辟风雨也。"

[四]隰，低湿之地。

[五]真人，指老子。

过函谷关

宋之问

载《全唐诗》卷五十二

二百四十载[一],海内何纷纷。
六国兵同合[二],七雄势未分[三]。
从成拒秦帝[四],策决问苏君[五]。
鸡鸣将狗盗[六],论德不论勋。

这是一首怀古诗。高宗年间,诗人常往返于弘农与洛阳之间,此诗当为诗人途经秦函谷关时,因见秦函谷关荒芜而抒怀古之幽情的作品。诗中描写了战国七雄在函谷关争霸的历史,借古怀今,全诗激荡着生逢盛世当成就功名的气势。

【注】

[一]二百四十载,泛指战国时期(前475—前221),这里为约数。

[二]六国,指齐、楚、燕、韩、赵、魏。

[三]七雄,六国并秦国凡七国,合称战国七雄。

[四]从,即纵,南北向。战国时,苏秦游说六国诸侯,联合西向以抗秦。六国土地南北相连,故称“合纵”。

[五]苏君,指苏秦。

[六]“鸡鸣”句,用“鸡鸣狗盗”之典故。齐愍王二十五年,孟尝君入秦,被囚,秦昭王欲杀之。孟尝君门客有能为狗盗者,盗得秦宫中狐白裘,献给昭王幸姬,孟尝君乃得释,化名逃走。夜半,孟尝君至函谷关。秦法,鸡鸣乃开关出客,孟尝君客有能为鸡鸣者,使鸡齐鸣,孟尝君乃得出,秦人追之不及。事见《史记·孟尝君列传》。后因以“鸡鸣狗盗”指微不足道的技能或行为,也指具有卑贱或微末小道技能或行为的人。

函谷关

宋之问

载《全唐诗》卷五十三

至人□□识仙风[一]，瑞霭丹光远郁葱。
灵迹才辞周柱下[二]，祥氛已入函关中[三]。
不从紫气台端候[四]，何得青华观里逢[五]。
欲访乘牛求宝箓[六]，愿随鹤驾遍瑶空[七]。

这是诗人经行秦函谷关时所作的一首怀古诗。诗以紫气台为对象，描写尹喜东望紫气、老子入关的故事，借古怀今，抒发自己的感慨。

【注】

［一］至人，道德修养达到至高境界的人。此指老子。

［二］灵迹，老子的踪迹。周柱下，指老子，老子曾为周之柱下史。

［三］祥氛，指紫气。

［四］紫气台，即望气台，又叫瞻紫楼。传说老子西游，函谷关关令尹喜见东方有紫气浮关，知真人当过，而老子果真骑青牛由东至关。尹喜遂留老子，著《道德经》。事见《列仙传》。后因在其地筑台，曰望气台，故址在秦函谷关尹喜故宅东南角。

［五］青华观，指道观。

［六］宝箓，道家的符箓。

［七］鹤驾，仙驾。瑶空，明净的天空，亦指仙境。

秋晚度废关

李行言　载《全唐诗》卷一百一

秦郊平旧险[一]，周德眷遗黎[二]。始闻清夜柝[三]，俄见落封泥[四]。
物色来无限，津途去不迷。空亭谁问马[五]，闲戍但鸣鸡[六]。
山月寒弥净，河风晓更凄。赠言杨伯起[七]，非复是关西。

诗题中，废关，指灵宝秦函谷关。汉武帝元鼎三年（前114）移函谷关于新安后，秦关遂废，至唐代已是城崩壁毁，一派苍凉、荒废之势。诗歌围绕函谷关，写诗人秋夜经行函谷关时的所见所闻所感，抒发了诗人对世事沧桑的感慨。

【注】

[一]秦郊，汉都长安，函谷关所在地在西汉初归内史，弘农郡建立后，仍属京畿地区，故云。

[二]遗黎，遗民。

[三]柝，打更用的梆子。

[四]封泥，谓以一丸泥可东封函谷关。

[五]问马，暗用兒说乘白马过函谷关事。战国时宋人兒说善辩，持“白马非马”之说，辩赢了齐国稷下的辩者。一日，兒说骑白马过关，关吏按照马的毛色征收马税，他只得照章纳税。事见《韩非子·外储说左上》。

[六]鸣鸡，即鸡鸣。暗用孟尝君过函谷关事。

[七]杨伯起，即杨震。

赠张敬微

蔡希寂

载《全唐诗》卷一百十四

大河东北望桃林[一],杂树冥冥结翠阴[二]。

不知君作神仙尉[三],特讶行来云雾深[四]。

诗题中,张敬微又作张镜微,开元前期曾任桃林尉,与蔡希寂友善。诗当作于张敬微官桃林尉时。诗描摹桃林树清林荫、雨雾深深的景色,表达了诗人对隐士生活的向往。

【注】

[一]桃林,指桃林县,故城在今灵宝市大王镇老城村。

[二]冥冥,昏暗,不明亮。

[三]神仙尉,指尘世中清高脱俗的小吏。典出《汉书·杨胡朱梅云传》。后因美誉县尉为神仙尉。

[四]讶,惊奇。

奔亡道中五首(其四)

李白

载《全唐诗》卷一百八十一

函谷如玉关[一],几时可生还。
洛阳为易水[二],嵩岳是燕山[三]。
俗变羌胡语[四],人多沙塞颜[五]。
申包惟恸哭[六],七日鬓毛斑。

唐玄宗天宝十四载(755)冬,安史之乱爆发,叛军一路攻城略地,终攻陷洛阳,唐军退守潼关。诗人被困洛阳一带的沦陷区,改换胡装逃出后西奔函谷关,欲入京朝见天子,面陈讨叛之策,后因种种原因,未能进京,次年暮春从华山东南下宣城。《奔亡道中五首》即作于这一时期。诗写人们饱经战乱的苦痛以及诗人一路逃亡的过程和艰难处境。本诗是其中的第四首,写诗人逃亡进入函谷关时所见的凄惨不堪的景象,表达了对国家命运的急切关注和无限哀痛。

【注】

[一]函谷,秦函谷关的简称。玉关,即玉门关,在今甘肃敦煌西北,是古代通向西域的关口。这里指代边境。

[二]易水,在今河北易县南。此代指边境。

[三]嵩岳,即中岳嵩山。燕山,在河北北部及北京北部。

[四]羌胡,指代北方少数民族。

[五]沙塞,沙漠、边塞。这里泛指西北少数民族聚居地区。

[六]申包,即申包胥。楚昭王十年(前506),吴军伐楚,破楚都郢,楚国大夫申包胥求救于秦,哭于秦庭七天七夜,秦乃出兵救楚,击败吴军。

经函谷关

韦应物

载《全唐诗》卷一百九十一

洪河绝山根[一]，单轨出其侧[二]。万古为要枢，往来何时息。秦皇既恃险[三]，海内被吞食。及嗣同覆颠[四]，咽喉莫能塞[五]。炎灵讵西驾[六]，娄子非经国[七]。徒欲扼诸侯，不知恢至德[八]。圣朝及天宝[九]，豺虎起东北[十]。下沉战死魂，上结穷冤色。古今虽共守，成败良可识。藩屏无俊贤[十一]，金汤独何力[十二]。驰车一登眺，感慨中自恻。

唐代宗广德二年(764)初，诗人自长安赴洛阳任洛阳丞，途经灵宝秦函谷关时，作此吊古伤今之诗。诗中用秦皇恃险、汉室守兵、刘敬上策等史实，说明治国之要在“至德”，而非“塞咽喉”，“恢至德”才是真正的“金汤”“要枢”，是江山永固的基础。清乔亿《剑溪说诗》评价说：“篇中步步扼‘关’字。韦公遇此等题，亦以议论笔力胜。”“议论正大，可为经国至言，亦绝好诗篇。”

【注】

[一]洪河，大河，指黄河。

[二]单轨，函谷关道路险仄，车不能并行，故云。

[三]秦皇，秦始皇。

[四]及嗣，指秦二世。秦始皇死后一年，便有起义军奋起反抗秦王朝统治。

[五]咽喉，喻函谷关地势险要，为东西往来必经要道。

[六]炎灵，指汉高祖。西驾，自洛阳西迁长安。

[七]娄子，娄敬，因劝汉高祖定都关中而被赐姓刘。

[八]至德，最高尚的道德。

[九]圣朝，指当朝。天宝，唐玄宗的第三个年号。

[十]豺虎，泛指猛兽，此指安史叛乱。

[十一]藩屏，屏障。

[十二]金汤，金城汤池，喻防守坚固之城邑。

函谷关歌送刘评事使关西

岑 参

载《全唐诗》卷一百九十九

君不见函谷关，崩城毁壁至今在。树根草蔓遮古道[一]，空谷千年长不改。
寂寞无人空旧山，圣朝无外不须关[二]。白马公孙何处去[三]，青牛老人更不还[四]。
苍苔白骨空满地，月与古时长相似。野花不省见行人，山鸟何曾识关吏。
故人方乘使者车[五]，吾知郭丹却不如[六]。请君时忆关外客，行到关西多致书[七]。

此诗当作于唐肃宗上元年间，诗人虢州长史任上。诗题中，函谷关，指灵宝秦函谷关。刘评事，名不详。评事，大理寺属官，掌出使推勘案情。关西，指关西节度。诗歌通过对秦函谷关荒凉破败之景进行渲染，追思公孙龙、老子度关的历史典故，抒发世事沧桑、时过境迁的感慨，并由景及人，表达了对刘评事勿忘旧好的殷切希望。

【注】

[一]古道，指经行函谷关的道路。

[二]不须关，唐时，秦函谷关早已废弃，此谓天下不治则关亦无用。

[三]白马公孙，即公孙龙，战国末期赵人，名家学派代表人物。公孙龙曾乘白马过函谷关，关吏阻拦，说此关不许过马。公孙龙答曰：白马不是马。

[四]青牛老人，指老子。传老子过关时乘青牛。

[五]故人，指刘评事。

[六]郭丹，汉南阳人，从师长安，买符入函谷关，慨然叹曰："丹不乘使者车，终不出关。"王莽时征为谏议大夫，持节使归南阳，乘高车出关，如其志焉。

[七]多致书，勿忘旧好之意。致书，寄信。

稠桑驿喜逢严河南中丞便别（得时字）

岑参

驷马映花枝，人人夹路窥[一]。
离心且莫问，春草自应知。
不谓青云客[二]，犹思紫禁时[三]。
别君能几日，看取鬓成丝。

载《全唐诗》卷二百

此诗作于上元二年（761）春，诗人虢州长史任上。诗题中，稠桑驿，崤函古道上著名的驿站，故址在今灵宝市函谷关镇稠桑村沙河口西侧，西北距灵宝（桃林）县二十里，距湖城县三十里。春秋时属虢国桑田地。1959年因修建三门峡水库，村庄移至沙河东岸台地斜坡上，仍称稠桑。严河南，即河南尹严武，与岑参友善。时洛阳又被史朝义叛军占据，河南府寄治长水。严武由长安返回长水，途经稠桑驿，与诗人相见。酒宴上，僚友即席同赋，岑参得"时"字，严诗佚。诗写严武途经稠桑驿的盛况和对老友不忘故交的感激，同时亦透露出诗人对严武的欣羡及对自己仕途坎坷的忧愁。可与同期诗人的另两首诗《虢州南池候严中丞不至》《使君席夜送严河南赴长水（得时字）》参看。

【注】

[一]夹路窥，谓百姓夹路围观严武车马行经稠桑驿。

[二]青云，喻高官显爵。

[三]紫禁，指帝王宫禁。此句诗下原注："参忝西掖，曾联接。"西掖，指中书省。岑参在中书省任右补阙时，严武在门下省为给事中，两人曾一起出入宫禁。

题观楼

岑参

载《全唐诗》卷二百一

荒楼荒井闭空山[一],关令乘云去不还[二]。
羽盖霓旌何处在[三],空留药臼向人间[四]。

这是一首游道观诗。诗题中,观楼,一作楼观,即关令尹喜住宅,故址在灵宝秦函谷关南。诗通过描写观楼的残破,追怀关令尹喜遇老子出关求写《道德经》而后得道成仙的事迹,抒发了人世沧桑之慨。

【注】

[一]闭空山,藏在荒山之中。

[二]关令,指西周函谷关关令尹喜。《列仙传》:“关令尹喜者,周大夫也。善内学,常服精华,隐德修行,时人莫知。老子西游,喜先见其气,知有真人当过,物色而遮之,果得老子。老子亦知其奇,为著书授之。后与老子俱游流沙,化胡。服苣胜实,莫知其所终。尹喜亦自著书九篇,号曰《关尹子》。”

[三]羽盖霓旌,传说中仙人出行的车驾仪仗。

[四]药臼,捣药用的石臼,尹喜宅中遗物。

题尹真人祠

郎士元

载《全唐诗》卷二百四十八

窅窅云旗去不还[一]，阴阴祠宇闭空山。
我来始悟丹青妙[二]，稽首如逢冰雪颜[三]。

诗题中，尹真人祠，即关令尹喜之祠，亦即尹喜旧宅，在灵宝秦函谷关内。道教尊尹喜为无上真人。这首七言绝句，当为诗人游历尹真人祠时题写在祠中之作，抒发了诗人崇道的情怀。

【注】

[一]窅窅，遥远渺茫貌。云旗，以云为旗。

[二]丹青，指尹真人画像。

[三]冰雪颜，仙人的容颜。

桃林夜贺晋公

韩　愈

载《全唐诗》卷三百四十四

西来骑火照山红[一],夜宿桃林腊月中[二]。
手把命珪兼相印[三],一时重叠赏元功[四]。

此诗作于唐宪宗元和十二年(817)十二月,诗人随唐军平定淮西凯旋途经桃林时。诗题中,桃林,指桃林县,城址在今灵宝市大王镇老城村。晋公,指裴度。裴度平定淮西有功,被封为晋国公,复入知政事。诗写裴度在桃林受勋的场景,以歌颂裴度平叛的功劳,借以抒发维护国家统一、反对地方割据的理想。

【注】

[一]西来骑火,指朝廷特使昼夜兼程,自长安西来授勋,夜会大军于桃林县。

[二]腊月,指阴历十二月。

[三]命珪,古代天子赐给诸侯的一种礼器,用玉制成,上朝时拿在手中。相印,宰相的印信,代指宰相。

[四]重叠,指裴度新封的爵位和宰相之位。元功,首功。

西上经灵宝观

孟郊　　载《全唐诗》卷三百七十七

道士无白发，语音灵泉清[一]。青松多寿色[二]，白石恒夜明。放步霁霞起，振衣华风生。真文秘中顶[三]，宝气浮四楹[四]。一片古关路[五]，万里今人行。上仙不可见[六]，驱策徒西征[七]。

孟郊虔诚于佛道，经常流连道观。这首诗是他某次行经灵宝观时所作。题下自注："观即尹真人旧宅。"尹真人即关令尹喜，旧宅在秦函谷关内。诗浓墨重彩地塑造出道士长寿健壮、高德佳性的形象，渲染出肃穆、庄严的道观气氛，抒发了诗人对仙人超然境界的向往与企慕。

【注】

［一］灵泉清，形容道士的声音如泉水一般清脆动听。

［二］寿色，长寿的样子。

［三］真文，道家经文、符箓。意谓灵宝观藏有珍贵的道家典籍。中顶，房屋的正梁之上。

［四］四楹，即四开间。

［五］古关，指秦函谷关。

［六］上仙，道家将天上的仙人分为九个等级，第一等是上仙。

［七］驱策，策马前行。西征，西行。

出关路

白居易

载《全唐诗》卷四百三十二

山川函谷路[一]，尘土游子颜。
萧条去国意[二]，秋风生故关[三]。

此诗作于元和五年(810)。时诗人由左拾遗改官京兆户曹参军，虽保有翰林学士之名，但实是被调离朝廷，失去了直接参与朝政的权利。此诗当是诗人因差东行路过函谷关时所作，表现了经行函谷路时油然而生的感伤情绪。

【注】

[一]函谷，指灵宝秦函谷关。函谷路，即经函谷关通往长安的东西大道。

[二]去国，离开都城。

[三]故关，指灵宝秦函谷关。唐时此关已废。

社日关路作

白居易

载《全唐诗》卷四百三十六

晚景函关路，凉风社日天。
青岩新有燕[一]，红树欲无蝉[二]。
愁立驿楼上，厌行官堠前[三]。
萧条秋兴苦，渐近二毛年[四]。

这首诗约作于唐德宗贞元十六至十七年(800—801)间。诗题中，社日，古代祭祀土神的节日，一般设置在二月或八月月末的一个戊日。此指秋社。在唐代，祭社是重要的民间信仰活动。关路，即函谷关路，灵宝函谷关通往长安之路，亦即崤函古道函谷段。诗写诗人秋社之际经行函谷关路的所见所感。

【注】

[一]青岩，青山。

[二]红树，指经霜叶红之树，如枫树等。

[三]厌行，弯腰行走的样子。官堠，古时大路上标记里程的土堆。日本僧人圆仁《入唐求法巡礼行记》卷二："唐国行五里立一候子，行十里立二候子。筑土堆，四角上狭下阔，高四尺或五尺不定，曰唤之为里隔柱。"

[四]二毛，头发黑白相间。

往年稠桑曾丧白马题诗厅壁今来尚存又复感怀更题绝句

白居易

载《全唐诗》卷四百五十五

路傍埋骨蒿草合[一]，壁上题诗尘藓生[二]。
马死七年犹怅望[三]，自知无乃太多情[四]。

此诗作于唐文宗大和九年(835)春。时诗人自洛阳至下邽(今陕西省渭南市临渭区北)故里，途经稠桑驿，发现自己多年前为葬在这里的小白马写的题壁诗《有小白马乘驭多时奉使东行至稠桑驿溘然而毙足可惊伤不能忘情题二十韵》仍在，忆及往事，情不能已，再题诗于稠桑驿厅壁上，表现了诗人的怜物之情，也反映了唐代馆驿题诗创作的情况。

【注】

[一] 蒿草，草名，有青蒿、白蒿等数种。

[二] 尘藓，灰尘和苔藓。

[三] 七年，诗人的小白马在大和元年(827)暴病而死，此当指实际年数。

[四] 无乃，不必。

晓过函谷关

李　涉

载《全唐诗》卷四百七十七

因韩为赵两游秦[一]，十月冰霜渡孟津[二]。
纵使鸡鸣遇关吏[三]，不知余也是何人。

这首七绝作于诗人清晨经过函谷关时。据诗意，函谷关当为灵宝秦函谷关。诗人写自己的奔波生涯和两次进出函谷关的经历，感慨自己空怀抱负却寂寞无为。

【注】

[一]游秦，谓入长安。

[二]冰霜，冰与霜。喻指寒冷季节。孟津，即孟津关，又名河阳关，故址在今河南省洛阳市孟津区会盟镇扣马村，自古为黄河上一重要渡口。周武王伐纣，曾与诸侯会盟于此，亦称盟津。

[三]鸡鸣，用孟尝君出函谷关典故，说明自己与孟尝君不同，只是一个普通过客罢了。

分水岭望灵宝峰

薛 能

载《全唐诗》卷五百六十

千寻万仞峰，灵宝号何从。
盛立同吾道[一]，贪程阻圣踪[二]。
岭奇应有药[三]，壁峭尽无松。
那得休于是，蹉跎亦卧龙[四]。

这首诗主要写登高眺望灵宝峰时的所见所感，当作于唐武宗会昌六年(846)诗人登第后。诗题中，灵宝峰，山峰名，在今灵宝市境内。由于诗人登第之后，并未得到授官，长时间为人幕僚，故而诗人借写灵宝峰道教圣迹，寄托心中不平之气，同时也抒发自己在失意之后仍然会不懈努力之意。

【注】

[一]吾道，我的学说或主张。《论语·里仁》："子曰：'参乎！吾道一以贯之。'"

[二]贪程，着急赶路。圣踪，指得道高僧的足迹。

[三]药，仙药。

[四]卧龙，指诸葛亮。此代指隐居的高士。

函谷关

汪遵

载《全唐诗》卷六百二

脱祸东奔壮气摧[一]，马如飞电毂如雷[二]。
当时若不听弹铗[三]，那得关门半夜开[四]。

这是一首咏古诗。诗题中，函谷关指灵宝秦函谷关。诗写孟尝君出使秦国被扣，靠门客中能为鸡鸣狗盗者帮助，方才逃出函谷关的故事，说明人才的重要性，劝诫当今统治者招贤纳士。

【注】

［一］脱祸东奔，孟尝君被囚于秦，使门客盗出白狐裘贿于秦昭王爱姬，得到释放后，他星夜逃奔至函谷关。

［二］毂如雷，谓逃命心切，车行急速，车轮轧地，轰鸣如雷。

［三］弹铗，弹击剑把。孟尝君食客冯谖多次弹铗而歌，要求提高待遇，都得到孟尝君的满足。按，孟尝君逃离秦国事，实与冯谖无涉，当系诗人误记。

［四］关门，秦函谷关城门。

古函关

皮日休

载《全唐诗》卷六百十五

破落古关城[一]，犹能扼帝京[二]。
今朝行客过，不待晓鸡鸣[三]。

这是诗人行经灵宝秦函谷关时所作的一首咏怀诗，诗人借写函谷关的破落，表达了自己对当朝武备废弛、国事颓败的忧虑。

【注】

[一]破落古关城，指灵宝秦函谷关关城已沦为废墟。《汉书·高祖纪》颜师古注云："今桃林南有洪溜涧，古函谷也。其水北流入河，西岸犹有旧关余迹。"

[二]帝京，指京都长安。

[三]晓鸡鸣，用孟尝君门客学鸡鸣使孟尝君得以混出函谷关、逃避追捕之事。此指秦函谷关破落而无人扼守，行旅昼夜皆可通行。

秦关

司空图

载《全唐诗》卷六百三十二

形胜今虽在[一]，荒凉恨不穷。
虎狼秦国破[二]，狐兔汉陵空[三]。

这是一首咏史诗。诗题中，秦关，指灵宝秦函谷关。诗以秦函谷关为寄托，慨叹历史的变迁：江山依旧，时光飞驰，雄霸一时的秦汉王朝如今只留下破败的秦关和汉陵。全诗沟通古今，寄托着诗人的兴废之感和对唐王朝国运的忧虑。

【注】

[一]形胜，指地势险要。

[二]虎狼，形容秦国。《史记·苏秦列传》："夫秦，虎狼之国也，有吞天下之心。"

[三]狐兔汉陵，指狐狸、野兔出没于汉代帝王的陵墓，形容其衰败。

函谷关

胡曾

载《全唐诗》卷六百四十七

寂寂函关锁未开，田文车马出秦来[一]。
朱门不养三千客[二]，谁为鸡鸣得放回[三]。

这首诗是诗人的咏史组诗之一。诗写孟尝君门客学鸡鸣，使孟尝君得以逃出函谷关事。诗人以诙谐的语言赞扬孟尝君礼贤下士的精神，抒发人才重要的感慨，同时借古咏今，透露出某种讽刺批判的意味。

【注】

［一］田文，即孟尝君，齐国贵族，战国四公子之一，齐国宗室大臣。

［二］三千客，孟尝君广延宾客，有门客三千，即使鸡鸣狗盗之徒，亦待为上客，务使各尽其才。事见《史记·孟尝君传》。后因用作礼贤下士之典。

［三］鸡鸣，用孟尝君依靠鸡鸣狗盗之徒逃出函谷关典。

灵宝县西侧津

吴融

载《全唐诗》卷六百八十四

碧溪潋潋流残阳,晴沙两两眠鸳鸯[一]。
柳花无赖苦多暇[二],蛱蝶有情长自忙[三]。
千里宦游成底事[四],每年风景是他乡。
高歌一曲垂鞭去,尽日无人识楚狂[五]。

这是一首反映唐代士人宦游生活的诗作。诗题中,灵宝县西侧津即西河渡口,在唐灵宝城西,即今灵宝市大王镇老城村西,今称老城渡口。诗描写西侧津春景,展现了一幅恬淡又不乏生机的津渡风光图。诗人长期宦游,不得安栖,到处漂泊,如今游历其间,不觉感叹愿学楚狂,表现了诗人豁达的胸襟和积极的情怀。

【注】

[一]晴沙,阳光照耀下的沙滩。

[二]无赖,唐人俗语,犹无心、无意。

[三]蛱蝶,蝴蝶。

[四]宦游,中国古代士大夫阶层的生活方式之一,指士人因外出求官或做官而进行的游历活动。

[五]楚狂,春秋时楚人陆通。陆通,字接舆,见楚昭王政令无常,政局混乱,佯狂不仕,人称楚狂。孔子适楚,陆通到车前,歌讽孔子入仕,主张避世隐居。事见《论语·微子》和《高士传》。后因用"楚狂""接舆"为狂士或佯狂者的通称。唐诗人中多有以楚狂自喻者,以显示自己隐居不仕的意愿或放荡不羁的个性。

尹喜宅

韦庄

载《全唐诗》卷六百九十五

荒原秋殿柏萧萧，何代风烟占寂寥。
紫气已随仙仗去[一]，白云空向帝乡消[二]。
濛濛暮雨春鸡唱，漠漠寒芜雪兔跳。
欲问灵踪无处所[三]，十洲空阔阆山遥[四]。

此诗盖作于诗人在虢州村居时。诗题中，尹喜宅即函谷关令尹喜故宅，唐玄宗时认定太初宫为尹喜故宅旧地，故址在灵宝秦函谷关东城门北偏西处。诗描摹已化为历史陈迹的传说中的仙道灵踪，渲染出一派荒原秋殿、暮雨蒙蒙的感伤寂寥氛围，抒发了诗人的伤悼之情。

【注】

[一]紫气，代指老子之仙气。

[二]帝乡，天帝所居之处。

[三]灵踪，仙踪。

[四]十洲，古代传说八方大海中仙人居住的十个岛，为祖洲、瀛洲、玄洲、炎洲、长洲、元洲、流洲、生洲、凤麟洲、聚窟洲。阆山，即阆风山，相传为仙人所居，在昆仑之巅。

灵宝（桃林）

关下

崔道融

载《全唐诗》卷七百十四

百二山河壮帝畿[一]，关门何事更开迟。
应从漏却田文后[二]，每度闻鸡不免疑。

诗题中，关，指灵宝秦函谷关。诗写当年孟尝君门客学鸡鸣使孟尝君逃出函谷关的故事。其中，“百二山河壮帝畿”是吟咏函谷关的名句。

【注】

[一]百二，谓以二敌百，一说谓百的一倍。《史记·高祖本纪》：“秦，形胜之国，带河山之险，县隔千里，持戟百万，秦得百二焉。”后因以“百二”形容山河险固之地。帝畿，指京都或京都及其附近地区。此指关中。

[二]漏却田文，指孟尝君借助门客学鸡鸣东逃出函谷关事。

春过函谷关

于邺

载《全唐诗》卷七百二十五

几度作游客，客行长苦辛。
愁看函谷路，老尽布衣人[一]。
岁远关犹固[二]，时移草亦春[三]。
何当名利息[四]，遣此绝征轮[五]。

此诗当作于诗人久困科场不第，再次途经函谷关时。诗题中，函谷关指灵宝秦函谷关。诗写诗人深陷科场，奔波于应试途中的痛苦，表达了诗人对追逐名利的生活的极度厌倦。

【注】

[一]布衣人，指没获得功名或官职的读书人。

[二]岁远，时光流逝。

[三]时移，时光推移，犹岁远。

[四]何当，何时。

[五]征轮，远行人乘的车。

过函谷关

杨齐哲

载《全唐诗》卷七百六十九

地险崤函北，途经分陕东[一]。
逶迤众山尽，荒凉古塞空[二]。
河光流晓日，树影散朝风。
圣德今无外[三]，何处是关中[四]。

诗题，敦煌伯本作“晓过古函谷关”。诗当为诗人游历灵宝秦函谷关时有感而作。诗人站在古关，不仅看到了此处险要的地理形势，还看到眼前古关的荒凉。诗中，诗人不以祖籍弘农自矜，表达了关内、关外皆受圣德沐浴，无关内、关外之分的思想。

【注】

[一]分陕，用周召分陕而治典。唐陕州即周、召二公分陕之地。

[二]古塞，指秦函谷关。

[三]无外，无所不在，指极大的范围。

[四]关中，指函谷关以西的渭水流域关中平原。

夜行次东关逢魏扶东归

许 浑

载《全唐诗》卷八百八十四

南北断蓬飘，长亭酒一瓢。
残云归太华，疏雨过中条。
树色随关迥，河声入塞遥。
劳歌此分首[一]，风急马萧萧[二]。

此诗与《秋日赴阙题潼关驿楼》有五句重出。《全唐诗》将两诗视为一首，重句视作异文。据罗时进《丁卯集笺证》考证，此诗为一独立的诗篇，宋人梓行《丁卯集》时将“东关”误为“潼关”，致使两首诗混为一首。唐诗中“复句”（即得意之句重复使用）现象较为普遍，这两首诗是典型的“佳句互用”之例。诗题中，东关，指秦函谷关。魏扶，字相之，许浑结于布衣时的旧交，唐文宗大和四年(830)进士，官至宰相。此诗当作于大和四年前。时两人在函谷关相遇，许浑作诗相赠。

【注】

[一]劳歌，三国吴地有劳劳亭（在今南京西南），为送别之所。语出南宋祝穆《古今事文类聚》：“劳劳亭，送客处也。于此歌以送远，故谓劳歌。”泛指送别歌曲。

[二]萧萧，马鸣声。

灵宝（桃林）

宝应初征史朝义过虢州题僧寺壁

李　适

载《全唐诗续拾》卷十九

高僧居净域，客子恋皇宫[一]。试访毗耶室[二]，旋游方丈中。禅林吹梵响，忍草散香风[三]。妙说三元义，能谈不二宗。色空双已灭，内外两缘同。识尽无生理，乃觉出凡笼。

此诗作于宝应元年（762），乃李适（唐德宗）尊崇佛法、感悟人生之作。《永乐大典》引《洛阳志》云："御题寺，在灵宝南门里。唐宝应元年，德宗以皇子为天下兵马元帅，统兵征史朝义，过之，题诗壁间。厥后十七年即位。寺僧玄觉诣长安求寺额，诏以'御题'名之。"金初，御题寺毁于兵火，金太宗天会十一年（1133），寺僧法济重建此寺。金世宗大定十六年（1176），许安仁撰《御题诗唐德宗诗谒》并刻碑立于寺内。

【注】

［一］客子，离家在外的人，此诗人自指。

［二］毗耶，指维摩诘菩萨，喻精通佛法、善说佛理之人。

［三］忍草，忍辱草的省称。佛经有云，雪山有草，名为忍辱，牛羊食之，其乳则成醍醐。

陕州是崤函古道的交通枢纽，地处黄河南岸，华山山脉与崤山山脉交会地，故城在今河南省三门峡市湖滨区陕州公园一带。东有崤山道通洛阳，西有函谷道通关中，两道在陕州城交会。顾祖禹《读史方舆纪要》："(陕)州内屏关中，外维河、洛，履崤坂而戴华山，负大河而肘函谷，贾生所云'崤函之固'也。……所谓秦得百二者，此地是也。"

陕州城附近有庙底沟、三里桥等著名的仰韶文化和早期龙山文化遗址。周武王封神农之后于焦，建立焦国，都城在今陕州故城东北一带。周成王时，周、召二公分陕而治，东归周公治理，西为召公治理。分陕之界，即今陕州故城西南的陕原。西周末期，西虢灭焦，自宝鸡东迁至陕，建立虢国。前 655 年，灭于晋。此地战国属韩，置陕、焦邑；后属秦，置陕县，成为秦国东进中原的战略基地。汉武帝元鼎四年(前 113)置弘农郡，以陕县属之。北魏献文帝时，因避讳改弘农曰恒农郡，自灵宝迁郡治于陕县。北魏孝文帝太和十一年(487)置陕州。隋炀帝大业初废陕州，复置陕县，入河南郡。唐高祖武德元年(618)复置陕州。唐玄宗天宝元年(742)改设陕郡。唐肃宗乾元元年(758)复称陕州，领陕、硖石、灵宝等八县。唐昭宗天祐元年(904)升为兴唐府。清雍正二年(1724)，升陕州为直隶州。1913 年撤州，复称陕县。1959 年，因三门峡大坝建设蓄水，陕州城被废弃，改建为陕州公园。

在唐代，陕州乃六大"雄州"之首，是晋陕豫地区的政治、经济、文化中心。陕州城内设有甘棠驿和行宫陕城宫。城西黄河上有大阳渡、大阳桥，通达晋南。城东北的黄河三门峡谷，是漕转关东粟米西入关中最艰险的河段，因此陕州也是水陆交通漕挽之枢纽，是漕运指挥中心、航道治理中心、漕粮转输中心和河东池盐集散中心。

唐时，陕州名重海内，吸引众多诗人纷至沓来，也激发了他们登览怀古、吟咏风土的诗情。

陕　州

还陕述怀

李世民

载《全唐诗》卷一

慨然抚长剑，济世岂邀名。星旆纷电举[一]，日羽肃天行[二]。遍野屯万骑，临原驻五营[三]。登山麾武节[四]，背水纵神兵[五]。在昔戎戈动[六]，今来宇宙平。

此诗作于唐太宗贞观十一年(637)。陕，即陕州。是年二月，唐太宗李世民即位后首次行幸洛阳宫，此诗即作于途经陕州时。唐高祖武德初，李世民曾任陕东道大行台尚书令，故诗题曰“还陕”。诗在概写隋末动乱、群雄竞逐之余，袒露出志在济世的高远政治追求，洋溢着“今来宇宙平”的喜悦之情。

【注】

[一]星旆，绘有星纹的旌旗。

[二]日羽，用羽毛装饰并绘有日形的旌旗。

[三]原，平坦的开阔地带，此指陕州城附近的张汴原一带。五营，汉代指五个兵种(屯骑、越骑、步兵、长水、射声)的校尉所指挥的军队，后泛指诸军营。

[四]武节，朝廷授予将领的符节，作为指挥军队的权力凭证。

[五]背水，即背水一战。汉将韩信统军击赵，令万人背水布阵，以绝退路，激励士气，后大获全胜。事见《史记·淮阴侯列传》。

[六]戎戈，代指战争。

春日登陕州城楼俯眺原野回丹碧缀烟霞密翠斑红芳菲花柳即目川岫聊以命篇

李世民

载《全唐诗》卷一

碧原开雾隰[一]，绮岭峻霞城[二]。烟峰高下翠[三]，日浪浅深明[四]。斑红妆蕊树[五]，圆青压溜荆。迹岩劳傅想[六]，窥野访莘情[七]。巨川何以济[八]，舟楫伫时英[九]。

贞观十二年(638)，唐太宗由洛阳返回长安，途经陕州，登上城楼，俯眺四野，遂作此诗。诗人在诗中描绘了陕州的春景，并由此联想到圣人傅说，表达了思贤若渴的心情，展现了创业帝王的胸襟。诗题中，丹，《全唐诗》校“一作舟”。碧缀烟霞，谓绿色的河水和天空中的云彩连成一片。密翠斑红，指绿叶丛中夹杂着点点红花。芳菲，花草美盛芬芳的样子。川岫，河流和峰峦。

【注】

[一]碧原，绿色的原野。隰，新开垦的田地。

[二]绮岭，美丽的山岭。霞城，指陕州城。

[三]烟峰，烟雾笼罩的山峰。

[四]日浪，日光映照的水面。

[五]蕊树，丛生杂树。

[六]傅想，殷高宗武丁因梦兆在平陆傅岩之野访得傅说，举以为相，殷商大治。后用作起用贤才的典故。傅岩即傅说版筑之处，在今山西省运城市平陆县圣人涧傅岩山。

[七]访莘，商汤聘伊尹于有莘国之野，伊尹遂出而辅佐商汤，伐夏救民。后用作君主访贤的典故。

[八]巨川，黄河。

[九]舟楫，船和桨，比喻济世良臣。

赋得浮桥

李世民

载《全唐诗》卷一

岸曲非千里，桥斜异七星[一]。
暂低逢辇度，还高值浪惊。
水摇文鷁动[二]，缆转锦花萦[三]。
远近随轮影[四]，轻重应人行[五]。

此诗作于贞观十二年（638）。诗题中，浮桥，即用船、筏或浮箱连接成的桥。《新唐书·地理志二》："（陕州陕县）有大阳故关，即茅津，一曰陕津，贞观十一年造浮梁。"浮梁即浮桥，称"大阳桥"，位于陕州城东北的大阳津（古茅津渡）上，桥长合今约230米、宽约6米，是唐代著名的国家级黄河三桥（河阳桥、大阳桥、蒲津舟桥）之一，一直使用到北宋中毁，是黄河上使用时间最长的一座浮桥。此次唐太宗自洛阳西还长安，取道陕州，渡大阳桥，至河北县（今山西平陆）。此诗即作于此时。全诗生动地描写了大阳桥的建筑特色，表达了诗人过浮桥时激动欢快的心情。

【注】

［一］七星，北斗七星。

［二］鷁，古书上说的一种像鹭的水鸟。古代画鷁于船头，故称船为鷁或鷁首。

［三］锦花，指浪花。

［四］轮，即日轮，太阳。

［五］应，应和。

经河上公庙

李隆基

载《全唐诗》卷三

昔闻有耆叟[一]，河上独遗荣[二]。迹与尘嚣隔，心将道德并[三]。讵以天地累，宁为宠辱惊。矫然翔寥廓，如何屈坚贞。玄玄妙门启[四]，肃肃祠宇清[五]。冥漠无先后[六]，那能纪姓名。

诗题中，河上公，又称河上丈人、河上真人，黄老之道的开山祖师。汉文帝时，河上公在陕州故城西南的虢山岛(习称鸡足岛，今被改称召公岛)结草为庵，著《河上公章句》，言治身治国之要，是现存最早、影响最大的全面诠释《老子》思想的专著。汉文帝好《老子》，常以疑问请教河上公，感悟颇深，后于河上公结庵地建祠庙，岁时祭祀。开元十二年(724)冬十一月，唐玄宗为东封泰山，先行赴洛阳，沿途祭祀名山、忠臣名人墓。此诗即诗人途经陕州致祭河上公庙时所作。诗歌通过对河上公注解《道德经》之事以及河上公庙仙气弥漫、超脱尘俗的道教意境进行描写，表现出诗人对道教的崇信。

【注】

[一]耆叟，老叟，古时指六十岁以上的老人。

[二]遗荣，遗弃世俗的荣华富贵。

[三]道德，指《道德经》，即《老子》。

[四]玄玄，老子“玄之又玄”之省。指道家所称的道意蕴深奥。

[五]肃肃，清净，幽静。

[六]冥漠，玄妙莫测。

途次陕州

李隆基

载《全唐诗》卷三

境出三秦外[一]，途分二陕中[二]。
山川入虞虢[三]，风俗限西东[四]。
树古棠阴在[五]，耕余让畔空[六]。
鸣笳从此去[七]，行见洛阳宫。

此诗作于开元十二年(724)诗人东幸洛阳途经陕州时。诗写陕州古朴的民风，在礼赞之余也抒发了诗人倾慕先圣的圣德，以及期望有更宏伟的建树的情怀。

【注】

[一]三秦，项羽破秦入关，三分秦关中之地，分别立秦的三名降将于三地为王。后泛称潼关以西的关中地区为三秦。现在的三秦则指陕西的陕北地区、关中地区和陕南地区。

[二]二陕，陕东、陕西，用周召分陕而治典。二陕中，二陕的中间，即陕州城。

[三]虞虢，虞国和虢国，周代建立的两个诸侯封国。虞国在今山西省平陆县北，虢国在今山西省平陆县东南和河南省三门峡市湖滨区，两国互为表里。

[四]限西东，谓陕州为河南之西界。

[五]棠阴，棠树之下。周初，周、召二公分陕而治，召公巡行，曾在甘棠树荫下听讼断案，后人思之，而作《甘棠》。后因以“甘棠”“棠阴”称美循吏，追怀美德。

[六]让畔，周文王(西伯)以仁义化民，民间礼让成风，耕邻田者互让田埂。后因用作咏君王施行德政的典故。这里指陕州民风古朴，以礼让为荣。

[七]鸣笳，即笳笛，古管乐器名。古时贵官出行，前导吹奏笳笛以启路。

奉和登陕州城楼应制

许敬宗

载《全唐诗》卷三十五

挹河澄绿宇[一]，御沟映朱宫[二]。辰旂翻丽景[三]，星盖曳雕虹[四]。学嚬齐柳嫩[五]，妍笑发春丛[六]。锦鳞文碧浪，绣羽绚青空[七]。眷念三阶静[八]，遥想二南风[九]。

此诗作于贞观十二年(638)二月。诗人随侍唐太宗东幸洛阳后返回长安，途经陕州登览城楼时应制而作。诗歌浓墨重彩地描绘了陕州春景，盛赞皇恩浩荡和太平盛世。

【注】

[一]挹河，引河水。此指护城河。

[二]朱宫，指行宫陕城宫，隋建，名弘农宫，唐改名。宫在陕州城内。

[三]辰旂，古代画有日、月、星的旌旗。

[四]雕虹，饰有浮雕、彩绘之桥。

[五]学嚬，效颦，亦指美女蹙眉。

[六]春丛，春日丛生的花木。

[七]青空，碧空，蔚蓝的天空。

[八]三阶，星名，即三台星。

[九]二南，《诗经》中《周南》和《召南》二篇的合称。《毛诗大序》："《周南》《召南》，正始之道，王化之基。"

奉和圣制途次陕州作

张九龄 载《全唐诗》卷四十八

驰道当河陕[一],陈诗问国风[二]。
川原三晋别[三],襟带两京同[四]。
后殿函关尽[五],前旌阙塞通[六]。
行看洛阳陌,光景丽天中[七]。

这是一首奉和唐玄宗《途次陕州》的应制之作,作于开元十二年(724)二月,诗人随侍唐玄宗东幸洛阳后返回长安途经陕州时。诗写诗人随玄宗途次陕州所见,称赞陕州的交通畅达、民风敦厚以及地势之险要,以此感发圣恩。

【注】

[一]驰道,天子专用的车道。此指崤函古道。河陕,指陕州,因其城北临黄河,故言。

[二]陈诗,采集并进献民间诗歌。《礼记·王制》谓"命大师陈诗,以观民风",即通过民间诗歌观其政令之善恶。

[三]三晋,春秋末年,晋国分裂为韩、赵、魏三国,史称"三晋",其地盖为今山西、河南及河北之一部。

[四]襟带,谓山川屏障环绕,如衣襟衣带。谓此地地势险要。此处亦指陕州在沟通长安、洛阳两京交通中的重要地位。

[五]后殿,后卫部队。函关,函谷关。

[六]前旌,帝王出行时仪仗中居前的旗帜。阙塞,洛阳南阙塞山,又称伊阙山。

[七]光景,此指太阳的光辉。

奉和圣制经河上公庙

张九龄

载《全唐诗》卷四十九

昔者河边叟[一]，谁知隐与仙。姓名终不识，章句此空传[二]。迹为坐忘晦[三]，言犹强著诠[四]。精灵竟何所，祠宇独依然。道在纡宸眷[五]，风行动睿篇[六]。从兹化天下，清净复何先。

此诗作于开元十二年(724)，诗人随侍唐玄宗东幸洛阳后返回长安途经陕州时，为应制玄宗《经河上公庙》之作。诗写诗人随玄宗谒河上公庙的所见所感，表现了诗人在政治上尊崇清静无为的黄老思想。

【注】

[一]河边叟，指河上公。

[二]章句，指河上公所著的诠释老子《道德经》的《河上公章句》。

[三]坐忘，指道家所追求的物我两忘、淡泊无思虑的精神境界。

[四]强著，《史记·老子韩非列传》："至关，关令尹喜曰：子将隐矣，强为我著书！于是老子乃著书上下篇，言道德之意五千余言而去，莫知其所终。"此借指河上公所著的《河上公章句》。

[五]纡宸眷，指玄宗皇帝屈尊眷顾。宸眷，指帝王的恩宠、关怀。

[六]睿篇，指玄宗所作诗篇《经河上公庙》。

奉和圣制经河上公庙应制

苏颋

载《全唐诗》卷七十四

河流无日夜[一]，河上有神仙[二]。辇路曾经此[三]，坛场即宛然[四]。下疑成洞穴[五]，高若在空烟。善物遗方外[六]，和光绕道边[七]。事因周史得[八]，言与汉王传[九]。喜属膺期圣[十]，邦家业又玄。

此诗为诗人随侍唐玄宗东幸洛阳后返回长安途中经行河上公庙时的应制之作，作于开元十二年（724）。诗写诗人谒陕州河上公庙的所见所感，并感恩圣德。

【注】

[一]河，黄河。

[二]神仙，指河上公。

[三]辇路，天子车驾所经之路。

[四]坛场，古代设坛举行祭祀、继位、盟会、拜将等大典的场所。

[五]洞穴，岩洞。

[六]方外，世外。

[七]和光，把所有光彩混合在一起。谓有才智而不外露，与尘俗相合而不自我标新立异。

[八]周史，指老子，曾为周守藏史。

[九]汉王，指汉文帝。

[十]膺期，承受期运。指受天命为帝王。

至分陕

骆宾王

载《全唐诗》卷七十七

陕西开胜壤[一]，召南分沃畴[二]。
列树巢维鹊[三]，平渚下雎鸠[四]。
憩棠疑勿剪[五]，曳葛似攀樛[六]。
至今王化美[七]，非独在隆周[八]。

此诗是诗人经行陕州时写的一首五言律诗。相传陕州为周召分陕之地，诗人身临其地，想到周公、召公分陕而治的传说，遂作此诗。诗歌通过对陕州美丽的山光水色和风物进行描写，抒发了诗人对唐王朝真诚的赞美之情。

【注】

［一］陕西，指今河南省三门峡市陕州区以西地区，即当年召公所治之地。胜壤，美丽的土地。

［二］召南，召公的采邑。这里泛指陕西一带。

［三］列树，排列成行的树木。维鹊，即喜鹊，出自《诗经·召南·鹊巢》。

［四］平渚，平坦的水中小块陆地。雎鸠，古书上说的一种鸟。又名王雎，俗称鱼鹰。《诗经·周南·关雎》："关关雎鸠，在河之洲。"

［五］憩棠，指召公所休息处的甘棠树。《诗经·召南·甘棠》："蔽芾甘棠，勿剪勿败，召伯所憩。"勿剪，勿剪除。指这里的树木茂盛。

［六］曳葛，蔓延生长的葛草。樛，向下弯曲的树木。

［七］王化，圣王的德化，指周公、召公分陕而治事。

［八］隆周，周室兴隆时期。指周、召二公分陕治理时。

奉和圣制途次陕州应制

张　说

载《全唐诗》卷八十七

周召尝分陕[一]，诗书空复传[二]。
何如万乘眷[三]，追赏二南篇[四]。
郡带洪河侧[五]，宫临大道边[六]。
洛城将日近[七]，佳气满山川。

此诗是诗人奉和唐玄宗《途次陕州》的应制之作，作于开元十二年（724）十一月，诗人随玄宗幸洛阳途经陕州时。诗写随天子游陕州之事，慨叹陕州风物淳美，颂美圣恩浩荡。诗中“郡带洪河侧，宫临大道边”两句，颇为生动地描写了陕州的地形地势。

【注】

［一］周召，周成王时，周公、召公共同辅政，史称“周召”。二人是辅佐成王的贤臣，曾分陕而治。

［二］诗书，此指《尚书》和《诗经》。

［三］万乘眷，指天子玄宗的关怀和恩宠。

［四］二南篇，指《诗经》国风之《周南》和《召南》，共二十五篇诗作，均产生于周、召二公治下之“陕”，故以周、召名篇。

［五］郡，指陕州。洪河，大河。此指黄河。

［六］宫，指陕州城内的行宫陕城宫。大道，指崤函古道。

［七］洛城，洛阳城。

奉和圣制经河上公庙应制

张说

载《全唐诗》卷八十八

河上无名老[一]，知非汉代人[二]。先探道德要[三]，留待圣明辰。玄妙为天下，清虚用谷神[四]。化将和气一[五]，风与太初邻[六]。灵庙观遗像[七]，仙歌入至真。皇心齐万物，何处不同尘[八]。

此诗作于开元十二年(724)十一月，为诗人奉和唐玄宗《经河上公庙》的应制之作。诗写随天子谒河上公庙所见，并颂扬圣德。可与诗人同期另一首《河上公》参看。

【注】

[一]无名老，指河上公。河上公乃其号，莫知其姓名，故云。

[二]知非汉代人，相传河上公为汉仙人，莫知其年岁，故云。

[三]道德，指《道德经》。

[四]谷神，此老子言“道”之比喻，意谓道像山谷般空虚，无影无形而变化难测。《老子》：“谷神不死，是谓玄牝。”

[五]和气，指阴阳二气相和合。

[六]太初，道家常用的哲学术语，指天地未分以前的元气。

[七]灵庙，庙宇寺观。因其供奉神灵仙佛，故名。此指河上公庙。

[八]同尘，指混同、统一、同行。此谓把亲疏、利害、贵贱等看似相反的东西同等对待。

秋日还京陕西十里作

薛稷

载《全唐诗》卷九十三

驱车越陕郊，北顾临大河[一]。隔河望乡邑[二]，秋风水增波。西登咸阳途[三]，日暮忧思多。傅岩既纡郁[四]，首山亦嵯峨[五]。操筑无昔老[六]，采薇有遗歌[七]。客游节回换[八]，人生知几何。

这首诗是诗人离陕州西归长安时所作。诗题中，陕西十里，即陕州西郊十里处，即诗文首句之"陕郊"。陕州在黄河南岸，诗人回长安需傍河而行，在车中北望一河之隔的故乡——蒲州，生发出无穷的乡思以及对政治的隐忧和对人生短暂的感喟。清沈德潜《唐诗别裁》评曰："高浑超诣，火色俱融。少陵云：'少保有古风，得之《陕郊篇》。'见重于哲匠，不偶然也。"《陕郊篇》即本诗。

【注】

[一]大河，黄河。

[二]乡邑，指诗人家乡蒲州汾阴（今山西万荣）。

[三]咸阳，秦都城，代指长安。

[四]傅岩，即今山西平陆东圣人涧村傅岩山。傅说早年曾为刑徒，在傅岩山版筑，修治山道。殷高宗武丁访得，举之为相，殷因而中兴。

[五]首山，即首阳山，又名雷首山，在今山西永济南。传为伯夷、叔齐饿死的地方。

[六]操筑，操版筑墙。昔老，指傅说。

[七]采薇，挖野菜。伯夷、叔齐隐于首阳山，采薇而食。将死，作歌云："登彼西山兮，采其薇矣。"

[八]客游，指羁旅他乡。节回换，季节循环转变。

陕中作

蔡希寂

载《全唐诗》卷一百十四

西别秦关近[一]，东行陕服长[二]。
川原余让畔[三]，歌吹忆遗棠[四]。
河水流城下[五]，山云起路傍[六]。
更怜栖泊处[七]，池馆绕林篁[八]。

诗人途次陕州，看到美丽的景色、淳朴的民风，不由得赋诗以赞，记下自己的所见所感。诗题中，陕中，即唐陕州。

【注】

[一]秦关，指灵宝秦函谷关。

[二]服，古称王畿以外之地。

[三]让畔，用周文王仁义化民，耕者互让田界事。

[四]遗棠，即甘棠遗爱，指召公行德政，百姓感戴，对召公憩息过的甘棠树亦爱护有加，典出《诗经·召南·甘棠》。后因以"遗棠"为称颂召伯盛德惠政之典，也用于表示对循吏的爱戴或怀念。

[五]河，指黄河。城，指陕州城。

[六]路，驿路，指崤函古道。

[七]栖泊，居留，停泊。

[八]池馆，临湖而建的房屋。林篁，竹林。

九日登望仙台呈刘明府容

崔　曙

载《全唐诗》卷一百五十五

汉文皇帝有高台[一]，此日登临曙色开。
三晋云山皆北向[二]，二陵风雨自东来[三]。
关门令尹谁能识[四]，河上仙翁去不回[五]。
且欲近寻彭泽宰[六]，陶然共醉菊花杯[七]。

这是一首登高感怀诗。诗题中，九日，指农历九月九日重阳节。古人有重阳节登高赏菊之俗。望仙台，河上公授汉文帝《道德经》而去，文帝于陕州西南的西山筑台以望河上公，曰“望仙台”。刘明府，名容，当为陕县令。明府，唐代对县令的尊称。诗人重阳节登临望仙台，于此领略北望三晋、东扼二陵的雄壮景色，作诗抒发对历史的感慨。全诗融写景、怀古、抒情于一炉，是公认的唐七言律诗佳作。《唐贤三昧集笺注》评曰：“堂堂正正。三、四有李、杜口吻，自是盛唐正声。”《唐贤清雅集》：“形势物候俱确切，不独诗格雄健，古人学问真实如此。”

【注】

[一]高台，指望仙台。

[二]三晋，战国时韩、赵、魏三家分晋，故称三晋，今属山西及河南、河北部分地区。

[三]二陵，指崤山南北二陵。南陵有夏后皋墓，在今陕州区菜园乡雁翎关村东高阜上。北陵是周文王避风雨处，在今陕州区硖石乡硖石村东街北。

[四]关门令尹，指春秋时函谷关令尹喜。

[五]河上仙翁，即河上公。

[六]彭泽宰，东晋陶渊明曾为彭泽县令。此借指刘明府。

[七]菊花杯，菊花酒。

陕州月城楼送辛判官入奏

岑参

载《全唐诗》卷二百

送客飞鸟外[一]，城头楼最高。
樽前遇风雨[二]，窗里动波涛[三]。
谒帝向金殿[四]，随身唯宝刀。
相思灞陵月[五]，只有梦偏劳。

这是一首送别诗，作于宝应元年(762)十月的陕州。时天下兵马元帅、雍王李适(即后来的德宗)会诸道节度使于陕州，进讨史朝义，以岑参为掌书记。诗题中，月城，即瓮城，大城外用以障蔽城门的半圆形小城。辛判官，名不详，当为会聚陕州的某节度使的判官，奉命即将入长安谒帝奏事，岑参等于月城楼上设筵饯行，诗即作于此时。诗写送别时的场景，月城楼高，云天苍渺，城外路羊肠，天上飞鸟翔，窗外有风雨，黄河动波涛。在淡而不伤的别离氛围中，诗人遥想友人入朝，路远迢迢，表达了对友人的惜别与相思之情。

【注】

[一]飞鸟外，极言楼高，似在飞鸟之上。月城楼是城中最高处，故云。

[二]樽前，指筵席。樽，酒樽。

[三]窗里动波涛，陕州北临黄河，故在城楼就可以看到黄河波涛翻滚。

[四]谒帝，觐见皇帝。金殿，皇帝所居宫殿。

[五]灞陵，本作霸陵，在长安东，汉文帝葬于此。此处借指长安。

广德初銮驾出关后登高愁望二首

钱 起

载《全唐诗》卷二百三十六

（其一）长安不可望，远处边愁起[一]。辇毂混戎夷[二]，山河空表里。黄云压城阙，斜照移烽垒。汉帜远成霞[三]，胡马来如蚁[四]。不知涿鹿战[五]，早晚蚩尤死。渴日候河清[六]，沉忧催暮齿。

（其二）愁看秦川色，惨惨云景晦。乾坤暂运行[七]，品物遗覆载[八]。黄尘涨戎马，紫气随龙旆[九]。掩泣指关东，日月妖氛外。臣心寄远水，朝海去如带。周德更休明，天衢伫开泰[十]。

此诗作于唐代宗广德元年（763）冬。时吐蕃进犯关中，占长安，唐代宗出奔陕州，钱起与同僚逃入终南山。面对唐王朝又一次巨大危机，诗人十分忧心。清乔亿《大历诗略笺释辑评》评该诗“为吐蕃入寇，代宗幸陕而作。前首关中，后首銮驾出关，情事宛然，章法次第井井”。诗写战争给国家和百姓带来巨大灾难，表达了诗人对国家战乱不息、局势安危不定的极度忧患以及渴望社会安定的强烈愿望。

【注】

[一]边愁，此指吐蕃入寇。

[二]辇毂，皇帝的车舆，代指京师。

[三]汉帜，代指唐军。

[四]胡马，胡人的兵马，此指吐蕃。

[五]涿鹿战，黄帝时，蚩尤作乱，不用帝命，黄帝与蚩尤战于涿鹿之野（在今山西运城）。这里以蚩尤喻叛乱者。

[六]河清，黄河水清。黄河多泥沙，水常浑浊，故古以黄河水清为天下太平的瑞兆。

[七]乾坤，天地，喻唐代宗。运行，指代宗出奔陕州。

[八]品物，指庶民百姓。覆载，天地的庇育。

[九]龙旆，龙旗，皇帝的仪仗之一。

[十]天衢，京城街道。

送客水路归陕

韩翃

载《全唐诗》卷二百四十五

相风竿影晓来斜[一]，渭水东流去不赊[二]。
枕上未醒秦地酒[三]，舟前已见陕人家。
春桥杨柳应齐叶，古县棠梨也作花[四]。
好是吾贤佳赏地[五]，行逢三月会连沙[六]。

这是一首别具一格的送行之作。诗题中，陕，即陕州。所送之客早上从长安乘舟，沿渭水、黄河东归。诗写水上行舟之速和陕州春景风物之美，表达了诗人对友人的依恋之情和对故乡的眷恋之情。全诗没有半点伤感的情调，充溢着清新流丽、欢欣明快的格调。

【注】

[一]相风竿，船上竖立的测量风向的木杆，顶刻鸟形。

[二]渭水，源于甘肃渭源，在陕西东流至潼关入黄河。不赊，不缓，水流迅急。

[三]秦地，指京城长安。

[四]古县，指陕县。棠梨，即甘棠，农历二、三月开白花。

[五]吾贤，对所送客人亲热敬佩的称呼。

[六]连沙，接二连三地布满沙滩。此谓友人到陕州时恰逢三月赏花季节，河岸沙滩上游人的帐幕连成一片。

寄陕州姚中丞

刘禹锡

载《全唐诗》卷三百五十四

八月天气肃，二陵风雨收[一]。旌旗阙下来，云日关东秋[二]。禹迹想前事[三]，汉台余故丘[四]。徘徊襟带地，左右帝王州[五]。留滞悲昔老[六]，恩光荣彻侯[七]。相思望棠树[八]，一寄商声讴[九]。

此诗作于唐文宗开成四年(839)八月的洛阳，时诗人以太子宾客分司东都。诗题中，陕州，时为陕虢观察使治所。姚中丞，即姚合，陕州硖石(在今河南省三门峡市陕州区)人，此年八月，以给事中迁陕虢观察使，兼御史中丞。诗描写秋天万物萧瑟的景象和陕州的人文风物以及陕州地理位置的重要性，表达了对友人的深深思念和对自己身世的感慨。

【注】

[一]二陵，崤山南北二陵，在唐陕州硖石县境。

[二]关东，潼关以东。陕虢观察使所辖陕、虢二州，皆在潼关之东。

[三]禹迹，大禹治水的遗迹，此指大禹治水开三门之事。

[四]汉台，即望仙台。

[五]帝王州，帝王建都之地。陕州西有长安，东有洛阳，适在二京之间。

[六]昔老，诗人自称。

[七]彻侯，秦统一后所建立的二十级军功爵中最高的一级，汉初因袭，至武帝时为避讳，改称通侯、列侯。后因以泛指侯伯高官。此处指姚合。

[八]棠树，即甘棠。此用召公憩甘棠事，喻惠政。

[九]商声，秋声，悲怆之声。

登陕州北楼却忆京师亲友

刘禹锡

独上百尺楼，目穷思亦愁[一]。
初日遍露草，野田荒悠悠。
尘息长道白[二]，林清宿烟收。
回首云深处，永怀乡旧游[三]。

载《全唐诗》卷三百五十七

此诗为诗人离开京城长安后，在陕州城北楼怀想帝乡之作。诗写诗人登上北城楼的所见所感，在对陕州及驿路风光的描写之中，蕴藏着对政治的关心和对世事的留恋。

【注】

[一]目穷，极目远望。

[二]长道，大道，远道。

[三]乡旧游，《全唐诗》校云："一作帝乡游。"

陕州河亭陪韦五大夫雪后眺望因以留别与韦有布衣之旧一别二纪经迁贬而归

刘禹锡

雪霁太阳津[一]，城池表里春。
河流添马颊[二]，原色动龙鳞[三]。
万里独归客[四]，一杯逢故人。
登高向西望，关路正飞尘[五]。

载《全唐诗》卷三百五十七

此诗作于唐文宗大和二年(828)初春，时诗人自洛阳赴长安为主客郎中，途经陕州。诗题中，河亭，在陕州城西门外二里，亭临黄河，唐人常以之为吟咏之资。韦五，即韦弘景，时任陕虢观察使。二纪，十二年为一纪。诗人于唐宪宗永贞元年(805)被贬，至大和二年，恰为二十四年。诗写陕州城雪景，诗人登高远望，久久伫立，寄托了深深的相思相依之情。

【注】

[一]太阳津，即大阳津，在陕州城西北，即古茅津渡，明清后称太阳渡。

[二]马颊，河势上宽下窄，状如马颊。此谓陕州城附近黄河河势。

[三]龙鳞，形容土地如鳞甲相次。

[四]独归客，诗人自指。

[五]关路，通往潼关的驿路，即崤函古道函谷段。

送王司马之陕州

刘禹锡

载《全唐诗》卷三百五十九

暂辍清斋出太常[一]，空携诗卷赴甘棠[二]。
府公既有朝中旧[三]，司马应容酒后狂。
案牍来时唯署字，风烟入兴便成章。
两京大道多游客[四]，每遇词人战一场[五]。

此诗作于大和二年(828)秋。王司马，即王建。司马，州刺史佐吏，唐人视为闲职。诗题下注云："自太常丞授，工为诗。"时王建由太常丞出为陕州司马，诗人于长安作诗送行。诗主要赞扬王建的诗才，叙写二人情谊。诗中"两京大道多游客，每遇词人战一场"两句，反映了众多诗人在两京驿路上酬唱争胜并以之为趣的文学创作活动，说明繁忙的两京驿路和驿馆已成为唐诗的重要生产地。又王建出为陕州司马，作诗送行者甚众，故而形成一次诗歌赠别集体活动。如白居易《送陕州王司马建赴任》、张籍《赠别王侍御赴任陕州司马》、贾岛《送陕府王建司马》、姚合《寄陕州王司马》等，可与本诗相参看。

【注】

[一]清斋，在祭祀或举行其他庆典前清心寡欲、净身洁食以示虔诚。太常，指太常寺。

[二]甘棠，借指陕州。取召公与周公分陕而治之意，召公尝憩于甘棠之下。

[三]府公，唐、五代时对节度使、观察使的称呼。此指王起。朝中旧，王起与王建曾同在朝列，故称"朝中旧"。

[四]两京大道，长安至洛阳的驿路，崤函古道是其枢纽路段。

[五]战，文战。此指诗人酬唱争胜。

述旧贺迁寄陕虢孙常侍

刘禹锡

载《全唐诗》卷三百五十九

南宫幸袭芝兰后[一]，左辅曾交印绶来[二]。
多病未离清洛苑[三]，新恩已历望仙台。
关头古塞桃林静[四]，城下长河竹箭回[五]。
闻说随车有零雨[六]，此时偏动子荆才。

此诗作于唐文宗开成三年(838)二月的洛阳。诗题中，陕虢孙常侍，即陕虢观察使孙简，由同州刺史迁陕虢观察使。题下注“南宫、左辅，两处交代”，诗人开成元年(836)秋罢同州刺史，继任者为孙简。唐文宗大和二年(828)，诗人为主客郎中，继孙简之任。诗虽为贺迁之作，却于叙事之中轻点陕州河山之妙，营造出雄阔的意境，关头古塞，长河竹箭，无不让人感受到一种苍劲的力量。明许学夷《诗源辩体》评曰：“声气有类盛唐。”

【注】

[一]南宫，指尚书省。芝兰，即芝兰室，喻贤人所居之处。

[二]左辅，汉三辅之一，左冯翊的别称。因其所管辖地区在京兆尹之左(东)而得名。唐代以左辅称京城长安以东的京畿之区。

[三]清洛苑，即洛阳苑，唐代洛阳的宫苑。

[四]古塞，即桃林塞。桃林静，周武王灭商后，偃武修文，归马于华山之阳，放牛于桃林之野。后因以“桃林静”喻指停止战争，天下清平。

[五]城下，陕州城下。长河，指黄河。竹箭，竹制的利箭。此喻流水迅疾，如箭一般。

[六]随车有零雨，即随车致雨，指时雨跟着车子而降，用以称誉地方官吏惠政，及时为民解忧。

送陕府王大夫

白居易

载《全唐诗》卷四百四十八

金马门前回剑佩[一]，铁牛城下拥旌旗[二]。
他时万一为交代[三]，留取甘棠三两枝[四]。

此诗作于大和二年(828)，时诗人在长安。诗题中，陕府王大夫，即王起。王起是年二月赴任陕虢观察使，诗人作诗相送。由于王起任职地点是陕州，所以诗中出现了不少与陕州有关的地名与典故，表达了对友人的祝福。

【注】

[一]金马门，汉代宫门。因门旁立有铜马而得名，为上书与待诏之所。剑佩，宝剑和玉佩。

[二]铁牛城，指陕州。《大明一统志》："铁牛，在陕州城外黄河中，头在河南，尾在河北。传禹铸以镇河患。有庙，唐贾至作《铁牛颂》。"

[三]交代，指前后任办理移交工作。

[四]甘棠，用召公甘棠遗爱之典。三两枝，少数残枝。

送陕州王司马建赴任

白居易

载《全唐诗》卷四百四十九

陕州司马去何如，养静资贫两有余。
公事闲忙同少尹[一]，料钱多少敌尚书[二]。
只携美酒为行伴，唯作新诗趁下车[三]。
自有铁牛无咏者[四]，料君投刃必应虚[五]。

此诗作于大和二年（828）九月的长安。王司马建，即王建。题下注云："建，善诗者。"王建出为陕州司马，诗人赋诗送行。诗中从王建俸禄和善诗等方面赋笔，淡化了别离的愁绪，表达了对友人的美好祝愿。

【注】

［一］少尹，官名，唐诸府的副长官。

［二］料钱，唐宋旧制，官吏除俸禄外，有时另给食料，或折钱发给，称料钱。尚书，指尚书省郎中。

［三］下车，指到任。

［四］铁牛，即铁牛城，指陕州城。

［五］投刃必应虚，即投刃皆虚，暗用庖丁解牛典，谓处理事务时得心应手、游刃有余。

陕府王大夫相迎偶赠

白居易

载《全唐诗》卷四百五十

紫微阁老自多情[一]，白首园公岂要迎[二]。
伴我绿槐阴下歇，向君红旆影前行[三]。
纶巾发少浑欹仄[四]，篮舆肩齐甚稳平[五]。
但问主人留几日，分司宾客去无程。

此诗作于大和三年(829)三、四月间，时诗人以太子宾客分司东都，自长安赴洛阳途中经过陕州，陕虢观察使王起设宴相迎，诗人赋诗以谢。诗写诗人这一路的行旅生活，赞美主人的好客之道和治下有方。

【注】

[一]紫微阁老，指王起。

[二]园公，即商山四皓之一的东园公。此处是诗人自指。

[三]红旆，红旗。

[四]纶巾，用丝带做的头巾，一般为青色。欹仄，倾斜，歪斜。

[五]篮舆，一种古代交通工具，形制不一，一般需要人抬着走，类似于轿子。《宋书·隐逸传》："(陶)潜有脚疾，使一门生二儿举篮舆。"后世因用作隐士出行的典故。

别陕州王司马

白居易

载《全唐诗》卷四百五十

笙歌惆怅欲为别[一]，风景阑珊初过春[二]。
争得遣君诗不苦，黄河岸上白头人[三]。

此诗作于大和三年(829)三、四月间，时诗人自长安赴洛阳途经陕州。王司马，即时任陕州司马王建。诗人过陕州时，赋此诗赠王建。诗写陕州零落的春色，表达对友人遭遇的同情，全诗充满了惆怅的感情色彩。

【注】

[一]笙，一种古老的簧管乐器，能奏和声。

[二]阑珊，衰落，凋零，将尽。此谓春色零落。

[三]黄河岸上，陕州地处黄河南岸，故云。

宿陕府北楼奉酬崔大夫二首

陆畅

载《全唐诗》卷四百七十八

（其一）楼压黄河山满坐[一]，风清水凉谁忍卧。
人定军州禁漏传[二]，不妨秋月城头过。

（其二）一别朱门三四春[三]，再来应笑尚风尘。
昨宵唯有楼前月，识是谢公诗酒人[四]。

这是一首酬和诗，作于大和四、五年(830、831)间。崔大夫，即时任陕虢观察使崔郾。诗人夜宿陕州北城楼，赋诗酬答崔大夫。诗借写陕州苍山的秋日夜景和陕州森严的城防，赞美崔大夫治驭得当，又赞他倜傥风流，不忘旧友。

【注】

[一]山满坐，意谓满眼苍山。

[二]人定，谓夜深人静、人皆寝息之时。军州，唐代设军防守的州县，此指陕州。禁漏，夜间计时更漏，因夜禁人行，故云。

[三]朱门，代指权贵府邸。此指崔大夫府邸。

[四]谢公，似指谢安，喜接宾客，此喻指崔大夫。诗酒人，犹言朱门客，诗人自指。

寄陕州王司马

姚合

载《全唐诗》卷四百九十七

家寄秦城非本心[一]，偶然头上有朝簪[二]。
自当台直无因醉[三]，一别诗宗更懒吟[四]。
世事每将愁见扰，年光唯与老相侵。
欲知居处堪长久，须向山中学煮金[五]。

这是一首送别诗，作于大和二年(828)九月，王建出任陕州司马时。诗描写了诗人因王建离去而生出的无边离愁，感叹世事多变，只能将对友人的不舍之情寄于佛道之中。可与诗人同期另一首《赠王建司马》相参看。

【注】

[一]秦城，此指长安。

[二]朝簪，朝廷官员的冠饰。

[三]台直，在御史台值班。诗人时任殿中侍御史。

[四]诗宗，原指传授《诗经》的宗师，后尊称有成就的诗人、诗坛泰斗。此指王建。

[五]煮金，炼丹。

题河上亭

姚 合

载《全唐诗》卷四百九十九

亭亭河上亭[一]，鱼踯水禽鸣[二]。九曲何时尽[三]，千峰今日清。晨光秋更远，暑气夏常轻。杯里移樯影，琴中有浪声。岸莎连砌静[四]，渔火入窗明。来此多沈醉[五]，神高无宿酲[六]。

这是一首题壁诗，作于开成五年(840)夏，诗人任陕虢观察使后游河之时。河上亭，在陕州城西门外二里。诗写游河上亭时所见的黄河美景，勾勒出踯鱼鸣禽、九曲千峰、连砌岸莎、渔火入窗这一片苍茫壮阔、生机盎然的陕州夏日黄河景观，诗风细致，又不失高逸之气，也暗暗透露出诗人的旷达与闲适。

【注】

[一]亭亭，高耸貌。

[二]鱼踯，指鱼跳出水面。

[三]九曲，指黄河，相传黄河有九曲。

[四]岸莎，岸边的莎草。

[五]沈，旧同“沉”。

[六]神高，神志清醒。宿酲，犹宿醉。

陕下厉玄侍御宅五题

姚合 载《全唐诗》卷四百九十九

濯缨溪

旧山宁要去，此有濯缨泉[一]。晓景松枝覆，秋光月色连。

行寻屐齿尽[二]，坐对角巾偏[三]。寂寂幽栖处，无妨请俸钱。

垂钓亭

由钓起茅亭，柴扉复竹楹[四]。波清见丝影，坐久识鱼情。

白鸟依窗宿，青蒲傍砌生[五]。欲同渔父舍，须自减逢迎。

这是一组园林题咏诗，应作于开成五年(840)，诗人陕虢观察使任上。诗题中，陕下，即陕州。厉玄，大和二年(828)进士，开成中官至监察御史。诗歌通过分列濯缨溪、垂钓亭、吟诗岛、竹里径、泛觞泉五处景观，塑造出厉玄侍御宅园林建筑的整体结构，呈现其与众不同的建筑之美和人文之美。可与诗人另一首《题厉玄侍御所居》相参看。

【注】

[一]濯缨，洗涤系冠的丝带。喻超脱世俗，操守高洁。

[二]屐齿，木屐底下凸出的像齿的部分。喻指足迹、游踪。

[三]角巾，隐士所着头巾。

[四]竹楹，竹屋前的柱子。

[五]青蒲，蒲草。

吟诗岛

幽岛藓层层，诗人日日登。坐危石是榻，吟冷唾成冰。
静对唯秋水，同来但老僧。竹枝题字处[六]，小篆复谁能[七]。

竹里径

微径婵娟里[八]，唯闻静者知[九]。迹深苔长处，步狭笋生时。
高是连幽树，穷应到曲池。纱巾灵寿杖[十]，行乐复相宜。

泛觞泉

不上酒家楼，池边日献酬。杯来转巴字[十一]，客坐绕方流[十二]。
酹滴苔纹断，泉连石岸秋。若能山下置，岁晚愿同游。

【注】

［六］竹枝题字，在竹叶、竹枝上题诗。唐人认为题竹是风雅的行为。

［七］小篆，汉字字体的一种。

［八］婵娟，美好貌，此指竹。

［九］静者，深得清净之道、超然恬静的人。

［十］灵寿杖，用灵寿木做的手杖。典出《汉书·孔光传》。后因以谓朝廷的恩典赏赐。

［十一］巴字，水流曲折如“巴”字。

［十二］方流，指直角转折的水流。此处指曲水流觞。

陕城即事

姚合

载《全唐诗》卷五百

左右分京阙[一]，黄河与宅连。
何功来此地，窃位已经年。
天下才弥小，关中镇最先[二]。
陇山望可见[三]，惆怅是穷边[四]。

此诗作于开成五年(840)，诗人陕虢观察使任上。诗题中，陕城，即陕州。诗描写陕州山河形势，并将视线向更远处延伸，遥望安史之乱后失于吐蕃的陇右万里之地，表现了诗人浓浓的家国情怀和隐隐的忧虑，透露出一股俊逸高远的苍劲之气。

【注】

[一]左右，即东西。陕州地处长安、洛阳二京之间，故云。京阙，指京城。

[二]关中，关中平原。镇，重地，险要处。函谷关故城是关中平原以东的一道重要屏障，故云。

[三]陇山，又名陇阪、陇坻，六盘山南段的别称。

[四]穷边，极远的边疆。安史之乱后，陇山以西、河湟诸州均陷入吐蕃。陇山一线成为防备吐蕃东侵的国防前哨。

秋日陕州道中作

顾非熊 载《全唐诗》卷五百九

孤客秋风里，驱车入陕西[一]。
关河午时路，村落一声鸡。
树势标秦远[二]，天形到岳低[三]。
谁知我名姓，来往自栖栖[四]。

诗人困顿举场三十年，常年奔波于赴京赶考的路上，此诗即作于诗人秋日赴京应考途中。诗题中，陕州道，即崤函古道函谷段，自陕州至潼关驿路。诗人因关河无际的苍茫与萧瑟秋风而生出羁旅愁怀，二者交织的悲愁心理，既让诗人对前途发出无望的怨叹，又迫使诗人不甘中途止步。元方回《瀛奎律髓》评道："起句悲壮，中四句称之，末句酸楚，乃旅中真味，不容掩也。"

【注】

[一]陕西，此指陕州以西。

[二]标，标志。秦，指京城长安所在的关中。

[三]天形，此指天空。岳，指西岳华山。

[四]栖栖，忙碌不安貌，或孤寂零落貌。

陕州醉赠裴四同年

杜牧

载《全唐诗》卷五百二十四

凄风洛下同羁思[一]，迟日棠阴得醉歌[二]。
自笑与君三岁别[三]，头衔依旧鬓丝多[四]。

此诗作于唐文宗开成二年(837)春的陕州。诗题中,裴四同年,即裴素,唐文宗大和二年(828)与杜牧同登进士。时诗人由洛阳赴同州迎眼医石生,途中经过陕州,与裴素相逢。诗写诗人与故友的陕州欢会,流露出诗人仕途不得意的苦闷。

【注】

[一]洛下,指洛阳。羁思,羁旅之思。

[二]迟日,即春日。棠阴,棠树树荫。

[三]三岁,三年。大和九年(835)秋,诗人见裴素于洛阳,至开成二年重逢,恰为三年。

[四]头衔,此处指官职。鬓丝,鬓发。

听歌鹧鸪辞

许浑

载《全唐诗》卷五百三十四

南国多情多艳词[一]，鹧鸪清怨绕梁飞[二]。
甘棠城上客先醉[三]，苦竹岭头人未归[四]。
响转碧霄云驻影[五]，曲终清漏月沈晖[六]。
山行水宿不知远[七]，犹梦玉钗金缕衣[八]。

此诗当为诗人早年应试落第回洛阳途经陕州时所作。诗序云："余过陕州，夜宴将罢，妓人善歌鹧鸪者，词调清怨，往往在耳，因题是诗。"《鹧鸪》即《山鹧鸪》，原为湘楚地方的民间歌曲，至中晚唐已风靡南北。唐代歌伎在酒筵中常唱《鹧鸪》，歌时伴以踏舞，曲调悲苦，使人闻之断肠。诗歌描述陕州城上侍宴歌伎演唱《鹧鸪》的情景，一曲《鹧鸪》，声调清怨，余音绕梁，诗人心弦受到歌声的撩动，顿生思乡之情。

【注】

［一］南国，南方。艳词，文辞华美之歌词。

［二］绕梁飞，典出《列子·汤问》，秦青以"余音绕梁欐，三日不绝"描述韩娥歌声美妙。此处形容歌伎唱《鹧鸪》之动听。

［三］甘棠城，指陕州。

［四］苦竹岭，地未详。唐人鹧鸪曲，多言苦竹岭。

［五］云驻影，云彩停住不动。意谓歌声嘹亮，高入云霄，连云彩也被吸引，停止不动了。

［六］清漏，清夜，深夜。月沈晖，月亮隐藏其光芒。

［七］山行水宿，行于山上，宿于船中，意谓跋山涉水。

［八］玉钗金缕衣，以女子服饰代指歌女。

别张秀才

许浑

载《全唐诗》卷五百三十四

不知何计写离忧，万里山川半旧游。
风卷暮沙和雪起，日融春水带冰流。
凌晨客泪分东郭[一]，竟夕乡心共北楼[二]。
青桂一枝年少事[三]，莫因鲈鲙涉穷秋[四]。

此诗当与《听歌鹧鸪辞》作于同一时间段。时许浑再次落第，与友人江东张秀才同行出关，在陕州挥泪而别，各自回乡。诗序云："余与张秀才同出关至陕府，余取南道止洛下，张由北路抵江东。因幕中宴饯，遂赋诗以别。"张秀才，许浑友人张厚，苏州人。诗写乍暖还寒时节陕州风卷沙雪、春水流冰的特有景致，衬托出离别的忧愁和路途的艰难，诗人勉励友人和自己要积极进取入仕。

【注】

[一]东郭，陕州外城。

[二]竟夕，终夜。北楼，陕州北城楼。

[三]青桂一枝，用晋郤诜东堂折桂事，喻科举功名。

[四]鲈鲙，即鲈鱼脍。晋时吴人张翰在洛阳做官，因思念家乡吴中莼菜、鲈鲙而辞官南归。此反用张翰事，鼓励友人和自己继续努力。

次陕州先寄源从事

李商隐

载《全唐诗》卷五百三十九

离思羁愁日欲晡[一]，东周西雍此分涂[二]。
回銮佛寺高多少[三]，望尽黄河一曲无[四]。

此诗作于开成四年(839)秋的陕州，时诗人任虢州弘农尉。诗题中，源从事，名不详，当为陕虢观察使僚属。诗写诗人旅次陕州，正值黄昏，不由生起思念家人之情与旅愁之绪，曲折巧妙地表现了诗人对调补尉职的不满。清冯浩《玉溪生诗集笺注》评道："佛寺高居，比源；黄河一曲，自喻屈就县尉。毫不着迹，但觉雄浑。"

【注】

[一]离思，谓思念离别的亲友。羁愁，旅人的愁思。晡，申时，即下午三点到五点。此指傍晚、黄昏。

[二]东周，指洛阳及其附近。西雍，指长安及所在的关中地区，为古雍州地，此处代指西周。分涂，谓西周和东周以陕州为分界线。

[三]回銮，广德元年(763)十月，吐蕃犯京畿，唐代宗驾幸陕州，十二月还京。佛寺，即回銮寺，代宗回京后为报功而建。

[四]黄河一曲，传黄河九曲以达于海，此处乃诗人自喻屈就弘农尉，处地卑下。

奉和秘监从翁夏日陕州河亭晚望

姚鹄

载《全唐诗》卷五百五十三

洪河何处望[二]，一境在孤烟。极野如蓝日[二]，长波似镜年[三]。卷帘花影里，倚槛鹤巢边。霞焰侵旌旆[四]，滩声杂管弦[五]。钟微来叠岫[六]，帆远落遥天。过客多相指，应疑会水仙[七]。

此诗当作于唐武宗会昌初。诗题中，秘监从翁，指姚合。河亭，即陕州河上亭。时姚合已由陕虢观察使入为秘书监，此诗当为诗人追和姚合《题河上亭》而作。诗主要描写诗人夜晚游览河亭的体验，勾勒出极野长波、似焰红霞、生机盎然、宛如仙境的陕州夏日黄河夜景。

【注】

[一]洪河，指黄河。

[二]极野，遍野。

[三]镜，谓无波澜。

[四]霞焰，如火的彩霞。

[五]滩，黄河滩涂，指万锦滩，滩在陕州城北门外黄河之滨，陕州城高于河滩十余丈，滩距水面二丈余。每年春天，丛丛鲜花盛开，如锦绣光辉，故名。管弦，管乐器与弦乐器，此处泛指乐器。

[六]钟，指钟声。叠岫，重叠的峰峦。

[七]水仙，水中的神仙。

申湖

薛能

载《全唐诗》卷五百六十

昔年依峡寺，每日见申湖。下泪重来此，知心一已无[一]。雨霖舟色暗，岸拔木形枯。旧境深相恼[二]，新春宛不殊[三]。方来寻熟侣[四]，起去恨惊凫[五]。忍事花何笑[六]，喧吟瀑正粗。堪忧从宦到[七]，倍遣曩怀孤[八]。上马终回首[九]，傍人怪感吁。

申湖，唐宋时陕州城著名景观。《永乐大典》引《洛阳志》：“在（陕州）城南关。中有亭曰瑞莲，为常有双头莲生，因名焉。”北宋王禹偁《寄题陕府南溪兼简孙何兄弟》：“申湖在陕服，自昔名所重。”诗人在游宦时曾多次来陕州游申湖，此诗当作于会昌六年（846）诗人中第前。诗歌描写诗人游申湖的所见所闻所感，借景抒怀，感叹物是人非，抒发了诗人时光匆匆流逝，却仍未实现人生价值的苦闷心情。

【注】

[一]知心，老朋友。一已无，一个都没有。

[二]旧境，以前的环境、情况。

[三]不殊，没有区别，一样。

[四]方来，近来。

[五]起去，起身离开。凫，即野鸭。

[六]忍事，以忍耐的态度对待各种事情。

[七]从宦，指做官。

[八]曩怀，昔日之情怀，从前的抱负。

[九]上马，启程，出发。

陕下怀归

李频

故园何处在，零落五湖东[一]。
日暮无来客，天寒有去鸿。
大河冰彻塞，高岳雪连空。
独夜悬归思，迢迢永漏中[二]。

载《全唐诗》卷五百八十八

此诗当作于唐文宗开成四年(839)冬。陕下，即陕州。诗人为姚合女婿。是年八月，姚合出为陕虢观察使，诗人随侍，因久客他乡，长久地与家人分离，又未能及第，便生归乡之思，故赋诗表达内心的凄苦孤独，抒发浓浓的怀家思绪。姚合有《答李频秀才》，似为回答李频之诗而作，可参看。

【注】

[一]五湖，古时对此有多种解释，主要说法为太湖之别名，或指太湖流域一带的所有湖泊。

[二]迢迢，时间久长貌。永漏，指长夜。

陕州题河上亭

李频

载《全唐诗》卷五百八十九

岸拥洪流急，亭开清兴长[一]。当轩河草晚，入坐水风
凉。独鸟惊来客，孤云触去樯[二]。秋声和远雨[三]，暮
色带微阳[四]。浪静澄窗影，沙明发簟光[五]。逍遥每
尽日，谁识爱沧浪[六]。

这是一首唱和姚合《题河上亭》的诗作，当作于开成五年（840）的陕州。诗写登上河上亭后所见的浪静水清、窗影摇曳、河沙明皎、映簟生光的河景，在静谧之境、清丽之调的秋景描写之中，“独鸟”“孤云”“秋声”“远雨”“微阳”的连用，又使全诗笼罩着一种秋意浓的意味，象征着国家的衰败、诗人心境的低沉，字里行间渗透着诗人对国运的担忧。

【注】

［一］清兴，清雅的兴致。

［二］去樯，犹言离行之船。

［三］远雨，谓黄河之水流声如雨。

［四］微阳，微弱之阳光。

［五］簟光，簟纹之光。簟，供坐卧铺垫用的竹席或凉席。

［六］爱沧浪，归隐江湖，寄情山水。事见《孟子·离娄》之孺子沧浪歌。这里借以自述闲适情绪。

偶书五首（其五） 司空图

载《全唐诗》卷六百三十三

新店南原后夜程[一]，黄河风浪信难平[二]。
渡头杨柳知人意[三]，为惹官船莫放行[四]。

此诗当作于唐昭宗乾宁二年(895)秋。时邠宁节度使王行瑜、凤翔节度使李茂贞等引兵入京师，杀宰相韦昭度等，长安大乱，昭宗逃入南山，士民数十万人逃出城，司空图自华阴往郧阳避乱。此诗即作于避难途中经过新店时。诗写诗人循黄河乘船逃亡事，也反映了唐末陕州黄河交通的情况。

【注】

[一]新店，村名，在陕州西南二十里，即今陕州区大营镇曲沃、辛店一带，濒临黄河。唐肃宗至德二载(757)，郭子仪在此大败安庆绪叛军十万余众。南原，指新店所在的原川地区。

[二]信，确实。

[三]渡头，渡口。当指大阳渡。

[四]惹，牵缠。官船，指官府所置驿船。

陕西晚思

罗隐

载《全唐诗》卷六百六十一

长途已自穷，此去更西东[一]。
树色荣衰里，人心往返中。
别情流水急，归梦故山空[二]。
莫忘交游分[三]，从来事一同[四]。

此诗为诗人赴长安科举途中在陕州逗留时所作。诗题中，陕西，指陕州以西地区。诗写诗人常年在外为科举仕进奔波而产生的无奈、彷徨之情，以及在旅途中结下的各方友情。

【注】

[一]西东，犹何处、何方，感慨之辞。
[二]故山，故乡。
[三]分，情分，情谊。
[四]一同，相同，一样。

送姚中丞赴陕州

无可 载《全唐诗》卷八百十四

二陕周分地[一]，恩除左掖臣[二]。门阑开幕重[三]，枪甲下天新。夹道行霜骑[四]，迎风满草人。河流银汉水[五]，城赛铁牛神[六]。意气思高谢，依违许上陈。何妨向红旆，自与白云亲。

此诗作于开成四年(839)的长安，时姚合出为陕虢观察使，无可与之友善，作诗相送。诗写离情，描写友人赴任的陕州的风物特色，表达对好友仕途的祝福与勉励。

【注】

[一]二陕，陕东、陕西，用周公、召公分陕而治事。

[二]左掖，唐时门下省的代称。左掖臣，唐代谏议官的别称。姚合自谏议大夫出任陕虢观察使，故云。

[三]开幕，指开幕府。

[四]霜骑，白马。

[五]河，黄河，陕州北临黄河。传说河源与天河通，故云。

[六]铁牛，在陕州城外黄河中，世传其为大禹所铸，以镇河患。

崔成甫翻得宝歌

载《全唐诗》卷八百七十四

得宝弘农野，弘农得宝耶[一]？
潭里船车闹[二]，扬州铜器多[三]。
三郎当殿坐[四]，听唱得宝歌[五]。

此诗题，又作《得宝歌》《弘农得宝歌》。崔成甫，京兆长安（今西安）人，开元进士，天宝元年（742）任陕县尉。时陕郡太守韦坚充水陆转运使，在长安城东望春楼下凿潭，与漕渠相通。三月，潭成后，江淮漕船各揭其郡名，陈其土产宝货奇物，悉聚楼下，连樯数里。为庆祝广运潭建成及在函谷关发现老子真符，崔成甫将原陕州民谣《得体歌》改编翻唱为《得宝歌》，集两县官伎唱之，歌颂大唐天子的功德。崔又作歌词十章，于第一船作号头唱之，和者女子百人，皆鲜服靓妆，鼓笛胡部以应之，玄宗大悦，因名此潭为广运潭。是岁，漕山东粟四百万石。崔成甫翻唱《得宝歌》的成功，真实反映了唐代民歌竞唱的盛况，这自然也是唐诗成为中国古典文学巅峰的社会基础。

【注】

[一]"得宝"两句，原《得体歌》作"得体纥那也，纥囊得体那"，为虚声，崔成甫改为实声。

[二]潭，指广运潭。

[三]扬州铜器多，唐时，扬州铜器营销天下，尤以铜镜最为著名，故云。

[四]三郎，古时称排行第三的男子为三郎。唐玄宗行三，故称为三郎。

[五]得宝，这里既指得到桃林"宝符"，又指得到广运潭宝物。一说宝指杨贵妃。

硖石，又作峡石，为唐代陕州属县，东接渑池，东南通永宁，西接陕州。有南、北硖石之分。

硖石县本汉陕县地，属弘农郡。北魏太和十一年(487)分陕县东界置崤县，取崤山为名，县治冶坍(在今河南省三门峡市湖滨区交口乡野鹿村)。北周明帝二年(558)，分陕、崤二县，置崤郡。隋文帝罢郡，以崤县属陕州；隋炀帝大业二年(606)废，入陕县；义宁元年(617)重置，移县治于硖石坞，即今三门峡市陕州区菜园乡北石门村东。唐王朝建立后，高祖武德元年(618)复置崤县，属陕州；三年(620)，移治鸭桥(今陕州区硖石乡西侧、陇海铁路硖石站西面)，在崤山北路上，后世俗称北硖石。唐太宗贞观八年(634)，复向西南移至安阳城，即今陕州区菜园乡南县村；十四年(640)还治硖石坞，因此改县名为硖石，后世俗称南硖石。宋太祖乾德五年(967)，再移治石壕镇，即今陕州区硖石乡硖石村。宋神宗熙宁六年(1073)，省硖石县为石壕镇，并入陕州，从此硖石县再未复置。

唐时，硖石为上县，县治除唐初的十四年外，一直都在崤山南路上。县设硖石驿。由县治向东约二十里处有雁翎关，是崤山南路上一座具有控制性的关隘，西行进入平川，十余里处有唐著名行宫——绣岭宫。唐肃宗乾元二年(759)春，杜甫途经石壕村，写下了著名的《石壕吏》。黄河上最有名的地标性景观——砥柱，也在硖石县境内。

硖　石

赠张云容舞

杨贵妃

载《全唐诗》卷五

罗袖动香香不已，红蕖袅袅秋烟里[一]。
轻云岭上乍摇风[二]，嫩柳池边初拂水。

这首诗是杨贵妃一生仅存的一篇诗作。《太平广记》卷六十九载："云容，妃侍儿也。妃甚爱惜，常令独舞《霓裳》于绣岭宫。妃赠我诗曰：'罗袖动香香不已，红蕖袅袅秋烟里。轻云岭上乍摇风，嫩柳池边初拂水。'诗成，明皇吟咏久之，亦有继和，但不记耳。遂赐双金扼臂，因此宠幸愈于群辈。"《全唐诗》中本诗题下注即摘引于此。绣岭宫在今陕州区菜园乡高家庄村南。诗以烟里红蕖、岭上轻云、池边嫩柳等一系列比喻意象，形象生动地描绘了张云容娴熟且轻盈柔美的舞姿，也留下了旷世名作《霓裳羽衣曲》的珍贵演出记录。清陆昶《历朝名媛诗词》评曰："诗不为佳，却字字形容舞态，出语波俏，亦足见其风致可喜。"

【注】

[一]红蕖，芙蕖，即荷花。

[二]乍，突然。摇风，盘旋而上的风。

硖石遇雨宴前主簿从兄子英宅

刘长卿

载《全唐诗》卷一百四十九

县城苍翠里，客路两崖开[一]。硖石云漠漠，东风吹雨来[二]。
吾兄此为吏，薄宦知无媒[三]。方寸抱秦镜[四]，声名传楚材[五]。
折腰五斗间[六]，黾勉随尘埃。秩满少余俸[七]，家贫仍散财。
谁言次东道[八]，暂预倾金罍[九]。虽欲少留此，其如归限催[十]。

此诗为唐玄宗天宝七载(748)春，诗人自长安归洛阳途经硖石县时所作。时硖石县治在硖石坞，当崤山南路。子英，即刘长卿从兄刘子英，曾任硖石主簿。诗歌用高华清丽的笔墨描写雨中硖石的风光，赞美从兄屈居县吏，却仍保有一身傲骨。

【注】

[一]客路，驿路，即崤山南路。两崖开，谓崤山南路从县城穿过，将县城分为两部分。

[二]吹雨，风劲雨斜。

[三]薄宦，官职卑微。媒，媒介。

[四]方寸，指心。秦镜，传说秦始皇有一面镜子，能照见人的五脏六腑，知道人心的善恶。

[五]楚材，楚地的人才，亦泛指南方的人才。

[六]折腰五斗，即为五斗米躬身拜揖。东晋陶渊明出任县令未久，即以“吾不能为五斗米折腰”为由辞官归隐。后因用“折腰五斗”喻指屈身事人。

[七]秩满，官吏任职届满。

[八]东道，东道主，此指刘子英。

[九]金罍，泛指酒盏。

[十]其如，怎奈，无奈。

早春过七岭寄题硖石裴丞厅壁

萧颖士

载《全唐诗》卷一百五十四

出硖寄趣少[一]，晚行偏忆君。依然向来处[二]，官路溪边云[三]。兹路岂不剧[四]，能无俗累纷[五]。槐阴永未合，泉声细犹闻。弥叹春罢酒，牵卑从此分[六]。登高望城入，斜影半风薰[七]。

这是一首题壁诗，作于天宝十二载(753)春。时诗人调为河南府参军，赴任途中经过硖石。诗题中，七岭，当为“土岭”之误，当在今陕州区菜园乡南县村东一带。硖石，即南硖石，崤山南路上。裴丞，名不详。此诗本是以诗代信，属寄给裴丞的私函，但诗人却题在厅壁，公之于众。诗写硖石春景之美、交通之难，抒发了诗人与裴丞别离后怅然悲戚的心情。

【注】

[一]寄趣，犹寄兴、寄情。

[二]向来处，从前所经之地。此指硖石县城。

[三]官路，即驿路。

[四]兹路，盖指崤函古道。硖石在崤山南路上。剧，艰难。

[五]俗累纷，谓世俗琐事的纷扰。

[六]牵卑，为小职务所拘牵。

[七]半风，弱风。

送张卿郎君赴硖石尉

岑参

载《全唐诗》卷二百

卿家送爱子[一]，愁见灞头春[二]。
草羡青袍色[三]，花随黄绶新[四]。
县西函谷路[五]，城北大阳津[六]。
日暮征鞍去，东郊一片尘[七]。

这是一首送友人之子赴任硖石尉的送别诗，作于诗人在长安做官时。诗题中，张卿，名不详。卿，官名，唐九寺之正长官皆称卿。郎君，对他人之子的称呼。诗通过描写张卿郎君赴任的硖石之地的地望，表现对友人之子羁旅的关心，抒发离别的惆怅和对友人之子的希冀。

【注】

[一]卿家，犹你家，是对对方敬重而亲切的称呼。

[二]灞头，在长安东，唐诗中经典送别之地。

[三]青袍，唐制八、九品官着青色官服。

[四]黄绶，黄色印绶。

[五]函谷，即函谷关，在硖石县西。

[六]大阳津，即茅津渡，在硖石西北。

[七]东郊，指长安城东郊。

石壕吏

杜　甫

载《全唐诗》卷二百十七

暮投石壕村[一]，有吏夜捉人。老翁逾墙走，老妇出门看[二]。吏呼一何怒，妇啼一何苦。听妇前致词，三男邺城戍[三]。一男附书至[四]，二男新战死。存者且偷生[五]，死者长已矣[六]。室中更无人，惟有乳下孙[七]。有孙母未去，出入无完裙[八]。老妪力虽衰，请从吏夜归。急应河阳役[九]，犹得备晨炊。夜久语声绝，如闻泣幽咽。天明登前途[十]，独与老翁别。

此诗是杜甫组诗“三吏”中的一首，作于唐肃宗乾元二年(759)春。诗题中，石壕，村庄名。题下注云“陕县有石壕镇”，不确。唐代石壕尚未设镇，只单称石壕，或称石壕村，石壕设镇是在宋神宗熙宁六年(1073)，即今陕州区硖石乡的硖石村。时安史之乱尚未平定，战事正酣。诗人自洛阳赴任华州司功参军，傍晚投宿石壕村。诗歌描写了官吏夜间在石壕村征兵的情景，真实记录了战争给百姓带来的痛苦，倾注着诗人对人民苦难的同情以及对残暴官吏的愤恨。

【注】

[一]投，投宿。

[二]出门看，出来照看门户。指应付来吏。

[三]邺城，即相州，在今河南安阳，为唐军兵败之地。

[四]附书，托人捎信。

[五]且偷生，姑且活一天算一天。

[六]已矣，永远完了。

[七]乳下孙，正在吃奶的孙儿。

[八]完裙，完整裙装。裙是古代妇女的正式服装，不着裙或裙装不整，不便见客。

[九]河阳，今河南孟州。时唐军败于邺城，郭子仪退守河阳，新征的兵丁等都集中于该地。

[十]登前途，诗人踏上征途。

发硖石路上却寄内

权德舆

载《全唐诗》卷三百二十九

莎栅东行五谷深[一]，千峰万壑雨沈沈。
细君几日路经此[二]，应见悲翁相望心[三]。

这是一首赠内诗，作于唐宪宗元和八年(813)七月。诗题中，硖石路，由硖石通往洛宁、宜阳的道路。时硖石县治硖石坞，在崤山南路上。诗人出为东都留守，夫人崔氏因遘疾而暂留长安，故而诗人心中充满了悲戚、忧郁和不安，独行至硖石途中，作诗寄夫人。诗虽短小，却饱含诗人一步三回首的不舍之情，表达了诗人对夫人的深切思念。

【注】

[一]莎栅，即莎栅城，在唐永宁县西三十里，在今洛阳市洛宁县东三里处。唐太宗贞观十四年(640)复开莎栅道时，曾移永宁县治于莎栅。五谷，地不详，当在今陕州区硖石乡南部一带。

[二]细君，古时诸侯之妻称小君，即细君。后因以用作妻子的通称。

[三]悲翁，此系诗人自称。

峡石西泉

韩愈

载《全唐诗》卷三百四十三

居然鳞介不能容[一]，石眼环环水一钟[二]。
闻说旱时求得雨，只疑科斗是蛟龙[三]。

此诗作于元和六年(811)夏。诗题中,峡石,即硖石,县治在硖石坞,即南硖石,在崤山南路上。西泉,《全唐诗》校曰:"一作寒泉。"时韩愈由河南令复入京迁职方员外郎,自洛阳赴长安途中经过硖石,见县西之石泉,有感而作。诗人写硖石西泉,奇思泉涌,忽发蝌蚪化龙之想,反映了诗人非同凡俗的精神与抱负,也隐含了对当时祈雨求福现象的讽刺之意。

【注】

[一]鳞介,有鳞和介甲的水生动物。泛指鱼虾等。

[二]石眼,泉眼的别名。环环,弯曲貌。钟,同"盅",酒杯。

[三]科斗,即蝌蚪。

次硖石

韩愈

载《全唐诗》卷三百四十四

数日方离雪[一]，今朝又出山[二]。
试凭高处望[三]，隐约见潼关。

这是元和十二年(817)十二月平定淮西后，诗人随裴度返回长安抵硖石时所写的一首五言绝句。诗题中，次，停留。硖石，即硖石驿，硖石县在城驿，位于硖石坞硖石县城内。诗歌表现了诗人急于胜利还朝、志得意满的心情。蒋抱玄《评注韩昌黎诗集》赞曰："直述亦有委曲。"

【注】

[一]离，通"罹"，遭受，遭遇。

[二]山，指崤山。唐硖石县所在石门，地处雁翎关西坡出口，东出石门，当地人即谓出山，意即进入平川。

[三]试凭高处，尝试着站在高处。

硖石遇赦

李涉

载《全唐诗》卷四百七十七

天网初开释楚囚[一]，残骸已废自知休。
荷蓑不是人间事，归去沧江有钓舟[二]。

此诗当作于元和十五年(820)春。宪宗朝时,诗人因投匭上书被贬峡州司仓参军,在陕州蹭蹬多年,后因穆宗即位时大赦天下而遇赦,此诗即作于此时。诗题中,硖石,即硖石县。诗写逐臣生活对诗人精神和身体的摧残,表现了诗人对仕途的失望与无奈,透露出游历山水、归隐山林之意。

【注】

[一]天网,《老子》有"天网恢恢"之语,谓天道广大,无有漏失。后常用以喻法网无边。这里用"天网初开"比喻皇帝大赦天下。楚囚,指被俘之楚国人,后因以泛指囚徒、俘虏,或喻指受困窘之人。诗人遇赦前身为犯官,因以自称。

[二]沧江,江流,江水。因江水呈苍色,故云。钓舟,犹渔船。

绣岭宫词

李洞

载《全唐诗》卷七百二十三

春日迟迟春草绿，野棠开尽飘香玉[一]。
绣岭宫前鹤发翁[二]，犹唱开元太平曲[三]。

这是一首怀古诗。诗从绣岭宫的春意盎然着笔，通过鹤发老翁对太平盛世的缅怀，寄寓作者内心对盛世繁华的留恋及对今日乱世之景的感伤之情。清人范大士《历代诗发》评曰："字字甚泪迸出。"

【注】

[一]野棠，即棠梨。香玉，比喻花瓣。

[二]绣岭宫，唐代行宫。唐高宗显庆三年(658)建，故址在今陕州区菜园乡高家庄村南，临崤山南路。唐玄宗东巡洛阳，曾驻跸于此。

[三]开元，唐玄宗年号(713—741)，凡29年。开元年间，唐朝国力强盛，史称"开元盛世"。

绣岭宫

陆龟蒙

载《全唐诗》卷六百二十九

绣岭花残翠倚空，碧窗瑶砌旧行宫[一]。
闲乘小驷浓阴下，时举金鞭半袖风[二]。

此诗是诗人组诗《开元杂题七首》中的第六首。绣岭宫，唐建在崤山南路上的行宫。诗歌通过描写绣岭宫的荒凉冷落气象，深切表现了诗人对那个繁荣昌盛的时代的怀念和神往，同时也微寓讽刺和谴责之意，诗歌整体渗透着诗人的感怀哀伤之情。

【注】

[一]瑶砌，美玉砌成或装饰的台阶。

[二]“闲乘”二句，据《明皇杂录》载，唐玄宗幸东都，至绣岭宫，宫隘而暑酷。玄宗使高力士觇姚崇，报曰：“姚崇方纱纷乘小驷，按辔于木阴下。”玄宗“遽命小驷，而顿消暑溽”。

过绣岭宫

崔涂

载《全唐诗》卷六百七十九

古殿春残绿野阴[一]，上皇曾此驻泥金[二]。
三城帐属升平梦[三]，一曲铃关怅望心[四]。
苑路暗迷香辇绝[五]，缭垣秋断草烟深[六]。
前朝旧物东流在，犹为年年下翠岑[七]。

这首七律是诗人途经陕州绣岭宫时所作。诗歌描写暮春时节绣岭宫秋烟荒草、墙垣颓坏、杂草丛生的残破景象，感叹繁华已逝，旧貌全无，唯有流水依旧，告诫后人永以为鉴。诗歌抒发了诗人对唐朝国运逐渐衰颓的极度感伤、苍凉的情绪。

【注】

[一]古殿，指绣岭宫宫殿。

[二]上皇，太上皇，皇帝父亲的尊称，此指唐玄宗。泥金，指帝王所乘的涂泥金的銮车。

[三]三城帐，指神龙三年(707)张仁愿在河北筑三受降城，使突厥不得侵扰边境。升平梦，谓梦想太平。

[四]一曲铃，指《雨霖铃》。相传唐玄宗因安史之乱迁蜀，入斜谷，时霖雨连日，栈道中闻铃声，为悼念杨贵妃，作《雨霖铃》曲。唐白居易《长恨歌》："夜雨闻铃肠断声。"

[五]香辇，宫中车驾。

[六]垣，指宫墙。

[七]翠岑，青山。

出官经硖石县

韩偓

载《全唐诗》卷六百八十

谪宦过东畿[一]，所抵州名濮[二]。故里欲清明，临风堪恸哭[三]。溪长柳似帷[四]，山暖花如醭[五]。逆旅讶簪裾[六]，野老悲陵谷[七]。暝鸟影连翩[八]，惊狐尾蠢簌[九]。尚得佐方州[十]，信是皇恩沐。

此诗作于唐昭宗天复三年(903)二月二十二日。诗题中，出官，即贬官外放。硖石县，指南硖石。时诗人因不附朱温，被贬濮州司马，赴任途中经过硖石。诗写诗人被贬后途经硖石县时所见之情景及诗人悲恸的心境，表达了对朝廷的担忧和对唐昭宗知遇之恩的感激之情，也表达了对奸权当道的愤恨。

【注】

[一]谪宦，贬官。东畿，东都洛阳远郊之地，此指硖石。

[二]濮，濮州，治今山东鄄城。此句诗下注:“是月十一日贬濮州司马。”

[三]临风，迎风。

[四]柳似帷，柳树连绵，似帷帐。

[五]醭，原指醋、酱油等因变质而在表面生出的白霉，此指白色。

[六]逆旅，客舍，旅店。当指硖石驿。此句诗下注:“南路以久无儒服经过，皆相聚悲喜。”南路，即崤山南路，唐末，南路已很冷落。簪裾，本指显贵者服饰，此处借指朝中显贵。

[七]野老，田野之老人。陵谷，喻自然界或世事巨变。

[八]暝鸟，暮色中的飞鸟。暝，天黑，日暮。

[九]蠢簌，毛茂密而蓬松貌。

[十]方州，地方州郡，此指濮州。佐方州即州长官僚佐。

南阳小将张彦硖口镇税人场射虎歌

韦庄

载《全唐诗》卷七百

海内昔年狎太平[一]，横目穰穰何峥嵘[二]。天生天杀岂天怒，忍使朝朝喂猛虎。关东驿路多丘荒[三]，行人最忌税人场。张彦雄特制残暴[四]，见之叱起如叱羊。鸣弦霹雳越幽阻[五]，往往依林犹抵拒[六]。草际旋看委锦茵[七]，腰间不更抽白羽[八]。老饕已毙众雏恐[九]，童稚揶揄皆自勇。忠良效顺势亦然，一剑猜狂敢轻动[十]。有文有武方为国，不是英雄伏不得。试征张彦作将军，几个将军愿策勋[十一]？

《全唐诗》注此诗云："一作白居易诗。"此注应误。南阳即邓州，治今河南邓州。硖口镇即今陕州区硖石乡硖石村。硖石地处深山，有大量山林，有虎出没。税人场，指有虎出没，常使人丧命之所。诗歌描写南阳小将张彦在硖口镇勇杀猛虎以除虎患之事，暗暗讽刺凶暴残虐、起兵作乱的藩镇奸人，期盼能有勇猛英雄出现，拯救黎民于苦难祸乱之中，表达了诗人强烈的救世愿望。

【注】

[一]狎太平，安享太平。

[二]横目，指百姓。穰穰，众多貌。峥嵘，喻突出、不平凡，此指兴旺。

[三]关东驿路，函谷关以东驿道，即崤函古道函谷段。

[四]雄特，英勇出众。

[五]鸣弦，即拉弓射箭。霹雳，形容弓弦声。幽阻，幽深险阻之地。

[六]抵拒，一作旅拒，指聚众抗拒。

[七]锦茵，锦制的垫褥。此处指虎，因其皮多花纹，常用以制茵褥，故云。

[八]白羽，指箭。

[九]老饕，指虎。饕，即饕餮，传说中的恶兽名。

[十]猜狂，犹凶猛。

[十一]策勋，记功勋于简册之上。

河流

徐夤

载《全唐诗》卷七百八

洪流盘砥柱[一]，淮济不同波[二]。
莫讶清时少，都缘曲处多。
远能通玉塞[三]，高复接银河[四]。
大禹成门崄[五]，为龙始得过[六]。

这是一首咏黄河的诗。诗写黄河浩浩荡荡绕过砥柱而后汇入大海的奔腾澎湃的气势，赞美大禹治水的丰功伟绩。

【注】

[一]洪流，指黄河。砥柱，一名三门，位于黄河三门峡急流之中，因山若柱，故名。《水经注·河水》："砥柱，山名也。昔禹治洪水，山陵当水者凿之，故破山以通河。河水分流，包山而过，山见水中若柱然，故曰砥柱也。三穿既决，水流疏分，指状表目，亦谓之三门矣。"

[二]淮济，淮河与济水。

[三]玉塞，玉门关，在今甘肃敦煌西北。

[四]接银河，传说黄河与银河连接。

[五]成门崄，相传大禹治水曾"凿龙门，辟伊阙"。崄，险要，险阻。

[六]为龙始得过，用鱼跃龙门典。《埤雅·释鱼》："俗说鱼跃龙门，过而为龙，唯鲤或然。"

砥　柱

柳公权

载《全唐诗续补遗》卷五

禹凿锋钺后[一]，巍峨直至今。孤峰浮水面[二]，一柱钉波心。
顶压三门险[三]，根随九曲深[四]。拄天形突兀，逐浪势浮沉[五]。
岸响秋涛射[六]，祠斑夜涨侵[七]。喷香龙上下[八]，刷羽鸟登临[九]。
只有尖迎日[十]，曾无柱影阴。旧碑文字在[十一]，遗事可追寻。

据明徐㶿《笔精》诗评五，此诗题又作《游底柱山》。唐时砥柱在硖石县境。《元和郡县图志》卷六陕州硖石县："底柱山，俗名三门山，在县东北五十里黄河中。《禹贡》曰：'导河积石，至于龙门，东至于底柱。'河水分流包山，山见水中，若柱然也。"《新唐书·地理二》陕州陕郡硖石县："有底柱山，山有三门，河所经，太宗勒铭。"诗描写诗人游黄河三门峡，仰观砥柱的所见所感。诗人用形象的语言，刻画了砥柱如一根定海神针般顶压三门、根植九曲、搏击中流、力挽狂澜的形象。

【注】

[一]禹凿，传大禹治水，凿开三门。钺，一种箭头宽而薄的箭。

[二]孤峰，指砥柱。

[三]三门，即三门山，鬼门居南，神门居中，人门在北。黄河至此分流，包山而过。

[四]九曲，指黄河。

[五]浮沉，喻在水面出没。

[六]秋涛，秋天黄河的波涛。

[七]祠斑，指黄河水涨，河水冲激祠庙留下的痕迹。祠，当指北岸之大禹庙，建于天宝二年(743)。

[八]龙上下，传龙在三门山跳过。

[九]刷羽，谓鸟洗刷翅膀后登临砥柱。

[十]尖，洪水季节，砥柱只露出一个尖顶。传砥柱始终露于水面，即便黄河水涨，也从未被水全部淹没过。

[十一]旧碑，指《砥柱铭》。贞观十二年(638)，唐太宗东巡，观砥柱，命魏徵作《砥柱铭》，镌刻在砥柱石上，以纪功德。

永宁县为唐代河南府属县，在洛阳西南，东距洛阳二百里，西距陕州一百六十里。县域范围包括今洛宁县北部、陕州区东南部，地处洛河中游，在崤山南路上。

永宁在南北朝以前尚属荒山野水，北魏孝文帝太和十一年(487)，析陕县东境和今洛宁北境置崤县，治冶坊，隶恒农郡。同年，又在今洛宁北中部置南渑池县，以别于北之渑池县，治蠡城。西魏文帝大统三年(537)，在今洛宁东部、洛河北岸置北宜阳县，治黄栌(今洛宁河底镇大明村)；废帝元钦二年(553)，改北宜阳县为熊耳县(因县境南部有熊耳山而名)。唐高祖武德元年(618)改熊耳县为永宁县，“示罢兵革安井里”之意，隶河南郡，治永固城(今洛宁老城)；三年(620)，移治同轨城(今洛宁东北)。唐太宗贞观十四年(640)，移于莎栅(永宁县西三十里，今陕州区宫前乡宫前村北)；十七年(643)移治鹿桥(今洛宁东)，至唐末再无变动。1913年，因洛水之名，改称洛宁县。

唐时，永宁县为畿县。两京往来，时以崤山南路为主线。自陕州过崤坂，循崤山南路即进入永宁县境。唐在此地设有鹿桥驿、嘉祥驿、临泉驿及兰峰、莎册(又作莎栅)、崎岫(又作绮岫)三座行宫，它们都曾是唐代诗人吟咏的对象。

永　宁

侍宴莎册宫应制得情字

许敬宗

载《全唐诗》卷三十五

三星希曙景[一]，万骑翊天行[二]。葆羽翻风队[三]，腾吹掩山楹[四]。暖日晨光浅，飞烟旦彩轻。塞寒桃变色，冰断箭流声。渐奏长安道[五]，神皋动睿情[六]。

此诗当作于贞观十五年(641)十一、十二月间。唐太宗东幸洛阳,返回长安途中宴于莎册宫,并于宴上赋诗(已佚)。诗人奉和应制作此诗。诗题中,莎册宫,又作莎栅宫,唐时建于崤山南路上的行宫,在永宁县莎栅城,在今陕州区宫前乡宫前村兰峰宫东三里。时永宁县治在莎栅城。诗写太宗出巡之景,仪仗庞大,场面壮观,展现出大唐天子的威严与不凡。

【注】

[一]三星,此指河鼓三星。

[二]万骑,天子侍卫。天行,天体运行。

[三]葆羽,天子仪仗,以鸟羽为饰。

[四]腾吹,喧腾的鼓吹。

[五]长安道,通往京城长安的大道。此指崤函古道。

[六]神皋,指京畿之地。睿情,皇帝的情意。

兰峰题张中丞九皋

祖 咏

载《全唐诗》卷一百三十一

君王既巡狩[一]，辇道入秦京[二]。
远树低枪垒[三]，孤峰入幔城[四]。
寒疏清禁漏[五]，夜警羽林兵[六]。
谁念迷方客[七]，长怀魏阙情[八]。

此诗诗题，《全唐诗》作《扈从御宿池》，《极玄集》作《兰峰赠张九皋》。兰峰，当为兰峰宫，唐高宗显庆三年（658）置，遗址在今陕州区宫前乡宫前村北，崤山南路上。张中丞九皋，即张九皋，张九龄之弟，唐玄宗开元二十一年（733）至二十四年（736）任尚书职方郎中。诗写张九皋扈从皇帝出巡，夜宿兰峰宫，警卫巡宿郊野的景状，流露出诗人在闲居生活中希求汲引的恋阙之情。

【注】

[一]巡狩，古代帝王离开都城巡行境内。

[二]辇道，指皇帝车驾所经之路。此指崤山南路。秦京，指长安。

[三]枪垒，用尖竹木所编的篱笆筑成的堡寨。此指皇帝巡狩在外时的临时居处。

[四]峰，此指兰峰，在今陕州区宫前乡宫前村。幔城，用帐幕围成的城堡。此指皇帝巡狩在外时的临时居处。

[五]清禁，指皇帝所居宫殿清静肃穆。漏，漏壶，计时器。

[六]羽林兵，皇帝禁卫军。

[七]迷方客，迷失方向的人，指仕途失意者。此为诗人自指。

[八]魏阙，古代宫门外两边高耸的观楼，观楼下常为悬布法令之所。此借指朝廷。

寄酬李博士永宁主簿叔厅见待

韦应物

解鞍先几日[一]，款曲见新诗[二]。
定向公堂醉[三]，遥怜独去时。
叶沾寒雨落，钟度远山迟。
晨策已云整[四]，当同林下期[五]。

载《全唐诗》卷一百九十

此诗约作于唐代宗大历八年(773)秋的洛阳。李博士，某县经学博士，名不详。永宁主簿叔，李博士叔，时任永宁县主簿，名不详。见待，犹很好地招待。诗写诗人对李博士叔的依依惜别之意，其中“叶沾寒雨落，钟度远山迟”二句，尤能体现诗人的心境。日本近藤元粹评订《韦苏州集》时称赞该诗“温雅绝俗”。

【注】

[一]解鞍，卸下马鞍。喻罢职闲居。时诗人罢河南府兵曹参军，居同德寺养疾。

[二]款曲，衷情，殷勤诚挚的心意。此指诉说衷情。

[三]公堂，官署之厅堂。此指永宁县主簿的公堂。

[四]晨策，犹晨驾，谓早上出发的车马。

[五]林下期，隐居林下之约。

过绮岫宫

王建

载《全唐诗》卷三百一

玉楼倾倒粉墙空[一]，重叠青山绕故宫[二]。
武帝去来罗袖尽[三]，野花黄蝶领春风。

这首绝句当是唐德宗建中四年(783)诗人东出关辅，负笈游学，途经已废弃的绮岫宫时有感而作。题注云，绮岫宫在"东都永宁县西五里"，即今洛宁县旧县村西五里屹塔庙，乃唐高宗显庆三年(658)置，遗址尚存。安史之乱后，绮岫宫陷入衰败。诗写诗人所见绮岫宫当前形貌，以今时之野花黄蝶与昔日之玉楼罗袖相对照，深寓盛衰无常之慨。周珽《唐诗选脉会通评林》评曰："故宫之感，情景凄绝。殿宇荒凉，山围如故，昔时歌舞斗美于春风者，今但为野花黄蝶所领，睹此得无怀感之思。'领'字奇。"

【注】

[一]玉楼，指绮岫宫的楼阁。

[二]故宫，指绮岫宫。

[三]武帝，唐玄宗先天二年(713)冬十一月加尊号为开元神武皇帝，故云。去来，去后，离去以后。罗袖，丝织衣服的袖子，此处代指宫女。

过喜祥山馆

王建

载《全唐诗》卷三百一

夜过深山算驿程，三回黑地听泉声[一]。
自离军马身轻健[二]，得向溪边尽足行[三]。

此诗作于唐宪宗元和七年(812)冬，时诗人携家眷离开魏博幕府回京，途中经过喜祥山馆。喜祥山馆，疑为嘉祥驿，在莎栅城。诗写诗人结束戎马生涯，离开魏博返乡的喜悦之情。

【注】

[一]三回，多次。黑地，黑夜。

[二]离军马，指离开魏博幕府。

[三]得向，能在，可在。尽足行，任足行，急缓由己。

雪后宿同轨店上法护寺钟楼望月

元稹

载《全唐诗》卷四百十二

满山残雪满山风，野寺无门院院空[一]。
烟火渐稀孤店静[二]，月明深夜古楼中。

此诗作于唐德宗贞元二十年(804)，诗人自长安赴洛阳途中宿同轨店时。北周武帝保定五年(565)曾置同轨郡，治同轨城，故址在今洛宁县河底镇城头村，地处崤山南路连昌河线上。同轨店，当在同轨城，法护寺在其附近。诗写诗人上法护寺钟楼所见雪后月夜之景，营造出一种清幽澄静、孤冷高洁的意境，表现出浓浓的诗情禅趣。

【注】

[一]野寺，指法护寺。

[二]烟火，指炊烟。孤店，孤单无邻的旅店，指同轨店。

过永宁

白居易

载《全唐诗》卷四百五十五

村杏野桃繁似雪，行人不醉为谁开。
赖逢山县卢明府[一]，引我花前劝一杯。

此诗作于唐文宗大和九年(835)，诗人自洛阳至下邽途中路过永宁时。时永宁县治在鹿桥，即今洛宁县东宋镇南、北旧县村。诗赞美永宁的山水物产和主人的好客之风。

【注】

[一]山县，指永宁县。卢明府，名不详，时当为永宁令。

题嘉祥驿

孟迟

载《全唐诗》卷五百五十七

树顶烟微绿，山根菊暗香。
何人独鞭马，落日上嘉祥［一］。

这是一首题壁诗。诗题中，嘉祥驿乃莎栅在城驿，在唐兰峰宫东三里，即今陕州区宫前乡宫前村东一带。诗写嘉祥驿黄昏时的风光，诗人在夕阳西下之时，骑马独归驿馆，意境孤寂凄凉，也生动再现了唐代文人为仕途奔波的景况。

【注】

［一］落日，此处指夕阳下山之时。

雨后早发永宁

薛能

载《全唐诗》卷五百六十一

春霖朝罢客西东[一]，雨足泥声路未通。
独爱千峰最高处，一峰初日白云中[二]。

诗题中，永宁，即永宁县，时县治在鹿桥，即今洛宁东宋镇南、北旧县村。诗写诗人在春雨初霁的清晨行走在永宁泥泞的道路上，一边赶路，一边欣赏美景，表现了诗人不畏艰险、攀登奇险高峰的气魄。

【注】

[一]春霖，连绵春雨。

[二]初日，刚升起的太阳。

题嘉祥驿

卢渥

载《全唐诗》卷五百六十六

交亲荣饯洛城空[一]，秉钺戎装上将同[二]。
星使自天丹诏下[三]，雕鞍照地数程中[四]。
马嘶静谷声偏响，旆映晴山色更红。
到后定知人易化，满街棠树有遗风[五]。

这是一首题壁诗，当作于唐僖宗乾符年间。诗人出为陕府观察使，临行时，东都洛阳官员争相设宴饯送，洛阳城为之空巷，引得人们纷纷驻足观看。卢渥因作本诗，题于嘉祥驿，记其赴任陕州前友人送行场面之盛。

【注】

[一]交亲，至亲好友。饯，送行宴会。

[二]秉钺，持斧，借指掌握军权。

[三]星使，朝廷使者的别称。此为自指，表明天子使节的身份。丹诏，皇帝诏令。

[四]雕鞍，刻饰花纹的马鞍。此代指宝马。程，指驿程。

[五]棠树有遗风，用召公甘棠遗爱之故事，喻将行惠政。

莎栅联句

韩愈 孟郊

载《全唐诗》卷七百九十一

冰溪时咽绝[一]，风枥方轩举[二]。
此处不断肠[三]，定知无断处。

这是韩愈与孟郊合写的一首联句诗，作于唐宪宗元和三年(808)冬二人游莎栅时，时孟郊失子不久。联句诗即几个人共同写的诗，每人写一句或数句，诗句相互联结，成为一首完整的诗。此诗前两句是韩作，后两句为孟作。诗题中，莎栅，即莎栅城，在唐永宁县西三十里。诗歌虽短小，但两人同心一手，以情绘景，情景交融，诗意贯穿，意境完整，是唐人联句诗的精致之作。

【注】

[一]冰溪，结冰的溪水。此指莎栅谷水。《韩昌黎集》旧注引《河南志》："莎栅谷水在永宁县西三十里，出莎岭，东流入昌谷。"咽绝，停止发声，此处谓水被冰阻，不能顺畅流动。

[二]风枥，风中的栎树。枥，同"栎"，栎树。

[三]断肠，孟郊年过半百，短短几年间连失三子，念无后以悲，故有断肠之语。

赴东都知选睹裴阁老曹长旧题率然纪列

杨於陵

寥落御亭秋树中[一]，晓霜寒吹转朦胧。
前山灵药讵可问[二]，马迹悠悠西复东[三]。

这首诗是杨於陵唱和宰相裴垍之作，《全唐诗》未收，2010 年 9 月始发现于洛宁县东宋镇官庄村西气东输工程地的一块石碑上。碑文记载了唐僖宗乾符五年(878)，平卢节度使杨损赴洛阳，途经临泉驿时见其祖父杨於陵在唐宪宗元和五年(810)九月二十七日题写于临泉驿梁上的诗作一事。因岁月久远，文字漫漶，杨损命二弟河南尹杨授刻石置于驿馆垣墙上。诗题中，裴阁老曹长即裴垍，时任宰相。旧题，指裴垍在临泉驿题的诗。临泉驿碑刻发现地，即临泉驿旧址，居鹿桥驿与三乡驿之间。安史之乱中，史朝义部将在鹿桥驿擒史思明后，至临泉驿，缢杀之。

【注】

[一]御亭，当指临泉驿旁边的凉亭。

[二]前山灵药，指临泉驿对面山上寺院的灵丹妙药。讵，表示反问，哪里、岂。

[三]西复东，杨於陵自京城长安赴洛阳，故云。

福昌县为唐代河南府属县，位于崤山南路上，东至洛阳一百五十里、至寿安县七十四里，西距永宁县五十里。

福昌本古宜阳地，春秋时属晋，战国时属韩。秦置宜阳县，以韩国宜阳故城为治，故址在今宜阳洛河北岸韩城镇。隋恭帝义宁二年(618)置宜阳郡。唐高祖武德元年(618)，改宜阳郡为熊州，在寿安县西置福昌县，因隋曾建福昌宫而得名，治在今宜阳县韩城镇福昌村北原上。元初，福昌县省入宜阳县，县治遂废。

福昌在唐代为畿县，境内驿馆设置密集，治城内有福昌馆，东十四里故韩宜阳城有宜阳馆，西二十五里即著名的三乡驿。驿路沿途建有兰昌宫、连昌宫、福昌宫等行宫。三乡是著名诗人李贺的故里，其一生大部分时间在三乡昌谷度过，他的许多著名诗篇也在这里诞生。三乡南的女几山，今名花果山，向是游览胜地。唐代诗人往返两京，许多都曾驻足福昌，览胜赋诗，形成一个以行驿、行宫与隐逸文学为主要内容的文学空间。

福　昌

奉和圣制早发三乡山行

张九龄

载《全唐诗》卷四十八

羽卫森森西向秦[一],山川历历在清晨。
晴云稍卷寒岩树,宿雨能销御路尘[二]。
圣德由来合天道,灵符即此应时巡[三]。
遗贤一一皆羁致[四],犹欲高深访隐沦[五]。

这是一首应制诗,作于开元六年(718)十月,诗人随唐玄宗自洛阳还京途经三乡时。诗题中,山行,指行于女几山。女几山在唐福昌县西南三十四里,隔洛河与三乡相望。诗描写三乡一带雨后灵动、俊爽的山川景色和皇帝出巡队伍的壮观景象,抒发对圣恩的歌颂。清金圣叹《贯华堂选批唐才子诗》评曰:"看他写山川,只用'历历'二字;看他写山川历历,只用'在清晨'三字。唐初人应制诗,从来人人骂其板重,又岂悟其有如是之俊爽耶?三、四'晴云稍卷'、'宿雨微销',此只谓是写清晨异样好手,初并不觉山川历历,亦已向笔墨不到之处,早自从中如画也。"

【注】

[一]羽卫,指侍卫皇帝出行的卫队和仪仗。西向秦,谓返回长安。

[二]宿雨,夜雨。御路,途经三乡的驿路,即崤山南路。

[三]灵符,天授的灵命之符,王者兴祚之瑞。

[四]羁致,罗致,挽留。

[五]隐沦,指隐居和被埋没的贤士。

春行寄兴

李　华

载《全唐诗》卷一百五十三

宜阳城下草萋萋[一]，涧水东流复向西[二]。
芳树无人花自落，春山一路鸟空啼。

此诗为诗人途经福昌时的即兴之作，约作于安史之乱平息后不久。宜阳，隋郡名，此借指福昌县。诗歌借写宜阳城芳春之景，感慨安史之乱给国家造成的巨大破坏、给黎民带来的巨大苦难，寄寓无限兴亡之感。明沈子来《唐诗三集合编》评曰："四句说尽荒凉，却不露乱离事，妙。"

【注】

[一]宜阳城，战国时，韩国在今洛阳市宜阳县韩城镇建宜阳城。唐建福昌，县治在韩城西福昌村北。这里以宜阳借指福昌县城。

[二]涧水，指发源于福昌西北山地中的金线溪，在福昌城东折而流向东南，汇入洛河。

送梁判官归女几旧庐

岑参

载《全唐诗》卷二百

女几知君忆，春云相逐归。
草堂开药裹[一]，苔壁取荷衣[二]。
老竹移时小，新花旧处飞。
可怜真傲吏[三]，尘事到山稀。

此诗当作于天宝前期的长安。女几，即女几山，在唐福昌县西南三十四里，临崤山南路，最早见载于《山海经》。传说有妇人名女几，卖酒于市上，得仙人养生仙方，依方修行，容颜变年轻，后依仙人居此山，同时升天而去。女几山今称花果山。梁判官，诗人友人，名不详。时梁判官辞官归女几旧庐，诗人写诗送之。诗中借写女几气候风物，表达对友人辞官回乡的关心和惜别的惆怅，也流露出诗人对朋友归隐女几的羡慕和向往。

【注】

[一]药裹，药包。

[二]荷衣，指隐者之服。

[三]傲吏，指傲视权贵、刚直不阿的官吏。庄子曾为蒙漆园吏，楚威王遣使者厚礼相迎，欲以为相，庄子曰："子亟去，无污我。"

病中宿宜阳馆闻雨

李约

载《全唐诗》卷三百九

难眠夏夜抵秋赊[一]，帘幔深垂窗烛斜。
风吹桐竹更无雨，白发病人心到家。

这首七言绝句是秋日思乡之作。诗题中，宜阳馆，唐代驿馆，在宜阳故城，即今宜阳县韩城镇东关村，西距福昌县城十四里。诗人游走他乡，身染疾病，夜宿宜阳馆，独对孤灯残焰，不闻雨声，只见消夏清冷的桐竹，诗人不禁想起远方的故乡。全诗通过夏夜、帘幔、窗烛、桐竹等意象，表现了诗人客居驿馆的寂寞和对故乡的眷恋之情。

【注】

［一］抵秋赊，谓到秋季天凉时间还很长。

宜阳所居白蜀葵答咏柬诸公

武元衡

冉冉众芳歇，亭亭虚室前。
敷荣时已背[一]，幽赏地宜偏。
红艳世方重，素华徒可怜[二]。
何当君子愿，知不竞喧妍[三]。

载《全唐诗》卷三百十六

这是一首咏物诗。诗题中，宜阳，指福昌县。蜀葵，又名一丈红，原产于四川，花呈长穗状，有红、紫、白等色。诗用比喻的修辞手法描写白蜀葵的风姿，突出白蜀葵花开较晚，却可在偏僻地供人欣赏的特点，借花抒怀，表达自己甘当君子，不追求华丽外表之志。

【注】

[一]敷荣，开花。

[二]素华，亦作素花，指白色的花。

[三]喧妍，谓美艳纷呈。

过三乡望女几山早岁有卜筑之志

羊士谔

载《全唐诗》卷三百三十二

女几山头春雪消，路傍仙杏发柔条[一]。
心期欲去知何日[二]，惆怅回车上野桥[三]。

诗题中，三乡，即三乡驿，在今宜阳县三乡镇。女几山，隔洛河与三乡相望。卜筑，谓择地建宅定居。诗人早年曾游女几山，此次再过三乡，远眺女几山，不由想起当年所立“卜筑之志”。诗歌描写女几山春雪消融，路旁杏树刚抽枝发新芽，一派万物复苏、充满生机的初春景象，表现了诗人定居女几山的心愿尚未实现的怅然情怀。明代画家唐寅据此诗诗意，绘有《春游女几山图》。

【注】

[一]仙杏，杏树美称。柔条，嫩枝。

[二]心期，心意，心愿；期望。

[三]回车，掉转车驾，有徘徊不舍之意。

奉和裴相公东征途经女几山下作

韩愈

载《全唐诗》卷三百四十四

旗穿晓日云霞杂，山倚秋空剑戟明。
敢请相公平贼后[一]，暂携诸吏上峥嵘[二]。

此诗作于唐宪宗元和十二年(817)。韩愈以行军司马的身份随裴度出征平淮西叛乱，途经福昌县女几山时，裴度题《东征途经女几山下作》诗(已佚，今仅存“待平贼垒报天子，莫指仙山示武夫”二句)，表现了急于破贼的心情和出师必胜的决心，韩愈作此诗和之。诗描写平淮西的军旅在秋高气爽的季节行军，军容整肃、威武，表现了淮西必平的坚定信念。全诗倾注着诗人身处军旅的真情实感，体现了诗人坚决平定叛乱，使国家统一的思想感情。

【注】

[一]相公，指裴度。

[二]峥嵘，谓高峻的山峰。

和李司勋过连昌宫

韩　愈

载《全唐诗》卷三百四十四

夹道疏槐出老根[一]，高甍巨桷压山原[二]。
宫前遗老来相问[三]，今是开元几叶孙[四]。

这是一首唱和诗，作于元和十二年(817)十二月淮西叛乱平定后诗人随军回朝途经连昌宫时。诗题中，李司勋，即李正封，时任随军判官，曾任吏部司勋员外郎，故称李司勋。连昌宫，《新唐书》云连昌宫在寿安县西二十九里，误，连昌宫实在三乡，在福昌县西十九里，即今宜阳县三乡镇三乡村北，建于唐高宗显庆三年(658)，是崤函古道上最大的唐代行宫之一，地处连昌河入洛河夹角地带，三川环绕，景色优美。唐高宗、武则天、唐玄宗及杨贵妃等都曾临幸此宫。诗歌描写连昌宫犹存的磅礴气势以及如今的衰败景象，通过前朝遗老的问询和述说，抒发时代兴废变迁的万端感慨，表达了诗人对元和中兴可媲美开元的殷切希望。清黄叔灿《唐诗笺注》："质直如话，读之自尔黯然。"

【注】

[一]夹道，道路两侧。出，露出。

[二]甍，屋脊。桷，方椽。

[三]遗老，前朝旧臣。

[四]今，今上，即当今皇上，指宪宗。开元，唐玄宗年号，史称"开元之治"。几叶孙，几代孙。

三乡驿楼伏睹玄宗望女几山诗小臣斐然有感

刘禹锡

开元天子万事足[一]，唯惜当时光景促。
三乡陌上望仙山[二]，归作霓裳羽衣曲[三]。
仙心从此在瑶池，三清八景相追随[四]。
天上忽乘白云去[五]，世间空有秋风词[六]。

载《全唐诗》卷三百五十六

此诗约作于唐文宗大和二年(828)春，诗人由洛阳入长安途中。三乡驿，唐驿馆，在今宜阳县三乡镇。三乡是崤山南路由东北转向西北的拐点，洛水与支流连昌河的交汇点。崤山南路自陕州东来，基本穿行在山路之中，抵三乡，进入洛河川，道路豁然开朗。玄宗，即唐玄宗，其望女几山诗已佚。诗歌由唐玄宗望女几山诗入手，讽刺其沉溺歌舞享乐，致使安史之乱爆发，国家由治变乱，反映了诗人对王朝衰落的反思与对国家中兴的渴望。

【注】

[一]开元天子，指唐玄宗。

[二]仙山，指女几山。

[三]归作，传唐玄宗于三乡驿楼上望女几山，归而作《霓裳羽衣曲》。

[四]三清八景，道教语。三清指神仙居住的玉清、上清、太清三清境。八景，谓八彩之景色。

[五]乘白云，升天成仙。

[六]秋风词，即《秋风辞》。汉武帝行幸河东，祀后土，顾视帝京，欣然中流，与群臣饮宴，自作《秋风辞》。此喻指玄宗作望女几山之诗。

始为奉礼忆昌谷山居

李　贺

载《全唐诗》卷三百九十

扫断马蹄痕，衙回自闭门。长枪江米熟[一]，小树枣花春。向壁悬如意[二]，当帘阅角巾[三]。犬书曾去洛[四]，鹤病悔游秦[五]。土甑封茶叶[六]，山杯锁竹根[七]。不知船上月，谁棹满溪云[八]。

此诗作于唐宪宗元和五年(810)，诗人在长安任奉礼郎时。诗题中，奉礼，即奉礼郎，太常寺属官，从九品上，掌君臣版位，奉朝会、祭祀之礼。昌谷山居，即诗人故居，在福昌三乡东，即今大涧沟庙道口一带。诗写诗人在官卑职低、清苦无聊的衙居生活中不禁牵动起几分归思，思念家乡昌谷和病中的妻子，希望驾一叶扁舟，摇荡在家乡那彩云倒映的溪流中。

【注】

[一]江米，即今糯米。

[二]如意，形如今之手杖，用以防身或指挥。

[三]角巾，方巾。

[四]犬书，谓家书。

[五]鹤病，谓妻病。游秦，宦游于长安。

[六]土甑，瓦罐。

[七]竹根，用竹根制成的酒杯。

[八]棹，船桨；划船。

咏怀二首(其二)

李贺

载《全唐诗》卷三百九十

日夕著书罢[一],惊霜落素丝[二]。
镜中聊自笑,讵是南山期[三]。
头上无幅巾[四],苦檗已染衣[五]。
不见清溪鱼,饮水得自宜。

此诗是组诗《咏怀二首》中的第二首,作于元和四年(809),时诗人举进士不第,居于家乡昌谷。诗写诗人在家的闲居生活,诗人对镜自嘲,感叹虽劳心过度,却功名未就,故不得不役于文字,苦苦追求。

【注】

[一]著书,指写诗。据李商隐《李长吉小传》所记,李贺每天骑驴外出,遇有所感,即记下投入锦囊中,及暮归,取出纸片,挑灯整理成诗。著书即指此。

[二]素丝,白发。

[三]南山期,指寿高如南山。

[四]幅巾,唐代士人在家戴的一种轻便软帽。

[五]苦檗,树名,即黄檗,结实色黄,味苦,煮染可制黄布。

雁门太守行

李贺

载《全唐诗》卷三百九十

黑云压城城欲摧[一]，甲光向日金鳞开[二]。
角声满天秋色里[三]，塞上燕脂凝夜紫[四]。
半卷红旗临易水[五]，霜重鼓寒声不起。
报君黄金台上意[六]，提携玉龙为君死[七]。

此诗是诗人的名作。元和二年(807)秋,韩愈以国子博士分司东都,李贺携此诗由昌谷赴洛阳谒见韩愈,大获韩愈赞赏、推重。诗当作于诗人在昌谷家中时。诗题《雁门太守行》为乐府古题,多用来反映征戍之事,是诗人有感于当时藩镇割据的状况而作。全诗短短八句,有声有色地描写了行军到战斗的全过程,赞颂了将士们为维护国家统一而誓死平叛的决心,表达了自己渴望建功立业的豪情。

【注】

[一]黑云,喻敌军人多势众。

[二]甲光,铠甲多用金属小片缀成,日照即闪光。

[三]角声,军号声。

[四]塞上,此指战场。燕脂,即胭脂,这里代指血色。

[五]易水,在河北易县。战国荆轲刺秦前与燕太子诀别地。这里借以渲染赴死报国的悲壮气氛。

[六]黄金台,战国时燕昭王在易水边筑台,置千金于台上,以招揽贤士。此指君王厚遇之恩。

[七]玉龙,宝剑。

南园十三首（选八）

李贺

载《全唐诗》卷三百九十

（其一）花枝草蔓眼中开，小白长红越女腮[一]。可怜日暮嫣香落[二]，嫁与春风不用媒。

（其二）宫北田塍晓气酣[三]，黄桑饮露窣宫帘。长腰健妇偷攀折，将喂吴王八茧蚕[四]。

（其三）竹里缲丝挑网车[五]，青蝉独噪日光斜[六]。桃胶迎夏香琥珀[七]，自课越佣能种瓜[八]。

（其八）春水初生乳燕飞，黄蜂小尾扑花归。窗含远色通书幌[九]，鱼拥香钩近石矶[十]。

《南园十三首》是诗人在故乡昌谷闲居时所写的一组诗，作于元和八年（813）春，主要描写南园景物，借以抒怀。这里选录其中的八首。南园，即今宜阳县三乡镇南寨村，有竹林，在诗人故居东南约三里处。诗人描绘南园田园景色和乡居生活，绘出一幅美丽的昌谷南园风情画，字里行间洋溢着诗人对家乡与乡亲的热爱之情。

【注】

［一］越女，因越国出美女西施，故后人称美女为“越女”。

［二］嫣香，花娇艳馨香。

［三］宫，指连昌宫，在今宜阳县三乡镇三乡村北。田塍，连昌宫北边的田间小路。

［四］八茧蚕，即八辈蚕，一年八熟的蚕名。

［五］缲丝，即缫丝，把蚕茧浸在热水里，抽出蚕丝。挑网车，将抽出的丝集束纺纱。网车，即纺车。

［六］青蝉，指幼蝉。

［七］桃胶，即桃树脂，凝成块，色如琥珀。

［八］课，督率。越佣，指来自浙江一带的佣工。

［九］书幌，书房的帷幔。

［十］香钩，装上香料的鱼钩。石矶，露出水面的石块。

（其九）泉沙软卧鸳鸯暖，曲岸回篙舴艋迟[十一]。泻酒木栏椒叶盖[十二]，病容扶起种菱丝。

（其十一）长峦谷口倚嵇家[十三]，白昼千峰老翠华[十四]。自履藤鞋收石蜜[十五]，手牵苔絮长莼花[十六]。

（其十二）松溪黑水新龙卵[十七]，桂洞生硝旧马牙[十八]。谁遣虞卿裁道帔[十九]，轻绡一匹染朝霞。

（其十三）小树开朝径，长茸湿夜烟。柳花惊雪浦，麦雨涨溪田[二十]。古刹疏钟度[二十一]，遥岚破月悬[二十二]。沙头敲石火[二十三]，烧竹照渔船。

【注】

［十一］舴艋，小舟。

［十二］泻酒木栏，以紫玉兰制成盛酒器。木栏，紫玉兰，皮似桂而香，用以浸酒。椒叶，香椒叶，盖酒上，取其香味。

［十三］长峦谷口，即长峦山口，在今大涧沟庙道口，北依汉山，涧水从中流过，分出南北两个山头，李贺昌谷山居即在南山。嵇家，邻居姓嵇。

［十四］千峰，指故居东有凤翼山、白马山，北有汉山，南隔洛河有女几山等。

［十五］石蜜，即岩蜜。山崖石缝中的野蜂蜜。

［十六］苔絮，水中青苔。莼花，即水葵。

［十七］松溪，指故居附近之连昌河。新龙卵，指水中新生出的鱼虾等。

［十八］桂洞，诗人故居庙道沟之窑洞。马牙，即马牙硝，硝之一种。

［十九］虞卿，与诗人交好的虞姓道长。道帔，道家的服饰。

［二十］麦雨，当地民谚："麦收三月雨，还要去年墒。"

［二十一］古刹，当指诗人故居附近的五花寺。

［二十二］破月，缺月、残月。

［二十三］敲石火，敲石取火。

南山田中行

李贺

载《全唐诗》卷三百九十一

秋野明，秋风白，塘水漻漻虫啧啧[一]。
云根苔藓山上石[二]，冷红泣露娇啼色[三]。
荒畦九月稻叉牙[四]，蛰萤低飞陇径斜[五]。
石脉水流泉滴沙[六]，鬼灯如漆点松花[七]。

这是一首描绘昌谷秋夜田野风情的诗，当作于元和九年(814)九月。诗题中，南山，一说为昌谷南面之女几山；一说为南园之北的汉山，因刘秀降赤眉军于此而得名。诗人用富于变幻的笔触，描绘出一幅明丽清新、斑驳幽冷的昌谷秋夜田野风情图画，令人爱恋，又使人忧伤，凸显了李贺诗歌凄艳的风格特征。清姚文燮《昌谷集注》云："桂魄皎然，野风爽朗，水静蛩吟，苔深花湿，芳蕙低垂，流萤历乱，石泉声细，磷火光微，陇上行吟，情思清绝。"

【注】

[一]漻漻，形容塘水清且深。啧啧，形容秋虫鸣声的轻细。

[二]云根，指石头。

[三]冷红，寒冷中的秋花。

[四]荒畦，指荒野中的田地。

[五]蛰萤，寒秋中即将伏藏起来的飞萤，光很暗。陇径，指田垄上的小路。

[六]石脉，石缝。

[七]鬼灯，即磷火。点松花，形容磷火之照明，犹如点燃着的松花。

昌谷北园新笋四首

李贺

载《全唐诗》卷三百九十一

（其一）箨落长竿削玉开[一]，君看母笋是龙材[二]。更容一夜抽千尺，别却池园数寸泥。

（其二）斫取青光写楚辞[三]，腻香春粉黑离离[四]。无情有恨何人见，露压烟啼千万枝。

（其三）家泉石眼两三茎[五]，晓看阴根紫脉生[六]。今年水曲春沙上，笛管新篁拔玉青[七]。

（其四）古竹老梢惹碧云[八]，茂陵归卧叹清贫[九]。风吹千亩迎雨啸，鸟重一枝入酒尊。

这是一组咏物抒怀诗，当作于元和八年(813)春。唐时，诗人家乡盛产竹子，诗人十分爱竹，写有多首咏竹诗。此诗即诗人见北园有新笋而作。北园，在今宜阳三乡西柏坡。诗题虽言“新笋”，实际写的却是从新笋到翠竹再到老竹，诗人借竹言志抒怀，以竹寄情寓意，抒发了他辞官归家后复杂的心情——孤独，抑郁，愤懑不平，不甘无所作为。这表现了诗人在困境中的进取心和奋发向上的激情。

【注】

［一］箨，笋壳。

［二］母笋，大笋。龙材，非凡之材。

［三］青光，青色竹皮。楚辞，即楚人之辞，习惯上专指以屈原为代表的楚国文人所创作的一种文体。这里诗人用以比拟自己所作的哀怨之辞。

［四］春粉，新竹皮上的白粉。黑离离，形容墨汁淋漓。

［五］石眼，石缝。

［六］阴根，土中蔓延生长的竹根。

［七］笛管，竹竿。

［八］古竹，老竹。

［九］茂陵归卧，司马相如因病免职，家居茂陵。诗人以此自喻。

昌谷读书示巴童

李贺

载《全唐诗》卷三百九十二

虫响灯光薄，宵寒药气浓[一]。
君怜垂翅客[二]，辛苦尚相从。

这是诗人在昌谷读书时写给巴童的诗，作于元和八年(813)称病辞官归家乡后。诗题中，巴童，诗人的书童，来自巴蜀，长期跟随诗人。诗借巴童“辛苦尚相从”之义气与忠诚，抒发自己失意沦落和体弱多病的悲哀，表达对巴童的感激。

【注】

[一]宵寒药气浓，谓寒夜煮药。

[二]君，指巴童。垂翅客，失意之人，此为诗人自嘲。

巴童答

李 贺

载《全唐诗》卷三百九十二

巨鼻宜山褐[一]，庞眉入苦吟[二]。
非君唱乐府[三]，谁识怨秋深。

此诗承上首《昌谷读书示巴童》而来，诗借巴童之口叙说诗人在贫病困境中仍坚持写作，赞美诗人擅写乐府诗歌，并在社会上产生了巨大影响。全诗体现了诗人的执着与自矜。

【注】

[一]巨鼻，高鼻梁，巴童自谓。山褐，山野人所穿粗布衣裳。

[二]庞眉，浓眉，诗人自谓。李贺双眉浓密，中间相通，即李商隐《李长吉小传》中所谓的“通眉”。

[三]乐府，可以配乐曲唱的诗，此泛指诗人所作诗篇。

题赵生壁

李贺

载《全唐诗》卷三百九十二

大妇然竹根[一]，中妇舂玉屑[二]。
冬暖拾松枝，日烟坐蒙灭[三]。
木藓青桐老[四]，石井水声发。
曝背卧东亭[五]，桃花满肌骨[六]。

这是一首题壁诗，作于元和七年(812)冬诗人闲居昌谷时。诗题中，赵生，当为昌谷一带的隐者。诗人寻访赵生不遇，见赵生所居处有林泉之致，家室和谐，故有感而发，题诗于壁上。诗中描述赵家所居之处的幽静和家人辛勤劳作之状，绘出一幅冬日昌谷农村生活即景图，流露出诗人对这种闲适幽雅生活的企慕。

【注】

[一]大妇，此与下句“中妇”，皆指赵生的家人。

[二]舂玉屑，舂白米。

[三]蒙灭，犹朦胧。日光山岚相映，朦胧不明。

[四]木藓，老树皮上生出的苔藓。

[五]曝背，以背向日取暖。

[六]桃花，喻太阳光。

感春

李贺

载《全唐诗》卷三百九十二

日暖自萧条，花悲北郭骚[一]。
榆穿莱子眼[二]，柳断舞儿腰。
上幕迎神燕[三]，飞丝送百劳[四]。
胡琴今日恨，急语向檀槽[五]。

这首诗是诗人在春日有感于贫困落魄而作的抒发愁闷之诗，作于元和八年(813)闲居昌谷时。诗写昌谷暮春时的景象，春暖花开，榆柳盛美，万物和谐，诗人却困居乡里，家境萧条，丧妻无子，难遣心头怨恨，故而感春恨春，鼓琴泄闷。

【注】

[一]北郭骚，齐国人，孝子，家贫，靠结网织履奉养老母。事见《晏子春秋》。作者以此自比。

[二]莱子，即来子，南朝刘宋时所铸钱币。此以莱子比榆钱，谓榆树已结榆钱。

[三]上幕，张幕。神燕，古人于燕来时祭神媒求子，故云。

[四]飞丝，即游丝。百劳，即伯劳，一种凶鸟，古人见而驱之。

[五]檀槽，用檀木制成的琴上弦架。

后园凿井歌

李贺

载《全唐诗》卷三百九十二

井上辘轳床上转[一]。水声繁，弦声浅[二]。
情若何，荀奉倩[三]。城头日，长向城头住。
一日作千年，不须流下去。

此诗当作于元和五年(810)，时诗人新婚不久，即将入京应试。诗人家居昌谷，后园有石井，诗人见物生情，以凿井汲水、井床与辘轳的和谐起兴，表现男女相爱、夫妇好合之情，寄长相依守之思。诗写得情意缠绵，手法和音节拟古乐歌谣，富有民歌情趣，是一首爱情的颂歌。

【注】

[一]辘轳，井上转绳汲水的起重装置。床，指井床，即安装辘轳之井架。

[二]弦，吊水的绳索。

[三]荀奉倩，三国时魏人荀粲，字奉倩。冬天，荀妻病发烧，他在室外将自己冻冷而熨妻退烧。妇亡不久，荀亦病逝。事见《世说新语·惑溺》。这里诗人自比荀粲。

自昌谷到洛后门

李 贺

载《全唐诗》卷三百九十二

九月大野白[一]，苍岑竦秋门[二]。寒凉十月末，露霰濛晓昏。澹色结昼天[三]，心事填空云。道上千里风，野竹蛇涎痕[四]。石涧涑波声，鸡叫清寒晨。强行到东舍[五]，解马投旧邻。东家名廖者，乡曲传姓辛。杖头非饮酒[六]，吾请造其人。始欲南去楚，又将西适秦。襄王与武帝[七]，各自留青春[八]。闻道兰台上[九]，宋玉无归魂。缃缥两行字[十]，蛰虫蠹秋芸[十一]。为探秦台意[十二]，岂命余负薪[十三]。

此诗作于元和四年(809)深秋。诗人落第归家后，为求进取，又从昌谷来到洛阳。此时，诗人对自己是南行投奔节镇还是西入长安犹豫不决，于是请人占卜，以释胸中疑窦。诗中铺陈昌谷至洛阳沿途之秋景，渲染自己心中的疑虑，真实表现了诗人涉世不深又心存求达、求显之志的矛盾心理。

【注】

[一]大野白，谓秋后草木凋零的空旷景象。

[二]“苍岑”句，写昌谷秋景。从昌谷到洛阳有一百五十余里，驿路沿洛河北岸延伸，洛河南北皆山，树木耸立两旁，似两扇门，又因在秋季，故曰竦秋门。

[三]澹色，空中阴云呈惨淡之色。

[四]蛇涎痕，竹上游蛇吐涎的痕迹。

[五]东舍，诗人在洛阳仁和里的旧舍。

[六]杖头，借用西晋阮宣子事。阮宣子，即阮修，常在杖头挂百钱用于饮酒，此处指以杖头钱作为问卜的酬金。

[七]襄王与武帝，楚顷襄王与汉武帝，皆是喜好文士之君主。

[八]留青春，留下美名。

[九]兰台，故址在湖北钟祥。楚顷襄王游兰台，宋玉、景差侍从。

[十]缃缥，淡黄色与淡青色的绸子。古时常以这种织物做书套，因代指书卷。

[十一]秋芸，古人于秋日采芸草置书中以驱避蠹虫，故常以秋芸借指书卷。芸，香草。蠹，蛀蚀。

[十二]秦台，指京师长安。

[十三]负薪，穷困者采樵负薪以自养。

上之回

李贺

载《全唐诗》卷三百九十三

上之回，大旗喜。悬红云[一]，挞凤尾[二]。
剑匣破[三]，舞蛟龙[四]。蚩尤死[五]，鼓逢逢。
天高庆雷齐坠地[六]，地无惊烟海千里[七]。

元和元年(806)十月，唐宪宗平定蜀中，斩叛将刘辟于长安独柳树下。诗人在家乡昌谷闻知，非常兴奋，写下此诗。诗题“上之回”，系乐府旧题，歌颂汉武帝使月支称臣、匈奴降服的武功。诗中描写红旗猎猎、战鼓雷雷的战斗场面和战后的太平景象，寄托了诗人渴望用武力平叛削藩，使天下安定统一的政治理想。全诗格调明快，笔力雄健，诗人的喜悦之情溢于言表。这在诗人诗歌中较为少见。

【注】

[一]红云，谓红色大旗连成一片，状如云霞。

[二]挞凤尾，指风吹旌旗，翩翩拂击着旗上的凤饰。

[三]剑匣破，上古帝王颛顼有曳影剑，若有敌寇来犯，剑即自动破匣腾空，飞去杀敌。事见《拾遗记》。

[四]舞蛟龙，比喻宝剑挥动，如蛟龙飞舞。

[五]蚩尤，传说黄帝与之战于涿鹿之野，败之。这里借指叛镇。

[六]雷齐坠地，《山海经》郭璞注谓天狗星坠地，其声如雷。此喻叛乱者失败。

[七]惊烟，烽火。海千里，大海无风波，喻天下太平。

兰香神女庙

李　贺

载《全唐诗》卷三百九十三

古春年年在，闲绿摇暖云。松香飞晚华，柳渚含日昏。沙砲落红满[一]，石泉生水芹。幽篁画新粉，蛾绿横晓门[二]。弱蕙不胜露，山秀愁空春。舞珮剪鸾翼，帐带涂轻银。兰桂吹浓香，菱藕长莘莘。看雨逢瑶姬[三]，乘船值江君[四]。吹箫饮酒醉，结绶金丝裙。走天呵白鹿[五]，游水鞭锦鳞[六]。密发虚鬟飞，腻颊凝花匀。团鬟分蛛巢[七]，秾眉笼小唇。弄蝶和轻妍，风光怯腰身。深帏金鸭冷[八]，奁镜幽凤尘[九]。踏雾乘同归，撼玉山上闻[十]。

这是一首记游诗，诗写诗人拜谒兰香神女庙时的所见所想，当作于元和八年(813)。题下注："三月中作。"兰香神女庙，即女几庙，在今宜阳三乡南洛河对岸的女几山上。庙中所供兰香神女，系传说中在当地修炼得道的一位女仙。诗歌借助丰富的想象，塑造了一位不甘寂寞、追求快乐生活的性格奔放的女神形象，表现了作者以此作为自己精神追求的寄托。

【注】

[一]沙砲，沙中的小石子。

[二]蛾绿，妇女画眉用的青黑色颜料，亦称螺子黛，这里指青翠的远山。

[三]瑶姬，巫山神女。

[四]江君，即湘君，湘江之神。

[五]呵白鹿，指以白鹿为坐骑。

[六]鞭锦鳞，指乘鱼。

[七]蛛巢，喻女子鬓发。

[八]金鸭，熏香炉。

[九]幽凤，奁镜周围的凤形花纹。

[十]撼玉，形容摇撼门环。

送韦仁实兄弟入关

李贺

载《全唐诗》卷三百九十三

送客饮别酒，千觞无赭颜[一]。何物最伤心，马首鸣金镮[二]。野色浩无主，秋明空旷间。坐来壮胆破[三]，断目不能看[四]。行槐引西道[五]，青梢长攒攒。韦郎好兄弟，叠玉生文翰[六]。我在山上舍，一亩蒿硗田[七]。夜雨叫租吏，春声暗交关[八]。谁解念劳劳[九]，苍突唯南山[十]。

这是一首赠别诗，作于元和四年(808)。时诗人在昌谷，好友前来探望，诗人与之宴别，赋诗相赠。诗题中，韦仁实，诗人好友，长庆年间曾任补阙。入关，指入潼关赴长安。诗写惜别的深情和与友人别后诗人的孤独、贫困与愁苦。诗中将唐代催缴田赋一事记录下来，在一定程度上可与史料参看。

【注】

[一]赭颜，醉颜。

[二]金镮，马络头上的铜环。

[三]坐来，顷刻、顿时。

[四]断目，望断。

[五]行槐，驿路两旁的种植的国槐。西道，指西入长安的道路。昌谷在长安西，故云。

[六]叠玉，联璧。指两者可相互媲美。

[七]蒿硗，瘠薄多石的地。

[八]交关，交错混杂。指催租吏的叫喊声与舂捣谷米声交杂在一起。

[九]劳劳，劳苦、劳累。

[十]苍突，苍翠突起。

溪晚凉

李贺

载《全唐诗》卷三百九十三

白狐向月号山风，秋寒扫云留碧空。
玉烟青湿白如幢[一]，银湾晓转流天东[二]。
溪汀眠鹭梦征鸿，轻涟不语细游溶[三]。
层岫回岑复叠龙[四]，苦篁对客吟歌筒[五]。

此诗当为元和初诗人居昌谷时所作。诗写昌谷山村晚景，抒发诗人夜宿山村的恬淡心情和诗人欲展翅高飞的鸿鹄之志。

【注】

[一]玉烟，指炊烟。幢，旌幡。

[二]银湾，银河。晓转，银河渐东，转至天晓。

[三]游溶，水缓慢流动的样子。

[四]叠龙，山势层叠，起伏如龙身。

[五]歌筒，用竹等制作的箫等管乐器。

美人梳头歌

李 贺

载《全唐诗》卷三百九十三

西施晓梦绡帐寒，香鬟堕髻半沉檀[一]。辘轳咿哑转鸣玉，惊起芙蓉睡新足[二]。
双鸾开镜秋水光[三]，解鬟临镜立象床[四]。一编香丝云撒地，玉钗落处无声腻。
纤手却盘老鸦色[五]，翠滑宝钗簪不得。春风烂熳恼娇慵[六]，十八鬟多无气力。
妆成鬖髻欹不斜[七]，云裾数步踏雁沙[八]。背人不语向何处，下阶自折樱桃花。

这首诗描绘美人晨起梳妆的情景，是诗人艳体诗的代表作，作于元和五年(809)诗人新婚后不久。诗人以妻子梳头作为描写对象，精心选取了美人梳头前后的几个情状，绘成了一幅华美的工笔画，巧妙展示了女性迷人的风采，凝聚着生活枯槁又受疾病侵害的李贺对妻子的珍爱。清姚文燮《昌谷集注》评曰：“状美人之晓妆也。奇藻蒨艳，极尽情形。顾盼芳姿，仿佛可见。”

【注】

[一]半沉檀，指发髻半垂。

[二]芙蓉，喻美人。

[三]双鸾开镜，谓美人用纤纤双手打开镜盖。

[四]象床，以象牙雕饰的床。因发长，故立于象床上梳头。

[五]老鸦色，乌黑色。

[六]娇慵，娇懒貌，指美人。

[七]鬖髻，即倭堕髻，美发似垂不垂，斜而不堕。

[八]踏雁沙，喻美人步履轻巧匀缓。

南园

李贺

载《全唐诗》卷三百九十四

方领蕙带折角巾[一]，杜若已老兰苕春[二]。
南山削秀蓝玉合，小雨归去飞凉云。
熟杏暖香梨叶老，草梢竹栅锁池痕。
郑公乡老开酒尊[三]，坐泛楚奏吟招魂[四]。

此诗当为元和八年(813)诗人辞官在昌谷闲居时所作。一说当为《南园十三首》组诗之一。时诗人摆脱官场羁拘，归卧家园，心情闲适舒畅。诗写在南园饮酒赋诗的田园之乐，表达欲以歌吟楚辞终老一生之愿。

【注】

[一]方领，直领，儒者之服。蕙带，熏香的衣带。折角巾，东汉大儒郭泰遇雨，头巾一角沾湿，乃折之，其他学者慕而效之，称折角巾，是名士和隐士的头巾式样。

[二]杜若，一种香草。兰苕，兰花。

[三]郑公，指东汉经学家郑玄。此乃诗人自谓。

[四]楚奏，楚调。招魂，《楚辞》中的一篇。

连昌宫词（节选）

元 稹

载《全唐诗》卷四百十九

连昌宫中满宫竹，岁久无人森似束。又有墙头千叶桃，风动落花红蔌蔌。宫边老翁为余泣，小年进食曾因入。上皇正在望仙楼，太真同凭阑干立。楼上楼前尽珠翠，炫转荧煌照天地。归来如梦复如痴，何暇备言宫里事。初过寒食一百六，店舍无烟宫树绿。夜半月高弦索鸣，贺老琵琶定场屋[一]。力士传呼觅念奴[二]，念奴潜伴诸郎宿。须臾觅得又连催，特敕街中许然烛。春娇满眼睡红绡，掠削云鬟旋装束。飞上九天歌一声，二十五郎吹管逐[三]。逡巡大遍凉州彻[四]，色色龟兹轰录续。李谟擪笛傍宫墙[五]，偷得新翻数般曲。平明大驾发行宫，万人歌舞涂路中。百官队仗避岐薛[六]，杨氏诸姨车斗风[七]。明年十月东都破[八]，御路犹存禄山过[九]。驱令供顿不敢藏，万姓无声泪潜堕。两京定后六七年，却寻家舍行宫前。庄园烧尽有枯井，行宫门闭树宛然。……我闻此语心骨悲，太平谁致乱者谁。翁言野父何分别，耳闻眼见为君说。姚崇宋璟作相公[十]，劝谏上皇言语切。燮理阴阳禾黍丰，调和中外无兵戎。长官清平太守好，拣选皆言由相公。开元之末姚宋死，朝廷渐渐由妃子。禄山宫里养作儿，虢国门前闹如市[十二]。弄权宰相不记名，依稀忆得杨与李[十二]。庙谟颠倒四海摇[十三]，五十年来作疮痏。今皇神圣丞相明[十四]，诏书才下吴蜀平[十五]。官军又取淮西贼[十六]，此贼亦除天下宁。年年耕种宫前道，今年不遣子孙耕。老翁此意深望幸[十七]，努力庙谋休用兵。

此诗约作于元和十三年(818)春,诗人通州司马任上。连昌宫是崤函古道上唐代最大的行宫之一,在福昌县西十九里,即今宜阳县三乡镇三乡村北。诗歌借连昌宫旁一老人之口,追述连昌宫安史之乱前后的巨大变化,揭露并批判安史之乱前朝廷政治的腐败,追溯招致祸乱的原因,抒发对太平清明的理想盛世的无限向往。虽然诗人未到过连昌宫,诗中许多细节也只是取诸传闻,非尽实事,但由于把握了基本的史实,把所有的叙事都集中在连昌宫以及沟通两京的崤函古道上,所以全诗仍具有深厚的历史感,是诗人讽喻诗的代表作之一,诗评家多将它与白居易的《长恨歌》并称。

【注】

[一]贺老,指贺怀智,玄宗朝善弹琵琶之艺人。定场屋,犹压场,是最好的意思。

[二]念奴,天宝年间的歌女。

[三]二十五郎,指嗣邠王李承宁,行二十五,善吹笛。

[四]大遍,音乐术语,指成套的乐曲。凉州,唐代风行的乐曲之一。彻,曲终。

[五]李谟,长安城中著名的吹笛少年。

[六]岐薛,即岐王和薛王。代指皇亲。

[七]杨氏诸姨,指杨贵妃的姐妹。

[八]东都破,指天宝十四载(755)十二月,安禄山、史思明叛军攻陷东都洛阳。

[九]御路,指崤函古道。安史叛军攻陷洛阳后,循崤函古道东进,又攻陷潼关。

[十]姚崇宋璟,玄宗开元年间两位著名的宰相。

[十一]虢国,虢国夫人,杨贵妃的姐姐。

[十二]杨与李,杨国忠与李林甫。

[十三]庙谟,朝廷的重大决策。

[十四]今皇,指宪宗。丞相,指裴度。

[十五]吴蜀平,吴指浙西观察使、镇海军节度使李锜,蜀指西川节度副使知节度事刘辟,元和年间,二人曾兴兵叛乱,后被朝廷平定。

[十六]淮西贼,指淮西节度使吴元济叛乱,元和十二年(817)被平定。

[十七]幸,指皇帝亲临。

题裴晋公女几山刻石诗后（节选） 白居易

载《全唐诗》卷四百五十三

何处画功业，何处题诗篇。麒麟高阁上[一]，女几小山前。尔后多少时，四朝二十年[二]。贼骨化为土，贼垒犁为田。一从贼垒平，陈蔡民晏然[三]。骡军成牛户[四]，鬼火变人烟。生子已嫁娶，种桑亦丝绵。皆云公之德，欲报无由缘。公今在何处，守都镇三川[五]。旧宅留永乐，新居开集贤。……昔号天下将，今称地上仙。勿追赤松游[六]，勿拍洪崖肩[七]。商山有遗老[八]，可以奉周旋。

唐文宗大和二年（828），白居易西游女几山，见到唐宪宗元和十四年（819）宰相裴度刻石题诗，感慨万千，故作此诗。诗序云："裴侍中晋公出讨淮西时，过女几山下，刻石题诗，末句云：待平贼垒报天子，莫指仙山示武夫。果如所言，克期平贼。由是淮蔡迄今底宁，殆二十年，人安生业。夫嗟叹不足则咏歌之，故居易作诗二百言，继题公之篇末，欲使采诗者、修史者、后之往来观者，知公之功德本末前后也。"诗作表达了诗人对名相裴度为民除害、建功立业之举的敬仰和感佩，也抒发了世道沧桑的感慨。

【注】

[一]麒麟高阁，即麒麟阁。汉宣帝画功臣像于未央宫麒麟阁，后称画像彰功的地方为麒麟阁。

[二]四朝，指宪宗、穆宗、敬宗、文宗四朝。

[三]陈蔡，指陈州（治今河南淮阳）、蔡州（治今河南新蔡）。

[四]"骡军"句，淮西叛将吴元济因地少马，广畜骡，乘之教战，谓之骡子军，尤称勇悍。

[五]都，东都。时裴度为东都留守。三川，指河南府。

[六]赤松，相传为神农时雨师。张良功成封侯后，愿从赤松子游。

[七]洪崖，传说黄帝臣子伶伦的仙号，尧时已三千岁。

[八]商山有遗老，本指商山四皓，此指退居洛阳和裴度交往的闲臣。

连昌宫

张祜

载《全唐诗》卷五百十一

龙虎旌旗雨露飘[一]，玉楼歌断碧山遥[二]。
玄宗上马太真去[三]，红树满园香自销。

这首诗将王朝的盛衰和行宫的兴废联系在一起，借连昌宫的今昔变化，写唐王朝的由盛而衰，讽刺统治者耽于淫乐的行为。杨贵妃未到过连昌宫，诗中出现唐玄宗与杨贵妃，应与三乡大量的李杨传闻有直接关系。

【注】

[一]龙虎旌旗，饰有龙、虎图案的旗，指皇帝仪仗。

[二]玉楼，华丽的宫殿。

[三]玄宗，指唐玄宗。太真，指杨贵妃。此句暗喻马嵬兵变和杨贵妃被缢事。

兰昌宫

孟迟

载《全唐诗》卷五百五十七

宫门两片掩埃尘，墙上无花草不春。
谁见当时禁中事，阿娇解佩与何人[一]。

这是一首怀古诗。兰昌宫，唐在崤山南路上所建行宫，故址在今宜阳县三乡镇南寨村一带，西距福昌县治十七里。诗人游历兰昌宫，抚今追昔，以眼前所见的冷落宫门、颓垣枯草、阒寂无人的凄凉景色，映衬昔日美人如玉、歌舞风流的繁华热闹，抒发大唐江河日下、盛世难再的感慨。

【注】

［一］阿娇，汉武帝的陈皇后，有“金屋藏娇”典故。

送郑子宽弃官东游便归女几

李群玉

载《全唐诗》卷五百六十八

八月湖浸天[一]，扬帆入秋色。岷峨雪气来，寒涨潇湘碧。子真冥鸿志，不逐笼下翼[二]。九女叠云屏[三]，于焉恣栖息。新诗山水思，静入陶谢格[四]。困醉松花春[五]，追攀紫烟客[六]。相逢十年旧，嚬笑等欢慽。一饭玉露蔬，中肠展堆积。停食不尽意，倾意怅可惜。云水一分飞，离忧洞庭侧。回车三乡路[七]，仙菊正堪摘。寄谢杜兰香[八]，何年别张硕[九]。

这是一首送别诗。友人辞官，欲乘便东游后归居福昌女几山，诗人作诗相送。诗从友人东游旅程着手，以友人回到女几山收笔，幻想旅途景色与行旅生活，表达惜别之情和对友人返乡后生活的向往与祝福。

【注】

[一]湖浸天，水连天。

[二]笼下翼，笼中鸟。

[三]九女，指巫山九女峰。

[四]陶谢格，陶渊明、谢灵运那样的高格调。

[五]松花春，用松花酿成的美酒。

[六]紫烟客，指道士。

[七]三乡路，即三乡驿，距女几山四十里。

[八]杜兰香，传说中的降凡仙女。女几山传为兰香神女升天处。这里用杜兰香故事，点明郑氏将归女几山。

[九]张硕，晋桂阳(今湖南郴州)人。相传神女杜兰香降于其家，为其生数子。

兰昌宫

刘驾

载《全唐诗》卷五百八十五

宫兰非瑶草[一]，安得春长在。
回首春又归，翠华不能待[二]。
悲风生辇路[三]，山川寂已晦。
边恨在行人[四]，行人无尽岁[五]。

这是一首怀古诗作。诗人经过兰昌宫，想到这里曾经的欢歌乐舞，如今却是欢盛不再、人迹杳然，故作此诗。诗写兰昌宫寥落、寂寞的景象，悲悼国家的衰败，不胜追念昔时盛况，感伤今日的冷落，表现了诗人对社会动乱和国运衰颓的痛心疾首。

【注】

[一]宫兰，宫中的兰草。瑶草，传说中的仙草。

[二]翠华，翠羽所饰之旗帜或车盖等，为皇帝仪仗。此借指皇家威仪。

[三]辇路，即御路，天子车驾所经之路，此指崤函古道。

[四]在行人，正在路上奔波之人。

[五]尽岁，卒岁，到年终。《诗经·豳风·七月》："无衣无褐，何以卒岁。"

连昌宫词二首

陆龟蒙

载《全唐诗》卷六百二十九

门

金铺零落兽镮空[一]，斜掩双扉细草中。
日暮鸟归宫树绿，不闻鸦轧闭春风[二]。

阶

草没苔封叠翠斜[三]，坠红千叶拥残霞。
年年直为秋霖苦[四]，滴陷青珉隐起花[五]。

这组诗歌选择以连昌宫的门、阶为题，通过诗人的视角，刻画眼前连昌宫荒凉破败的景象，感慨唐王朝的盛衰巨变，表现出伤今忆昔的意绪。

【注】

[一]金铺，门上兽面形铜制环钮。兽镮，指铸成兽头形的门环。

[二]鸦轧，形容器物相挤擦声。此指门的启闭声。

[三]草没，指台阶被草遮掩。苔封，青苔覆盖台阶。叠翠，绿色枝叶层层叠叠的样子。

[四]秋霖，秋雨久下不停。

[五]滴陷，雨水久滴使石阶下陷。青珉，深绿色似玉的美石，此指台阶上的青石。

和三乡诗

陆贞洞

载《全唐诗》卷七百二十六

惆怅残花怨暮春，孤鸾舞镜倍伤神[一]。
清词好个千人事[二]，疑是文姬第二身[三]。

诗题中，三乡即三乡驿。题下注云："会昌时有女子题诗三乡驿，和者十人。"唐武宗会昌二年(842)，越州若耶溪女子于三乡驿题诗一首，因诗文感人，打动了无数过往的行人，纷纷题诗抒发情怀，陆贞洞、刘谷、王祝、王涤、韦冰、李昌邺、王硕、李缟、张绮、高衢等十人以同题《和三乡诗》相和，题于三乡驿壁上，题诗时间前后跨越六十余年，形成唐诗史上罕见的共同题壁和诗现象。

【注】

[一]孤鸾舞镜，比喻无偶或失偶者对命运的伤悼，也形容形单影只。

[二]清词，指若耶溪女子的题诗。

[三]文姬，指蔡文姬，东汉文学家蔡邕之女，博学，有才辩，通音律。

复睹三乡题处留赠

贾　驰

载《全唐诗》卷七百二十六

壁古字未灭，声长响不绝。
蕙质本如云[一]，松心应耐雪[二]。
耿耿离幽谷，悠悠望瓯越[三]。
杞妇哭夫时[四]，城崩无此说。

这首诗为诗人至三乡驿，见陆贞洞等人及若耶溪女子的题三乡诗后，在三乡驿留题的唱和之作。诗写诗人见到三乡题诗后之感，称颂若耶溪女子的高洁清秀。

【注】

[一]蕙质，比喻女子美好的仪态和品格。

[二]松心，《论语·子罕》："子曰：岁寒，然后知松柏之后凋也。"

[三]瓯越，指今浙江南部。因地濒瓯江，古为越地，故称。

[四]杞妇哭夫，用孟姜女哭长城的故事。以杞妇哭倒长城之声，称颂若耶溪女子三乡题诗震撼人心。

题三乡诗

若耶溪女子

载《全唐诗》卷八百一

昔逐良人西入关[一],良人身殁妾空还。
谢娘卫女不相待[二],为雨为云归此山[三]。

此为诗人于会昌二年(842)二月十九日题写在福昌三乡驿壁上的诗作。诗序云,诗人出身富裕之家,生活悠闲,婚后随丈夫西入函谷关,寓居晋昌(今陕西石泉),悠闲自在。不料丈夫突亡,她只得孤身一人,辗转回乡。“涉浐水,历渭川;背终南,陟太华;经虢略,抵陕郊。挹嘉祥之清流,面女几之花翠”,她一路睹物伤情,“衔冤茹叹”,至三乡驿吟出此曲悲歌。诗写诗人对昔日生活的无限追念和对自己不幸遭际的极度感伤,抒发繁华尽逝、燕笑不再的感慨。诗人将对丈夫去世的悲愤和对历史兴亡的感叹糅合在一起,使全诗呈现出悲凉苍茫又俊逸豪迈的气概。

【注】

[一]良人,古代妇女对自己丈夫的称呼。关,指灵宝函谷关。

[二]谢娘,东晋谢道韫,有文才,后人因称才女为“谢娘”。卫女,《邶风·泉水》《鄘风·载驰》《卫风·竹竿》记述了卫国之女许穆夫人远嫁许国后仍不忘故土的事迹,因此“卫女”成为忠于祖国、执节不移的忠烈之女甚至是爱国之士的代名词。

[三]为雨为云,用巫山神女事喻夫妇恩爱。此山,指巫山。

宜阳道中作

齐己

载《全唐诗》卷八百四十

宜阳南面路[一]，下岳又经过[二]。
枫叶红遮店，芒花白满坡[三]。
猿无山渐薄，雁众水还多。
日落犹前去，诸村牧竖歌[四]。

此诗约作于唐僖宗文德元年(888)深秋，诗人北游嵩洛，西行宜阳时。诗题中，宜阳，即福昌，古宜阳县。宜阳道，指洛阳至宜阳的崤山南路。诗写诗人在宜阳道上迎着落日西行的所见所感，勾画出一幅宜阳驿路和田园风物图。

【注】

[一]南面路，指崤山南路，在福昌县洛河南岸。

[二]下岳，从中岳嵩山下来。

[三]芒花，芒草之花，色、形均似芦花。

[四]牧竖歌，牧童所唱之歌。

寿安县为唐代河南府属县，位于崤山南路上，西连福昌，东北至洛阳七十六里。

寿安本秦汉宜阳县地。隋文帝仁寿四年(604)，置寿安县，因县城东面之寿安山得名，治所即今宜阳县城。隋炀帝大业元年(605)，于此建显仁宫，遂移寿安于西北五里的九曲，即今宜阳县香鹿山镇甘棠村。唐太宗贞观四年(630)还治寿安。金宣宗兴定元年(1217)改寿安为宜阳。

寿安在唐代为畿县，既是崤函古道崤山南路东行入洛阳的南入口，也是洛阳西行崤山南路第一县。境内驿馆、行宫设置密集，有行宫四座，为兴泰宫(凉宫)、显仁宫(明德宫、昭仁宫)、甘泉宫、连曜宫；又有驿馆五所，为柳泉驿、甘棠馆(寿安南馆、寿安水馆)、寿安山馆(寿安山阴馆)、三泉驿、甘水驿；还有官方开发的喷玉泉、符亭等景点。唐代诗人行走在寿安山水之间，宿留此地者多有诗作。

寿　安

临洛水

李世民

载《全唐诗》卷一

春蒐驰骏骨[一]，总辔俯长河[二]。
霞处流萦锦，风前漾卷罗。
水花翻照树，堤兰倒插波。
岂必汾阴曲[三]，秋云发棹歌[四]。

此诗为唐太宗春季游洛水所作。洛水，源于洛南县，东流入卢氏，经洛宁、宜阳，在偃师与伊河交汇，向东北至巩义汇入黄河。贞观十一年(637)二月，太宗幸洛阳宫，至显仁宫。诗当作于此时。显仁宫，建于隋大业元年(605)，故址在今宜阳县周村、苗村一带，临南洛水。唐时更名明德宫，又名昭仁宫。诗写其东临洛水狩猎事，描绘洛水绚丽的风光，借以讴歌大唐的繁荣景象。

【注】

[一]春蒐，帝王在春季进行的射猎活动。骏骨，骏马，良马。

[二]长河，此指洛水。总辔，收住缰绳，使马停下。

[三]汾阴曲，元鼎四年(前113)，汉武帝巡视河东汾阴(今山西宝鼎)，祀后土，乘船游汾河，与群臣宴饮时作《秋风辞》。事见《汉武故事》。

[四]棹歌，船工行船时所唱之歌。

洛

李峤

载《全唐诗》卷五十九

九洛韶光媚[一]，三川物候新[二]。
花明丹凤浦[三]，日映玉鸡津[四]。
元礼期仙客[五]，陈王睹丽人[六]。
神龟方锡瑞[七]，绿字重来臻[八]。

此诗是诗人咏物组诗中的一首。诗题中，洛，即洛水。从诗中所写景物和所用典故来看，写的当是流经宜阳、洛阳附近的洛河。李峤诗歌以"典丽"著称。在这首诗中，诗人使用大量耳熟能详的历史故事和神话传说，多方面地描绘了洛水的秀丽风光和深厚的文化底蕴，歌颂皇帝的功德。

【注】

[一]九洛，传说大禹时，有神龟从洛水出，背负《洛书》。汉儒谓《洛书》即《洪范》九畴，是天帝赐给禹治理天下的九类大法。

[二]三川，西周以泾、渭、洛为三川，东周以河、洛、伊为三川。

[三]丹凤浦，即洛浦。传黄帝游玄扈洛水上，与大司马容光等临观，凤凰衔图置黄帝前，帝再拜受图。

[四]玉鸡津，洛水流经洛阳的一段。

[五]元礼，即东汉李膺。他反对宦官专擅，纠劾奸佞，被太学生视为"天下楷模"，凡受其赏识者，皆被誉为"登龙门"。期仙客，东汉李膺与太学生郭泰同舟而济，从宾望之，以为神仙，故称李郭仙舟。

[六]陈王，即曹植。《洛神赋》："睹一丽人，于岩之畔。"

[七]神龟方锡瑞，即"洛出书"。传黄帝时，仓颉从帝南巡，临于洛水，灵龟负书，丹甲青文以授之。

[八]绿字，河图上的绿色文字，即符瑞。

题寿安王主簿池馆

苏颋

载《全唐诗》卷七十三

洛邑通驰道[一]，韩郊在属城[二]。
馆将花雨映，潭与竹声清。
贤俊鸾栖棘[三]，宾游马佩衡[四]。
愿言随狎鸟[五]，从此濯吾缨[六]。

此诗当作于唐中宗神龙二、三年(706—707)间，诗人任合宫(河南)县令时。诗题中，王主簿，名不详，寿安县令佐吏。诗写池中之景，通过“花”“雨”“潭”“竹”等唯美的意象，营造出清幽雅致的氛围，表达了对清新幽静的大自然的热爱及对隐逸生活的向往。

【注】

[一]驰道，御道，此指洛阳至寿安的崤山南路。

[二]韩郊，指韩城，在寿安西。属城，即属县，此指寿安所管辖的城邑。

[三]鸾，凤凰，非梧桐不栖。鸾栖棘，此喻贤士屈就卑小官职。

[四]衡，车辕前短的横木。

[五]狎，亲近。鸟，鸥鸟。典出《列子·黄帝》。后因用作咏超逸出世的生活情趣的典故。

[六]濯吾缨，典出《楚辞·渔父》：“沧浪之水清兮，可以濯吾缨。”缨指冠上的系绳。喻超脱世俗，操守高洁。

题寿安南馆

王建

载《全唐诗》卷二百九十七

明蒙竹间亭[一]，天暖幽桂碧。
云生四面山，水接当阶石。
湿树浴鸟痕，破苔卧鹿迹。
不缘尘驾触[二]，堪作商皓宅[三]。

此诗作于唐宪宗元和七年(812)冬，诗人离魏博幕回京途经寿安时。诗题中，寿安南馆，即甘棠馆，乃寿安县在城驿，在今宜阳县城关镇，紧临驿路，背山面水，环境幽雅，是崤函古道也是整个两京驿路馆驿题名最多的驿馆。诗描写寿安南馆景致，盛赞其清幽雅致的环境，足以娱目清心，洗涤尘嚣，甚而可为隐居之处。

【注】

[一]蒙，阴暗。

[二]尘驾触，指追逐功名利禄的人世间。

[三]商皓宅，指隐居之处。商皓，“商山四皓”的简用，指年高德劭、名望素著的隐士高人。

题寿安甘棠馆二首

刘禹锡

载《全唐诗》卷三百六十四

（其一）公馆似仙家[一]，池清竹径斜。
山禽忽惊起，冲落半岩花。

（其二）门前洛阳道[二]，门里桃花路[三]。
尘土与烟霞，其间十余步。

此诗作于元和九年至十一年(814—816)间,因要照顾在洛阳的老母,诗人经常往返于长安与洛阳之间,故而常常途经寿安甘棠馆。诗描写甘棠开放繁茂之景。第一首诗通过“冲落半岩花”来表现花的纷繁,第二首诗则直接用烟霞比拟花的颜色与形态,美不胜收。

【注】

[一]公馆,官办驿馆,此指甘棠馆。仙家,神仙窟宅。

[二]洛阳道,寿安地处崤山南路,为往来于两京的驿路主线、必经之地。

[三]桃花,桃花源,指仙家或隐士所居之地。

寿安

酬仆射牛相公晋国池上别后至甘棠馆忽梦同游因成口号见寄

刘禹锡

载《全唐诗》卷三百六十五

已嗟池上别魂惊[一]，忽报梦中携手行。
此夜独归还乞梦[二]，老人无睡到天明。

这是一首唱和诗，作于唐文宗开成三年(838)九月。诗题中，牛相公，即牛僧孺，时以东都留守征拜任左仆射。晋国池，即晋国公裴度在洛阳林园中池。甘棠馆，乃寿安县在城驿。诗写诗人在洛阳与牛僧孺别后西行，夜宿甘棠馆，睡前期盼梦中有二人同游事，但却一夜无眠，表现了诗人与友人的深情厚谊。

【注】

[一]别魂，犹别情。

[二]乞梦，谓无梦而求有梦。

三泉驿

元稹

载《全唐诗》卷四百二十一

三泉驿内逢上巳[一]，新叶趋尘花落地[二]。
劝君满盏君莫辞，别后无人共君醉。
洛阳城中无限人，贵人自贵贫自贫。

此诗作于唐宪宗元和五年(810)三月三日。诗题中，三泉驿，唐代崤山南路上的驿馆，在寿安县东苗马村，即今宜阳县城关镇苗村。时诗人因与宦官争驿厅，从监察御史分司东都贬为江陵司户参军，自洛阳赴长安途中经过三泉驿，正逢上巳，不禁心生凄凉之感。诗写诗人在三泉驿的所见所感，抒发不满与厌倦情绪，也写出了诗人对当时社会黑暗现实的深刻认识。

【注】

[一]上巳，古时节日名，有祓禊等风俗。汉以前以农历三月第一个巳日为上巳，魏晋以后定为三月三日。

[二]趋尘，谓适逢上巳，驿馆内的新叶却因紧靠驿路而被来往行人扬起的路尘沾满。

题喷玉泉

白居易

载《全唐诗》卷四百四十八

泉喷声如玉，潭澄色似空。
练垂青嶂上[一]，珠泻绿盆中。
溜滴三秋雨，寒生六月风。
何时此岩下，来作濯缨翁[二]。

此诗作于唐文宗大和元年(827)，诗人自长安赴洛阳途中。题下注："泉在寿安山下，高百余尺，直泻潭中。"一说寿安山为金牙山之误，城东金牙山山下有30余米高的瀑布自山口飞奔而下，下有深潭，飞珠溅玉，称"喷玉泉"，又俗称"龙王冲"。喷玉泉为唐官方开发的景观。《大唐传载》："寿安县有喷玉泉、石溪，皆山水之胜绝也。贞元中，李宾客辞为县令，乃划翳荟，开径隧，人方闻而异焉。太和初，博陵崔蒙为主簿，标堠于道周，人方造而游焉。"诗从各个角度描绘喷玉泉飞流直泻的景致，创造出明净而深邃的意境，诗人由景生情，顿起隐居避世之念。

【注】

[一]练，多指白色的丝织品，这里比喻泉水。青嶂，绿色的山峰。

[二]濯缨翁，典出《楚辞·渔父》，喻避世隐居。

寿安歇马重吟

白居易　载《全唐诗》卷四百六十二

春衫细薄马蹄轻，一日迟迟进一程[一]。
野枣花含新蜜气，山禽语带破匏声[二]。
垂鞭晚就槐阴歇，低倡闲冲柳絮行。
忽忆家园须速去[三]，樱桃欲熟笋应生。

此诗作于大和九年(835)春，诗人自洛阳赴下邽故里途经寿安之时。诗写寿安沿途春景，诗人沉醉于美景，流连忘返，以致差点忘记回家。诗人晚年分司东都，过着半隐半官的“中隐”生活。诗作反映了当时诗人的生存状态和人生态度，洋溢着志得意满的惬意。

【注】

[一]迟迟，徐行貌。一程，古人常谓三十里为一程。

[二]破匏，剖开葫芦。

[三]家园，指诗人故乡下邽义津乡金氏村。

西还寿安路西歇马

白居易

载《全唐诗》卷四百六十二

槐阴歇鞍马[一]，柳絮惹衣巾[二]。
日晚独归路，春深多思人。
去家才百里，为客只三旬[三]。
已念纱窗下，应生宝瑟尘[四]。

此诗是大和九年(835)春，诗人自洛阳至下邽故里途经寿安时所作，创作的时间略早于《寿安歇马重吟》。诗写寿安山水美景，抒发诗人的留恋之情。

【注】

[一]槐阴，指寿安崤山南路上稠植国槐，枝叶茂盛。

[二]柳絮，即柳树的种子，上有白色绒毛，如飘絮随风飞散。诗云"槐阴""柳絮"，说明唐代寿安崤山南路上行道树乃槐柳相间。

[三]三旬，十天为一旬，三旬即一个月。

[四]宝瑟，瑟的美称。瑟，古代弦乐器。

题寿安县甘棠馆御沟

杜牧

载《全唐诗》卷五百二十三

一渠东注芳华苑[一]，苑锁池塘百岁空。
水殿半倾蟾口涩[二]，为谁流下蓼花中[三]。

这是一首咏古诗，当作于唐武宗开成元年(836)夏六、七月间。诗题中，御沟，本指流入宫内的河道，这里指流入寿安甘棠馆的水渠。时诗人以监察御史分司东都，游甘棠馆，目睹昔年繁荣的芳华苑和水殿业已荒废，而御沟之水却如往日一般缓缓流淌，不禁感慨，希望皇帝能再幸洛阳，曲折地表达了诗人想要有所作为的心态。

【注】

[一]芳华苑，洛阳有芳华神都苑，此处代指甘棠馆。

[二]水殿，建于水上的殿宇。蟾口，甘棠馆檐下蟾蜍形的排水口。蟾口涩，指此地荒废已久。

[三]蓼花，一年生或多年生草本植物，有水蓼、马蓼、辣蓼等，夏季六、七月间开花，花为淡红色或淡绿色。

寿安

晨装

许浑

载《全唐诗》卷五百二十八

带月饭行侣[一]，西游关塞长。
晨鸡鸣远戍[二]，宿雁起寒塘。
云卷四山雪，风凝千树霜。
谁家游侠子，沉醉卧兰堂[三]。

此诗诗题，《全唐诗》校：“一作早发洛中次甘水，一作甘泉。”甘水，即甘水驿，在甘水与洛河会合处。甘水，今称东甘水河，源自宜阳县樊村乡西杨家岭附近的鹿蹄山，于洛阳市洛龙区丰李镇小作村北汇入洛河。此诗当作于诗人早晨由洛阳出发赴长安应试，经行甘水之时。诗写诗人早行甘水的所见所感，描绘出甘水一带山川静谧却又充满生机的严冬景色。

【注】

[一]带月，披月。行侣，出行的伴侣。

[二]戍，城堡，营垒。

[三]兰堂，芳香高雅的厅堂。末二句，《全唐诗》校：“一作停骖一回首，隐隐见嵩阳。”嵩阳，即嵩山之阳。

早发寿安次永寿渡

许浑

载《全唐诗》卷五百三十

东西车马尘[一]，巩洛与咸秦[二]。
山月夜行客，水烟朝渡人[三]。
树凉风皓皓[四]，滩浅石磷磷[五]。
会待功名就，扁舟寄此身[六]。

此诗当作于诗人初次赴京应试途中。诗题中，永寿渡，当作永济渡，在寿安县西十七里，即今宜阳县锦屏镇灵山东桥头村与柳泉镇水兑南湾村间洛河处。隋炀帝大业三年(607)在此建永济桥，唐太宗贞观八年(634)重建。原为浮桥，唐玄宗开元四年(716)改为石柱石梁桥，十八年(730)被水冲毁。唐时行旅自洛河北过永济渡(桥)后，便沿洛河南岸东行。诗写永济渡交通繁忙的景象，抒发了诗人建功立业后功成身退的人生理想。

【注】

[一]“东西”句，唐时两京往来，以崤山南路为主线，行旅往来频繁，故云。

[二]巩洛，指洛阳一带。咸秦，秦都咸阳，指长安一带。

[三]水烟，水上的烟雾。

[四]皓皓，同浩浩，盛大貌。

[五]磷磷，水石明净貌。

[六]扁舟，用范蠡泛舟五湖典，意谓功成身退，避世隐居。

过喷玉泉

赵　嘏

载《全唐诗》卷五百五十

平生半为山淹留，马上欲去还回头。
两京尘路一双鬓[一]，不见玉泉千万秋。

这首诗当为诗人经行崤山南路时游览寿安喷玉泉之作。诗写喷玉泉秋色，表现出深深的留恋之情。

【注】

[一]两京尘路，指长安至洛阳的驿道，喷玉泉在崤山南路，是必经之地。

符亭二首

薛能

载《全唐诗》卷五百六十一

(其一)符亭之地雅离群，万古悬泉一旦新。
若念农桑也如此，县人应得似行人。

(其二)山如巫峡烟云好[一]，路似嘉祥水木清[二]。
大抵游人总应爱，就中难说是诗情[三]。

此诗序云："东三泉十五里，以飞瀑结茅，虽小，甚胜。诸所记注皆云，前宰符姓所为，俞姓所修。而不识其人，因题曰符亭，旌之也。"三泉，即三泉驿，在今宜阳县城关镇苗村。诗当为诗人经行崤山南路时游览符亭之作。诗写符亭景色幽静秀美，堪比巫峡，引得行人不禁驻足歌咏。

【注】

[一]巫峡，长江三峡之一，起于重庆市巫山县，止于湖北省巴东县西，因巫山而得名。

[二]嘉祥，即嘉祥驿，在今陕州区宫前乡宫前村东附近，以水清木华著称。

[三]就中，其中。

寿安水馆

薛能

载《全唐诗》卷五百六十一

地接山林兼有石，天悬星月更无云。
惊鸥上树满池水，瀺灂一声中夜闻[一]。

这首诗是诗人经行崤山南路，夜宿寿安水馆时所作。寿安水馆，即甘棠馆，乃寿安县在城驿，在今宜阳县城关镇。诗写寿安水馆中山水林石等景致。

【注】

[一]瀺灂，小水声。

宿甘棠馆

储嗣宗

载《全唐诗》卷五百九十四

尘迹入门尽，悄然江海心[一]。
水声巫峡远，山色洞庭深[二]。
风桂落寒子，岚烟凝夕阴。
前轩鹤归处，萝月思沈沈[三]。

这首诗是诗人经行崤山南路，夜宿甘棠馆时所作。诗写甘棠馆明净而阔朗的景色，令诗人不由产生留恋之情和隐居之想。

【注】

[一]江海心，指隐居避世之志。

[二]洞庭，指洞庭湖。

[三]萝月，藤萝间的明月。

宿寿安甘棠馆

司马扎　载《全唐诗》卷五百九十六

行人方倦役[一]，到此似还乡。
流水来关外[二]，青山近洛阳[三]。
溪云归洞鹤，松月半轩霜[四]。
坐恐晨钟动[五]，天涯道路长。

此诗诗人一作尚颜，佟培基考订为司马扎。诗人为应举求仕，长期奔走漂泊。此诗为诗人某次途经寿安时所作。因一路奔波而感到疲惫不堪的诗人夜宿甘棠馆，贴心的服务和幽静的环境使诗人感受到久违的温暖，然而诗人却不能止步于此，破长夜、警睡眠的晨钟时时鸣响在诗人心中。

【注】

[一]倦役，倦于差旅。

[二]关外，此指函谷关以东地区。

[三]近洛阳，寿安与洛阳相邻，故云。

[四]轩，堂之外沿或堂前之廊。

[五]晨钟，寺院早晨报时之钟声。

春日过寿安山馆

罗邺

载《全唐诗》卷六百五十四

旧国多将泉石亲[一]，西游爱此拂行尘[二]。
帘开山色离亭午[三]，步入松香别岛春[四]。
谁肯暂安耕钓地[五]，相逢漫叹路岐身[六]。
归期不及桃花水[七]，江上何曾鲙雪鳞[八]。

这首诗是诗人飘泊生涯中偶于春日留宿寿安山馆时所作。寿安山馆，唐设驿馆，又称寿安山阴馆，在寿安山北，今宜阳县城东锦屏镇河下村一带。诗通过描写寿安山馆的春景，感叹这是一个洗尘整装之佳地，借景抒情，抒发诗人怀乡羁旅的愁思。

【注】

[一]旧国，故乡。

[二]拂行尘，拂去征尘。

[三]离亭，即长亭，古时设在路旁供旅人休息之所，也常用作饯别之处。

[四]别岛，指山馆中的假山池台。

[五]耕钓地，指山林隐居地。

[六]路岐身，这里指生活坎坷。

[七]桃花水，指初春冰雪融化后江河水涨所形成的春汛。

[八]“江上”句，化用晋张翰托词思故乡鲈鱼脍而退隐吴郡的典故，抒发自己有家难归的苦闷情怀。

宿寿安山阴馆闻泉

崔橹

载《全唐诗》卷八百八十四

一支清急万山来[一]，穿竹喧飞破石苔。
梦在故乡临欲到，声闻孤枕却惊回。
多愁鬓发余甘老，有限年光尔莫催。
缘忆旧游相似处，月明山响子陵台[二]。

此诗作于诗人夜宿寿安山阴馆之时。诗人夜宿寿安山阴馆，闻听泉声，顿生惆怅与思乡念亲之情，故有感而发。

【注】

[一]清急，谓水流清澈湍急。

[二]子陵台，指富春山上的严子陵钓台。借指隐居垂钓之处。

渑池县为唐代河南府属县，西接硖石，东连新安，距洛阳一百五十里，在崤山北路上。

渑池，春秋为晋地，战国归韩。著名的秦、赵两国渑池之会即在这里举行。韩哀侯东徙后，其地入秦。秦置渑池县，治在今陈村乡朱城村古俱利城。秦末，项羽西进入关伐秦，在渑池县东二十三里的新安县城南坑杀秦降卒二十余万人。西汉迁县治于俱利城西三里处，即今张村镇寨子村。曹魏时，再迁县治于蠡城，位于今县城西南。北魏复在俱利城置渑池郡。隋炀帝大业元年(605)，又移治于县东二十五里新安故城，故址在今义马千秋路办事处二十里铺村下石河一带；十二年(616)移治大坞城，即今渑池西阳乡崤村沟。唐太宗贞观三年(629)，县治西移至双桥，即今渑池县城关镇，沿用至今。

渑池在唐代为畿县，县城西五里有行宫紫桂宫，又称紫桂宫、芳桂宫，故址在今渑池县陈村乡黄花村，是唐在崤山北路上修筑的唯一行宫，附近有芳桂宫驿。县城南有渑池南馆，因在城南得名。

渑　池

送渑池崔主簿

韦应物

载《全唐诗》卷一百八十九

邑带洛阳道[一]，年年应此行。
当时匹马客[二]，今日县人迎。
暮雨投关郡[三]，春风别帝城。
东西殊不远[四]，朝夕待佳声[五]。

这是一首送别诗，作于唐代宗大历十一年(776)春的长安。诗题中，崔主簿，名不详，时由长安赴渑池。诗写诗人送别崔主簿赴任，表达了对友人的美好祝愿与期许。元方回《瀛奎律髓》评曰："二诗皆整净。"

【注】

[一]邑，指渑池。自长安赴洛阳，需取道崤山北路，渑池是必经之地。

[二]匹马客，指未仕时独自奔走。

[三]关郡，渑池西负函谷、潼关，故谓关郡。

[四]东西，渑池在东，长安在西，故云。

[五]佳声，好消息。

送从叔尉渑池

顾非熊　载《全唐诗》卷五百九

同登科第皆清列[一]，尚爱东畿一尉闲[二]。
虽有田园供海畔，且无宗党在朝班[三]。
甘贫只为心知道，晚达多缘性好山[四]。
白首青衫犹未换[五]，又骑羸马出函关[六]。

这是一首诗人送别其从叔赴渑池任县尉的诗。从叔，即诗人堂叔，名不详。诗人与从叔同登科第，但因朝中无人，只得县尉闲职。诗人劝慰从叔在青山中放逐性灵，自适旷达，也传达出诗人对自身悲苦命运的感慨。

【注】

[一]清列，高贵的地位。

[二]东畿，渑池属东都洛阳所在的河南府，为畿县。

[三]宗党，宗亲，乡党。

[四]晚达，年老方才得志。

[五]青衫，唐制，以官服色视阶官之品。文官八品服深青，九品服浅青。

[六]函关，函谷关的省称。

渑池

汪遵

载《全唐诗》卷六百二

西秦北赵各称高[一]，池上张筵列我曹[二]。
何事君王亲击缶[三]，相如有剑可吹毛[四]。

这是一首咏史七言绝句。周赧王三十六年（前279），赵惠文王应秦昭王邀，赴渑池会盟，蔺相如陪同前往。宴会上，秦王请赵王鼓瑟，蔺相如针锋相对，迫使秦王击缶。秦又提请赵割十五城为秦王寿，蔺相如再次针锋相对，提请以秦割都城咸阳为赵王寿，最终挫败了秦的挑衅，维护了赵王的尊严。今渑池县城西有会盟台遗址。诗歌赞叹了蔺相如不畏强秦的勇气和从容应对的机敏。

【注】

［一］西秦北赵，秦国、赵国在地理位置上一西一北，秦称西秦，赵称北赵。称高，争雄比胜。

［二］我曹，我辈。

［三］君王，指秦昭王。缶，一种盛酒浆的瓦器，秦人唱歌时喜好敲打盆缶为节拍。

［四］剑可吹毛，言剑之锋利。

渑池

胡曾

载《全唐诗》卷六百四十七

日照荒城芳草新[一]，相如曾此挫强秦。
能令百二山河主[二]，便作樽前击缶人[三]。

这首诗是诗人咏史组诗之一。诗写诗人经过渑池的所见所思，赞颂蔺相如智勇双全，逼迫不可一世的秦昭王樽前击缶，挫败强秦侵略阴谋，维护了赵国的尊严。

【注】

[一]荒城，指渑池城。

[二]百二山河主，指秦昭王。

[三]樽前，在酒樽之前，指在宴会上。

过渑池书事

吴融

载《全唐诗》卷六百八十七

渑池城郭半遗基[一]，无限春愁挂落晖。
柳渡风轻花浪绿，麦田烟暖锦鸡飞[二]。
相如忠烈千秋断，二主英雄一梦归[三]。
莫道新亭人对泣[四]，异乡殊代也沾衣。

此诗当作于唐懿宗咸通年间，诗人入京应试途经渑池时。诗人经过渑池，追怀战国时蔺相如捍卫赵国尊严、抗拒秦王的忠烈事迹，由衷地感佩和赞扬相如的忠烈思想，亦透露出诗人对国家命运的愁绪。

【注】

[一]遗基，遗址。

[二]锦鸡，即山鸡。

[三]二主，二位主君。此指秦昭王与赵惠文王。一梦归，喻死。

[四]新亭，又名劳劳亭，在今江苏南京南。西晋末，中原战乱，王室渡江流亡东南。王导、周顗等常于新亭饮宴，举目有山河之异，而相坐对泣。后因用“新亭对泣”表示感怀故国的悲愤情怀。事见《世说新语·言语》。

楚坑

杜甫

载清乾隆《渑池县志·艺文志》

项氏何残忍[一]，秦兵此处坑。
愁云终古在，鬼灿至今明[二]。
竟使皇天弃，应输赤帝争[三]。
临亡犹自叹[四]，颈血污苍精[五]。

此诗载于乾隆《渑池县志》卷下《艺文志》。诗题中，楚坑在今渑池县城东二十里，义马市千秋镇二十里铺村新安故城西南，地广袤。秦二世二年（前208），项羽大败章邯所部秦军主力后，以章邯等秦新降将卒为先锋，沿崤函古道大举西进，十一月行至地处崤山北路的新安，项羽指使黥布和蒲将军夜袭，坑杀二十万秦军降卒于新安故城南。杜甫路过楚坑，愤而作诗，谴责项羽坑杀降卒的残忍行径，表达诗人无尽的悲哀。

【注】

［一］项氏，指项羽。

［二］鬼灿，即鬼火，磷火的俗称。

［三］赤帝，指汉高祖刘邦。赤帝，即炎帝。秦末刘邦提剑斩蛇起义，后因称刘邦为赤帝子。

［四］临亡犹自叹，指垓下之战中项羽被刘邦大败，逃至乌江，自觉无颜见江东父老，乃自刎于乌江岸边。

［五］苍精，此指苍天。

新安县为唐代河南府属县，东至洛阳七十里，位于崤山北路上。

新安，战国秦时设县，故城在今义马市千秋路办事处二十里铺村下石河一带。此后历秦、汉、魏晋，县治一直在今渑池或义马境内。汉武帝元鼎三年（前114），东徙函谷关于今新安境内，新建关城，即汉函谷关。北周武帝保定三年（563），省新安郡，置中州，以汉函谷关城为州治；保定五年（565），改建为通洛城（防）；建德六年（577）省中州，又置新安郡。隋文帝开皇十六年（596）改置谷州；恭帝义宁二年（618），复置新安郡。唐高祖武德元年（618），再改谷州；太宗贞观元年（627），移谷州治渑池，新安移入废中州城，即今新安县城所在，沿用至今。

新安在唐时为畿县，县设新安驿。唐肃宗乾元二年（759）春，杜甫途经新安，写下了著名的《新安吏》。因地当洛阳西出口，新安也是唐代诗人们常常流连之地，故而留下不少名篇佳作。

新　安

经慈涧题

郑䌹

载《全唐诗》卷一百一十

岸与恩同广，波将慈共深。
涓涓劳日夜[一]，长似下流心[二]。

此诗为诗人行经新安县慈涧时所作。慈涧，即今新安东南之磁河，在磁涧镇北与涧河合为磁涧河，注入洛河。北周时于此设置慈涧镇，即今磁涧镇。镇东数里有孝水，今名王祥河。“二十四孝”之一的王祥“卧冰求鲤”传说发生在这里。诗歌首两句写慈涧岸阔水深，暗合“慈”字，喻父母养育子女的深厚恩情；后两句以流水不断赞美君王日夜操劳，广施恩德，润泽百姓，诗歌表达了诗人对君王及父母的深切感恩之情。

【注】

[一]涓涓，细水慢流的样子。

[二]下流，言君恩如流水一般润泽百姓。

送新安张少府归秦中

孟浩然

载《全唐诗》卷一百六十

试登秦岭望秦川[一]，遥忆青门春可怜[二]。
仲月送君从此去[三]，瓜时须及邵平田[四]。

此诗题，《全唐诗》校云“一题作越中送人归秦中”。唐睦州清溪县，隋时称新安县。据佟培基、曹永东等考证，此新安指唐河南府新安县，即今新安县。张少府，名不详，当为新安县尉。秦中，关中，此指长安。诗写送友人入京做官的情景，巧妙地以“秦中”和“青门”呼应，又用“邵平田”做隐喻，抒写对友人仕途腾达的祝福和羡慕以及对自己仕途坎坷的悲伤，生动展现出一位想入京出仕积极作为，却无可奈何只能归隐山林的诗人形象。

【注】

[一]秦岭，《元和郡县图志》：“秦山，一名秦岭，在县南五十里。”秦川，即关中。

[二]遥忆，遥想。青门，汉长安城之东南门霸城门，门望青色，俗称青门。张少府由新安入长安，从东门入。

[三]仲月，仲春，春二月。

[四]瓜时，瓜成熟时。邵平，又作召平。秦时广陵人，封东陵侯。秦亡后为布衣，种瓜于长安城青门外，世称“东陵瓜”。典出《史记·萧相国世家》。后世因用作咏隐士或咏瓜的典故。这里指隐居之处。

新安吏

杜　甫

载《全唐诗》卷二百十七

客行新安道，喧呼闻点兵。借问新安吏，县小更无丁。府帖昨夜下[一]，次选中男行。中男绝短小[二]，何以守王城。肥男有母送[三]，瘦男独伶俜[四]。白水暮东流，青山犹哭声。莫自使眼枯，收汝泪纵横。眼枯即见骨，天地终无情。我军取相州[五]，日夕望其平。岂意贼难料，归军星散营。就粮近故垒，练卒依旧京。掘壕不到水[六]，牧马役亦轻。况乃王师顺[七]，抚养甚分明。送行勿泣血，仆射如父兄[八]。

此诗是杜甫组诗“三吏”的首篇，作于唐肃宗乾元二年(759)春。题下注：“收京后作。虽收两京，贼犹充斥。”时郭子仪等九节度使围邺城，城久攻不下，叛将史思明率援军大败唐军，郭子仪退至河阳，断河桥以保洛阳。唐军伤亡惨重，亟待补充兵力。东京市民惊骇，奔散山谷。杜甫从洛阳赴任华州司功参军，途经新安。诗歌描写官吏在新安征兵的场面，成年的“丁男”早已被抓尽，尚未成年的男孩也被迫入伍。诗人对此深怀同情，但又无可奈何，不得不安慰、劝勉被征少年前往军中。全诗表现了诗人既忧国又伤民那矛盾的痛苦心情。

【注】

[一]府帖，指征兵的文书，即“军帖”。

[二]中男，尚未成丁的男子。唐天宝三载(744)兵役制规定，十八岁为中男，二十二岁为丁。绝短小，极矮小。

[三]有母送，暗示其父已被征。

[四]伶俜，形容孤独伶仃的样子。

[五]相州，即邺城，今河南安阳。

[六]掘壕，挖掘壕沟。不到水，指壕沟很浅。

[七]王师顺，谓唐军乃官军，名正言顺。

[八]仆射，此指军中长官。

重题郑氏东亭

杜甫

载《全唐诗》卷二百二十四

华亭入翠微[一],秋日乱清晖。
崩石欹山树[二],清涟曳水衣[三]。
紫鳞冲岸跃,苍隼护巢归[四]。
向晚寻征路[五],残云傍马飞。

此诗当作于天宝三载(744)。题下注:"在新安界。"郑氏,即驸马郑潜曜。东亭,是郑潜曜建在新安县的别业。时杜甫应邀自洛阳游历于此,写诗相赠。诗前六句写亭前美景,塑造出园林建筑与大自然的和谐之美,后两句写游罢晚归。清仇兆鳌《杜诗详注》评曰:"此诗得力,全在诗腰数实字。着一'欹'字,如见巉岩参错。着一'曳'字,宛然藻荇交横。日冲岸,则跳突排涌,唯恐堕岸。日护巢,则疾飞急赴,唯恐失巢。并鱼鸟精神,俱为写出,此诗家炼字法也。"

【注】

[一]华亭,华美的亭子,此指郑氏东亭。

[二]崩石,突兀的岩石。

[三]清涟,清波。水衣,青苔。

[四]苍隼,鹞鹰一类的猛禽。

[五]向晚,傍晚。征路,远行之路。

新安故关

孟迟

载《全唐诗》卷五百五十七

汉帝英雄重武材[一]，崇山险处凿门开。
如今更有将军否[二]，移取潼关向北来。

这是一首咏史诗。诗题中，新安故关，即汉函谷关，在今新安县城关镇东关村。函谷关旧在今灵宝，汉武帝元鼎三年(前114)冬，东移于新安县。北周武帝保定五年(565)，改函谷关城为通洛防，汉函谷关遭废弃。诗歌咏汉武帝徙函谷关于新安的故事。

【注】

[一]汉帝，指汉武帝。武材，军事人才。

[二]将军，指杨仆。《汉书·武帝纪》应劭注云："时楼船将军杨仆，数有大功，耻为关外民，上书乞徙关东，以家财给其用度。武帝意亦好广阔，于是徙关于新安，去弘农三百里。"武帝东迁函谷关，意在通过"广关"扩大关中的范围以增强对关东的控制。

新安官舍闲坐

来鹄

载《全唐诗》卷六百四十二

寂寞空阶草乱生，簟凉风动若为情[一]。
不知独坐闲多少，看得蜘蛛结网成[二]。

诗题中，新安，指唐新安县。官舍，官府办公的地方。诗歌描写新安官舍的荒凉冷落和诗人的悠闲生活，表现了诗人孤单寂寞的心情。

【注】

[一]若为情，如何为情，指感情复杂，难以承受。

[二]结网，指蜘蛛吐丝结成蛛网。

新安城

罗邺

载《全唐诗》卷六百五十四

若算防边久远名，新安岂更胜长城。
漫兴他役悲荒垒[一]，何似从今实取兵[二]。
圣德便应同险固[三]，人心自不向忠贞。
但将死节酬尧禹，版筑无劳寇已平[四]。

诗人落第后长期漂泊，此诗即诗人途经新安时所作。诗题中，新安城，即唐新安县城。诗写新安城形胜，感慨唐王朝当年的大一统盛世已如水之东流，讽刺战乱日久，天下久未平定，朝廷虚耗民力筑墙，不如修德服人。

【注】

[一]他役，指筑城等劳役。悲荒垒，指秦末项羽坑杀秦降卒二十余万于新安故城南事。荒垒，已荒废的营垒。

[二]实取兵，实实在在地增兵。中唐以后，原府兵制已名存实亡，代之以募兵制，不再采取唐初的府兵军籍。

[三]圣德，指帝王的德政、功德。

[四]版筑，古时筑墙用两版夹住泥土再夯实，称为版筑。版，筑土墙用的夹板。此指边防工事。

新安投所知

罗 隐

载《全唐诗》卷六百五十八

少年容易舍樵渔，曾辱明公荐子虚[一]。
汉殿夜寒时不食[二]，宋都风急命何疏[三]。
云埋野艇吟归去[四]，草没山田赋遂初[五]。
长剑一寻歌一奏[六]，此心争肯为鲈鱼[七]。

这是一首干谒诗，为诗人赴京应第未就，流寓新安时所作。诗题中，所知，指赏识自己的权贵，此前曾引荐诗人，未济事，故诗人复上诗陈情。诗人在诗中历述自己长期漂泊求仕的坎坷命运与困境，希望再次得到这位权贵的奖引。全诗表现了诗人强烈的求仕之心，也是唐末寒士才子蹭蹬科场的凄凉处境及欲归隐却又不甘心的矛盾心理的真实写照。可与诗人同期另一首《早登新安县楼》参看。

【注】

[一]明公，对权贵长官的尊称。子虚，即《子虚赋》，司马相如作，汉武帝读后甚为赞赏，任相如为郎。此喻指诗人自己的知名诗赋作品。

[二]汉殿，指长安。

[三]宋都，商丘。此用《左传·僖公十六年》“六鹢退飞，过宋都，风也”之典，喻自己为时所黜。

[四]归去，指陶渊明《归去来辞》，意为归隐。

[五]赋遂初，指《遂初赋》。东晋孙绰在会稽东山建宅而居，作《遂初赋》，表明自己知足而止的心境。后因用以形容辞官归乡，隐居山林。

[六]长剑，冯谖为孟尝君门客，曾三次弹铗(剑把)而歌，抒发对待遇的不满。

[七]为鲈鱼，此反用晋时吴人张翰事，表示自己不会像张翰那样因贪图安逸而放弃功名。

早登新安县楼

罗隐

载《全唐诗》卷六百六十五

关城树色齐[一]，往事未全迷。
塞路真人气[二]，封门壮士泥[三]。
草浓延蝶舞，花密教莺啼。
若以鸣为德，鸾皇不及鸡[四]。

此诗为诗人流寓新安县，游汉函谷关时所作。诗写诗人清早登上新安县城楼所见之风光，以汉关为秦关而凭吊怀古，借鸡鸣狗盗之事讥刺重末技而轻贤能的世风。清余成教《石园诗话》评其后二句说："斯言善矣。"

【注】

[一]关城，汉函谷关城楼。汉函谷关在新安县东，故云关城。

[二]塞路，充塞道路。真人气，真人老子之气。

[三]封门壮士泥，谓壮士守关，如以泥固封。

[四]"若以"两句，用孟尝君过关事。按，老子、孟尝君所过函谷关，皆灵宝秦函谷关，与汉函谷关无涉，诗人混而用之。鸾皇，鸾与凰，皆为古代传说中的神鸟。

人日新安道中见梅花

罗隐

载《全唐诗》卷六百六十五

长途酒醒腊春寒[一]，嫩蕊香英扑马鞍。
不上寿阳公主面[二]，怜君开得却无端[三]。

这是一首咏物诗，作于唐懿宗咸通十一年(870)正月初七，诗人由洛阳循崤山北路赴长安途中经过新安时。诗题中，人日，即正月初七。新安道，洛阳经新安入长安的驿路，即崤函古道崤山北路段。诗写诗人正月初七在新安道中所见梅花飘香、片片纷飞的美丽景色，诗人以梅花自况，抒发自己郁郁不得志的情感。

【注】

[一]腊春，犹早春。

[二]寿阳公主，宋武帝女。传说她人日卧于含章殿檐下，梅花落于额上，成五色花，拂之不去，后形成梅花妆。诗说梅花未落寿阳公主面，暗喻自己无出头之日。

[三]无端，无理由。

新安道中玩流水

吴融

载《全唐诗》卷六百八十四

一渠春碧弄潺潺[一]，密竹繁花掩映间。
看处便须终日住，算来争得此身闲。
萦纡似接迷春洞[二]，清冷应连有雪山[三]。
上却征车再回首[四]，了然尘土不相关。

此诗当作于咸通年间，诗人应试入京途中经过新安县时。新安道即崤函古道崤山北路段。诗叙写新安道迷人的春景和诗人赏玩流水的情形，营造出一派空灵飘逸的氛围，体现了诗人追求闲适随意的人生的情怀。

【注】

[一]春碧，春水。

[二]萦纡，缠绕曲折。

[三]雪山，形容春水清冷，如同从雪山上流下来的一般。

[四]征车，远行的车。

东京次新安道中

徐夤

载《全唐诗》卷七百九

贼去兵来岁月长，野蒿空满坏墙匡[一]。
旋从古辙成深谷，几见金舆过上阳[二]。
洛水送年催代谢[三]，嵩山擎日拂穹苍。
殊时异世为儒者[四]，不见文皇与武皇[五]。

这是一首怀古诗。诗题中，东京，即东都洛阳。诗人自洛阳至新安县，看到沿途景色依旧，而盛唐时太平天子在上阳宫巡游的景象已不复得见，顿生王朝衰败的感伤和自己有志难伸的愤懑。

【注】

[一]墙匡，谓屋宇已毁，仅存墙框。

[二]金舆，皇帝的车驾。上阳，即上阳宫，在洛阳皇城西南，唐高宗上元年间建。高宗、武则天时，上阳宫取代宫城，成为东都洛阳的主要宫殿群。

[三]代谢，谓新旧交替、更迭。

[四]殊时异世，言时世变迁。

[五]文皇与武皇，指唐太宗与唐玄宗。

崤函古道长达五百余里，唐代众多诗人漫游行旅，穿梭其间，许多诗作的内容通言崤函古道行旅感受，无法确切地编排在当时的某一具体行政区划。这部分唐诗中，更多的是对崤函古道及其所在地区的总体认识。唐人借助崤函古道以歌咏寄兴，或表现天下士人往来两京实现个体价值之经历，或表现古道上川流不息、轩骑往来的交通繁荣景象，或表现帝国盛衰不定之叹息，这部分唐诗也是崤函唐诗之路的重要组成部分。

古道纵游

帝京篇十首(其一) 李世民

载《全唐诗》卷一

秦川雄帝宅[一],函谷壮皇居[二]。
绮殿千寻起[三],离宫百雉余[四]。
连甍遥接汉[五],飞观迥凌虚[六]。
云日隐层阙[七],风烟出绮疏[八]。

《帝京篇》是唐太宗作于贞观二年(628)前后的一组诗,共十首。组诗通过描绘京城长安的人文地理之壮,表现了一代英主以史为鉴,力戒骄侈放逸的壮志豪情。本诗是组诗的第一首,整体描绘了帝京长安以及富饶的关中平原和拱卫帝京的险要函谷,铺陈长安宫室的华丽雄伟,表现出盛世帝王宏阔高远的胸襟气度。

【注】

[一]秦川,陕西中部渭河流域一带,又称关中,周、秦、汉、隋、唐等十数个王朝相继建都于此。

[二]函谷,即函谷关。

[三]千寻,古代八尺为一寻,千寻形容极高。

[四]百雉,古代城墙长三丈、高一丈为一雉,百雉形容规模宏大。

[五]甍,屋脊。汉,天河。

[六]凌虚,凌空,升向高空。

[七]阙,皇宫门外的楼观。

[八]绮疏,指雕刻有空心花纹的窗户。

初入秦川路逢寒食

李隆基

载《全唐诗》卷三

洛阳芳树映天津[一]，灞岸垂杨窣地新[二]。直为经过行处乐，不知虚度两京春。去年余闰今春早，曙色和风著花草。可怜寒食与清明，光辉并在长安道。自从关路入秦川[三]，争道何人不戏鞭。公子途中妨蹴鞠[四]，佳人马上废秋千。渭水长桥今欲渡[五]，葱葱渐见新丰树。远看骊岫入云霄[六]，预想汤池起烟雾[七]。烟雾氛氲水殿开，暂拂香轮归去来。今岁清明行已晚，明年寒食更相陪。

此诗作开元十一年(723)春，诗人由洛阳出发，经潼关返回长安途中。诗题中，寒食，古代节令名，在清明节前一天。传春秋时介之推辅佐晋公子重耳回国后，隐于山中，重耳烧山逼其出来，介之推终抱树而死。晋文公为悼念他，禁止在其死日生火煮饭，只能吃冷食，后沿袭成俗，因称“寒食”。诗由洛阳起笔，先是描写从洛阳入关中的一路春色，接写长安道上春色灵动明媚，人人争相戏鞭驰骋的景况，展现了两京驿路上的盎然春意。可与同期张说《奉和圣制初入秦川路寒食应制》参看。

【注】

[一]天津，即天津桥，在洛阳西南洛水上。

[二]灞岸，灞水之岸，灞水即今灞河，古时广植杨柳。

[三]关路，关指潼关，是进入秦川(关中)的门户。

[四]蹴鞠，古时的一种足球运动。

[五]渭水长桥，即东渭桥，在今西安市高陵区耿镇白家嘴村西南。

[六]骊岫，即骊山，在临潼东南。

[七]汤池，指骊山温泉，即华清池。

途中

杨炯

载《全唐诗》卷五十

悠悠辞鼎邑[一]，去去指金墉[二]。途路盈千里，山川亘百重。风行常有地，云出本多峰。郁郁园中柳，亭亭山上松。客心殊不乐，乡泪独无从[三]。

这首五言排律作于垂拱元年(685)诗人由长安赴洛阳途中。时诗人刚在家乡华阴参加完伯父葬礼，因从弟参与徐敬业反武则天起事而等待处理，故诗人行走在崤函古道上，心事重重。诗歌抒发了萦绕诗人心头的游子思乡之情，感慨了仕途的险恶莫测，寄予了诗人追求高洁品格的理想。

【注】

[一]鼎邑，唐虢州湖城县，传即黄帝铸鼎之处，故云。

[二]去去，犹言一直前去，远去。金墉，古城名，三国时魏明帝所筑，在今洛阳东北，此代指洛阳。

[三]乡泪，思乡的泪。

送永昌萧赞府

宋之问　载《全唐诗》卷五十二

柳变曲江头[一]，送君函谷游[二]。
弄琴宽别意[三]，酌醴醉春愁[四]。
恋本亦何极[五]，赠言微所求。
莫令金谷水[六]，不入故园流。

此诗当作于唐中宗景龙年间的一个春日。诗题中，永昌，县名，即洛阳县，神龙二年(706)十一月改为永昌，唐隆元年(710)七月复旧名。赞府，唐时县丞的别称。萧赞府，名不详，时由长安回洛阳，诗人送至曲江，写诗赠别。诗写诗人与友人别离之际的留恋和感慨，亦流露出诗人深深的思乡之情。

【注】

[一]曲江，即曲江池，在长安东南。

[二]函谷，函谷关。

[三]弄琴，弹琴。

[四]酌醴，饮酒。

[五]恋本，留恋乡土。

[六]金谷水，即金谷涧，在今洛阳西北。

扈从还洛呈侍从群官

李 峤

载《全唐诗》卷五十七

四海帝王家，两都周汉室。观风昔来幸[一]，御气今旋跸[二]。雷奋六合开，天行万乘出。玄冥奉时驾[三]，白拒参戎律[四]。后队咽笳箫，前驱严罕毕[五]。辉光射东井[六]，禁令横西秩[七]。帐殿别阳秋，旌门临甲乙。将交洛城雨，稍远长安日。邛巩云外来，咸秦雾中失。孟冬霜霰下，是月农功毕。天道向归余，皇情美阴骘。行存名岳礼[八]，递问高年疾。祝鸟既开罗，调人更张瑟。登原采讴诵[九]，俯谷求才术。邑罕悬磬贫[十]，山无挂瓢逸[十一]。施恩浃寰宇，展义该文质。德泽盛轩游，哀矜深禹恤。中歌地庐骇，献寿衢尊溢。瑞色抱氤氲，寒光变萧飋。宗枝旦奭辅[十二]，侍从王刘匹[十三]。并辑蛟龙书，同簪凤凰笔。陶甄荷吹万[十四]，颂汉归明一。欢与道路长，顾随谈笑密。叨承廊庙选，谬齿夔龙弼[十五]。喜构大厦成，惭非栋隆吉。

这是一首应制诗，作于长安三年（703）十月，诗人随从武则天由长安还洛阳途中。长安元年（701）十月，武则天临幸长安，至三年九月方返回常年留居的洛阳。诗描述武则天由长安回洛阳时一路百官护驾的宏大情景，称颂武后治国有方，展现了正处于上升期的唐帝国的太平鼎盛气象。

【注】

［一］昔来幸，指武则天长安元年由洛阳至长安事。

［二］旋跸，车驾返归。此谓武则天回洛阳。

［三］玄冥，四时、四方之神中的冬神、北方之神。

［四］白拒，即白招拒，西方白帝神。参戎，参谋军务，此引申为护卫意。

［五］罕毕，古代帝王仪仗之旗。

［六］东井，即井宿，二十八宿之一。

［七］西秩，西方的星宿序列。

［八］名岳礼，祭祀名山五岳的典礼。

［九］采讴诵，古时朝廷设采诗官采集民歌民谣，以观民风。

［十］悬磬贫，空无一物，贫困至极。

［十一］挂瓢，用许由弃瓢事，指隐居。

［十二］旦奭，周初宗室辅佐大臣周公旦和召公奭的合称。

［十三］王刘，王粲和刘桢，皆曹魏的文学侍从。

［十四］陶甄，制作瓦器。此借喻圣人治天下，有培育造就意。吹万，风吹所至，及于万方。

［十五］夔龙，相传为舜二臣，一为乐官，一为纳言。后因以喻指辅弼重臣。

送光禄刘主簿之洛

李　峤

载《全唐诗》卷六十一

函谷双崤右[一]，伊川二陕东[二]。仙舟窅将隔[三]，芳斝暂云同[四]。朋席余欢尽[五]，文房旧侣空[六]。他乡千里月[七]，岐路九秋风[八]。背枥嘶班马[九]，分洲叫断鸿[十]。别后青山外，相望白云中。

这是一首送人赴官诗。光禄，即光禄寺，掌管祭祀、朝会、酒宴膳食的官署。刘主簿，名不详。诗写饯别刘主簿赴洛阳事，描写友人赴洛阳沿途景况，抒发对友人征程的忧虑与祝福，以及诗人伫立眺望朋友离去时的哀切不舍之情。

【注】

[一]双崤，东崤与西崤，即崤山。

[二]伊川，即伊河。二陕，陕东与陕西，用周召分陕而治事。

[三]仙舟，用东汉李膺、郭泰同舟而济事，称美乘舟人。窅，喻深远。

[四]斝，酒器，圆口，口上有两柱，三足，有把手。

[五]朋席，与朋友欢聚的宴席。

[六]文房，官府掌管文书之处。

[七]千里月，谓远照的明月。

[八]岐路，岔道。九秋，秋天。

[九]背枥，离开马槽。班马，离群之马。

[十]断鸿，失群的孤雁。

扈从出长安应制

杜审言

载《全唐诗》卷六十二

分野都畿列[一]，时乘六御均。京师旧西幸[二]，洛道此东巡[三]。文物驱三统[四]，声名走百神。龙旗萦漏夕[五]，凤辇拂钩陈[六]。抚迹地灵古，游情皇鉴新。山追散马日[七]，水忆钓鱼人[八]。禹食传中使[九]，尧樽遍下臣。省方称国阜[十]，问道识风淳。岁晚天行吉[十一]，年丰景从亲[十二]。欢娱包历代，宇宙忽疑春。

这是一首应制诗，作于长安三年(703)十月，诗人随从武则天由长安还洛阳途中。诗写武则天还洛一路的壮阔气派，歌颂太平盛世和圣主功德。

【注】

[一]分野，星宿对应的地面。都畿，京畿。国都所在地及其行政官署所管辖的地区。

[二]旧西幸，指武则天于长安元年(701)冬由洛阳幸长安。

[三]洛道，指去洛阳的大道，即崤函古道。

[四]文物，旧是典章、礼乐制度的统称。三统，董仲舒指夏为黑统、商为白统、周为赤统。此谓唐代典章文物之盛上追三代。

[五]漏夕，即夕漏，古计时器。

[六]凤辇，帝王之车。

[七]散马日，用武王伐殷功成，归马于华山之阳、放牛于桃林之野事，指偃武修文，不再用兵。

[八]钓鱼人，用吕尚垂钓渭滨事，喻指隐者。

[九]禹食，帝王酒食的美称。下句"尧樽"意同。

[十]省方，省视、视察地方。

[十一]岁晚，武则天十月出长安，接近岁尾。

[十二]景从，如同影子跟随身体，喻追随皇帝左右。

帝京篇（节选）

骆宾王

载《全唐诗》卷七十七

山河千里国[一]，城阙九重门[二]。不睹皇居壮，安知天子尊。皇居帝里崤函谷[三]，鹑野龙山侯甸服[四]。五纬连影集星躔[五]，八水分流横地轴[六]。秦塞重关一百二[七]，汉家离宫三十六。

此诗为诗人担任明堂主簿时献给吏部侍郎裴行俭之作。诗以帝都长安为描写对象，以灵活的诗歌形式，写出了帝京的壮观、繁华和气度，表现了天子的尊贵与威严，气贯长虹，因而成为初唐长篇诗歌的代表作之一。原诗分四部分，此处节选的是第一部分，状写帝京四周的江山险胜：东有崤函险关，南对龙山屏障，王畿千里，夷狄咸服，关中八水分流，五星汇聚，天地映照，显示了大唐国力强盛、蓬勃向上的风貌。清陈熙晋《骆临海集笺注》评曰：“想见卓荦不可一世之概，非天下才不能作是论也。”

【注】

［一］千里国，指关中。

［二］城阙，指长安城和城内的宫阙。九重门，天子住处有九重门。宋玉《九辩》：“君之门以九重。”

［三］崤函谷，即崤山和函谷关，在长安东。

［四］鹑野，星宿鹑首的分野，指秦地。龙山，即龙首山，在今西安北，大明宫所在地。侯甸服，侯服与甸服。古代王畿外围千里以内的区域，泛指京郊地区。

［五］五纬，金、木、水、火、土五星。连影，互相映照。

［六］八水，指渭、泾、沣、涝、潏、滈、浐、灞八条河流，有“八水绕长安”之说。

［七］秦塞，秦素有“四塞之地”之称。唐京畿之地本秦地，故称。重关，险固的关隘。

秋日饯陆道士陈文林

骆宾王

载《全唐诗》卷七十八

青牛游华岳[一]，赤马走吴宫[二]。
玉柱离鸿怨[三]，金罍浮蚁空[四]。
日霁崤陵雨[五]，尘起洛阳风[六]。
唯当玄度月[七]，千里与君同。

这是一首饯别诗，作于诗人闲居齐鲁期间。陆道士和陈文林不详其人，当是诗人的诗友。两位友人分别要游关中和东吴，诗人为二人饯行。诗写饯行宴的场面，想象别后朋友将蒙受路途的烟雨风尘，表达与友人离别后诗人的思念之情。

【注】

[一]青牛，传说老子乘青牛过函谷关西游。此借指陆道士西行。华岳，西岳华山。

[二]赤马，指快船。吴宫，指吴地。

[三]玉柱，琴瑟或筝上的玉制之柱。

[四]金罍，酒器。浮蚁，浮于酒上的泡沫，代指酒。

[五]崤陵雨，崤山上的风雨。崤山一带是陆道士西行关中必经之地。

[六]洛阳风，洛阳路上的风尘。

[七]玄度，月亮。

落第西还别刘祭酒高明府

陈子昂

载《全唐诗》卷八十四

别馆分周国[一]，归骖入汉京[二]。
地连函谷塞[三]，川接广阳城[四]。
望迥楼台出，途遥烟雾生。
莫言长落羽[五]，贫贱一交情[六]。

此诗作于唐高宗调露二年(680)春。诗题中，刘祭酒和高明府，名不详。祭酒，即国子祭酒，为国子监长官。明府，唐时县令的别称。时诗人在东都洛阳应进士举落第，准备回家乡四川，临行前写诗与友人们告别。诗写西归四川路上的主要节点，抒发落第后的失意惆怅之感，这是举子跳龙门失败的共有心境，不同的是，"莫言长落羽，贫贱一交情"则表现出诗人对友人的宽慰和自慰之意，呈现出一种积极向上的格调。可与同期诗人另一首《落第西别还送魏四懔》参看。

【注】

[一]别馆，饯别的客舍。周国，周天子之城，此指洛阳。

[二]归骖，指驱车返归。汉京，指长安。

[三]函谷塞，即函谷关。

[四]川，指渭水。广阳城，北魏宣武帝景明元年(500)置，隋改称万年，唐初更名栎阳，故址在今陕西临潼北。

[五]落羽，羽毛摧落。喻失意。

[六]一，同，不变。

奉和圣制初入秦川路寒食应制

张 说

载《全唐诗》卷八十六

上阳柳色唤春归[一]，临渭桃花拂水飞。总为朝廷巡幸去，顿教京洛少光辉[二]。昨从分陕山南口[三]，驰道依依渐花柳。入关正投寒食前[四]，还京遂落清明后。路上天心重豫游[五]，御前恩赐特风流。便幕那能镂鸡子[六]，行宫善巧帖毛球[七]。渭桥南渡花如扑，麦陇青青断人目。汉家行树直新丰[八]，秦地骊山抱温谷。香池春溜水初平，预欢浴日照京城[九]。今岁随宜过寒食，明年陪宴作清明。

这是一首应制诗，为开元十一年(723)春，诗人随御驾由洛阳返回长安途中奉和唐玄宗《初入秦川路逢寒食》之作。诗叙写由洛阳经陕州入关沿途不凡的气象，描写寒食清明节日景象，赞颂天下祥和之景皆是圣恩祥泽的缘故。

【注】

[一]上阳，即上阳宫，在洛阳皇城西南。

[二]京洛，指洛阳。

[三]分陕，指陕州陕县。

[四]入关，指入潼关。

[五]天心，皇帝之心。豫游，游乐，游玩。

[六]便幕，简单的帐幕。镂鸡子，古时寒食节习俗，要将鸡蛋染成彩色，并加以雕镂，或置于盘中供奉，或相互馈赠。

[七]毛球，即鞠丸，类似足球，唐代寒食节有蹴鞠之俗。

[八]新丰，汉高祖定都长安后，因太上皇思念故乡丰邑，故在今陕西临潼东仿丰邑建城，并迁丰邑民居于此，称新丰。

[九]浴日，指初升的太阳。

奉和春日途中喜雨应诏

魏知古

载《全唐诗》卷九十一

皇舆向洛城[一]，时雨应天行[二]。丽日登岩送，阴云出野迎。濯枝林杏发，润叶渚蒲生。丝入纶言喜[三]，花依锦字明。微臣忝东观[四]，载笔伫西成[五]。

此诗作于仪凤四年(679)正月。时唐高宗由长安东幸洛阳,诗人随侍。诗作主要写扈从圣驾路上恰好遇雨的故事,诗人喜颂降雨,颂扬天子之洪德,表达对皇帝的忠诚和对粮食丰收的祈盼。

【注】

[一]皇舆,皇帝的车驾。洛城,即东都洛阳。

[二]时雨,及时雨。

[三]纶言,皇帝的诏书。

[四]东观,东汉时宫中藏书与著书之处。时诗人为著作郎,故云。

[五]载笔,携带文具以记录王事。西成,秋收,丰收。

送吕向补阙西岳勒碑

徐安贞

载《全唐诗》卷一百二十四

圣作西山颂[一]，君其出使年。
勒碑悬日月[二]，驱传接云烟[三]。
寒尽函关路[四]，春归洛水边。
别离能几许，朝暮玉墀前[五]。

此诗作于开元十三年(725)初春的洛阳。时吕向以右补阙充任镌勒使，赴西岳华山为唐玄宗《御制西岳华山碑铭》立碑，诗人以诗送别，表达离愁。“寒尽函关路，春归洛水边”既写明了吕向西去东回的路线，也表达了诗人对吕向不辱使命、早日归来的期待。可与同期孙逖《春初送吕补阙往西岳勒碑得云字》参看。

【注】

[一]圣作，指唐玄宗《御制西岳华山碑铭》。

[二]悬日月，言所勒玄宗碑文与日月并悬。

[三]驱传，驱赶驿站之车马。

[四]函关，此指秦函谷关。

[五]玉墀，宫殿前的石阶。借指朝廷。

送李睢阳（节选）

王　维

载《全唐诗》卷一百二十五

将置酒，思悲翁。使君去，出城东[一]。麦渐渐，雉子斑。槐阴阴[二]，到潼关。骑连连，车迟迟，心中悲。宋又远[三]，周间之[四]。南淮夷[五]，东齐儿[六]。碎碎织练与素丝，游人贾客信难持。五谷前熟方可为，下车闭阁君当思。

这是一首对传统歌行体有所创新的诗作，作于唐玄宗天宝十二载（753）夏的长安。李睢阳，即李峘，信安郡王李祎长子。时受杨国忠排挤，自考功郎中，出为睢阳太守，王维作诗为之送行。诗中提到“出城东”“到潼关”“周间之”，知李峘往睢阳的路线是自长安东出潼关，经洛阳而去。诗写沿途麦田斑雉、槐树成荫的风景，马骑连连、行车迟迟、行人络绎不绝的喧闹，还有行将离别时诗人内心的悲戚。

【注】

［一］城东，指长安城东门。唐时长安城东有三门，中即春明门。唐人往东，从春明门而出。送别多在长安东的灞桥。

［二］槐阴阴，唐时，两京驿路上广种树木，其西段尤以国槐最为茂盛，成为这条驿路上最为醒目的景观，时有“槐阴路”之誉。

［三］宋，此处指睢阳。春秋时睢阳为宋地。

［四］周，指东周旧地，即今河南洛阳一带。

［五］淮夷，古代居于淮河流域的少数民族。

［六］东齐，睢阳之东为古齐地。

送康洽入京进乐府歌

李　颀

载《全唐诗》卷一百三十三

识子十年何不遇，只爱欢游两京路。朝吟左氏娇女篇[一]，夜诵相如美人赋[二]。长安春物旧相宜，小苑蒲萄花满枝。柳色偏浓九华殿[三]，莺声醉杀五陵儿[四]。曳裾此日从何所[五]，中贵由来尽相许[六]。白裌春衫仙吏赠[七]，乌皮隐几台郎与[八]。新诗乐府唱堪愁[九]，御妓应传鳷鹊楼[十]。西上虽因长公主，终须一见曲陵侯[十一]。

诗题中，康洽，原籍肃州酒泉(今甘肃酒泉)，工乐府诗，唐玄宗开元、天宝年间，往来于长安与洛阳，名闻两京。进乐府歌，指向朝廷献乐府诗歌。诗以“欢游两京路”为中心，塑造了一个颇具鲜明特色的音乐家形象。清乔亿《大历诗略》评曰：“唐人多有赠康洽诗。李东川作，属康壮盛时也。此则深悲其迟暮。气韵高，极不见为，中藏警句，结尤冷隽不可言。”

【注】

[一]左氏娇女篇，指西晋左思《娇女诗》。

[二]相如美人赋，指西汉司马相如《美人赋》。

[三]九华殿，汉长安宫殿名。此借指唐代宫殿。

[四]五陵，指京都。西汉五座帝王陵寝皆在长安附近。

[五]曳裾，喻奔走于权贵之门。

[六]中贵，有权势的宦官。

[七]仙吏，仙官，喻朝廷官员。

[八]乌皮隐几，用乌羊皮包裹的小凳子。台郎，本指尚书省郎官，此借指朝廷高官。

[九]唱堪愁，谓乐声悲切，非常感人。古人以音乐悲凉为美，故云。

[十]御妓，宫中歌妓。鳷鹊楼，汉宫观名，在长安甘泉宫。此指帝王居处。

[十一]曲陵侯，汉五侯之一。此指外戚权贵。

送钱子入京

李 颀

载《全唐诗》卷一百三十四

夜梦还京北，乡心恨捣衣[一]。
朝逢入秦使[二]，走马唤君归。
驿路清霜下[三]，关门黄叶稀[四]。
还家应信宿[五]，看子速如飞。

诗题中，钱子，犹钱生，京兆府（今西安）人，名不详，李颀朋友。时钱子由洛阳返归家乡京北，诗人作诗送别。诗写钱子强烈的乡思和返乡的迅急。“驿路”“关门”迢递而下，“清霜”“黄叶”都不足挂怀，体现了钱子归乡的急切和归乡途中的快意。诗歌内容和情调可谓别具一格。诗人也借人映己，表达了对家乡的思念和不能归家的惆怅。

【注】

［一］捣衣，古时裁衣前必先将布料铺于石上，以杵反复舂捣，使之柔软，易于裁剪缝制。钱子还乡恰逢秋天，正是备寒衣时节，故云。

［二］入秦，即入京。唐长安在春秋战国时为秦国之地，故云。

［三］驿路，即驿道，此指洛阳至长安的驿路，即两京驿路。唐制，从上都（长安）至汴州（今开封）为大路驿，即最为重要的交通大道。

［四］关门，指潼关关门。洛阳西去长安必经之地。

［五］信宿，连宿两夜，亦指两夜。

送魏万之京

李颀

载《全唐诗》卷一百三十四

朝闻游子唱离歌，昨夜微霜初渡河。
鸿雁不堪愁里听，云山况是客中过。
关城树色催寒近[一]，御苑砧声向晚多[二]。
莫见长安行乐处，空令岁月易蹉跎。

这是一首送友诗佳作。诗题中，魏万，即魏颢，聊城(今山东聊城)人，唐肃宗上元元年(760)进士。时魏万自洛阳赴长安求仕，李颀与之在洛阳相遇相识，故作诗送行。诗中“关城树色催寒近”，悬想魏万行至潼关时秋风萧瑟、树叶飘零的情景，勉励好友此去长安，当以功名自奋，勿以游乐自荒。俞陛云《诗境浅说》评曰：“犹有古风。”

【注】

[一]关城，指潼关城。潼关城大路旁有成行树木。

[二]御苑，皇家禁苑，这里代指京城长安。砧声，指捣衣声。向晚，傍晚。

送王端公入奏上都

刘长卿 载《全唐诗》卷一百四十七

旧国无家访[一]，临岐亦羡归[二]。
途经百战后[三]，客过二陵稀[四]。
秋草通征骑，寒城背落晖。
行当蒙顾问[五]，吴楚岁频饥[六]。

这是一首送别诗，约作于安史乱平之初的唐代宗广德初年。王端公，名不详。端公，侍御史之尊称，以其居御史台之首，故称端公。上都，指京师长安。时诗人在淮南幕，友人王端公入奏赴长安，引起诗人对现实的无限感慨。诗人在诗中写安史之乱后人口锐减，崤山一带路断人稀、道多秋草的劫余景象，南方也陷入严重灾荒，诗人叮嘱友人到任后面陈天子，以革除时弊。诗歌在浓浓的别情中，还饱含着诗人关心国家和人民命运的深沉感情，也使该诗不同于一般的送别诗。清沈德潜《唐诗别裁集》评价说："望其救时，不是寻常酬应。"可与同期李嘉祐《送王端赴朝》相参看。

【注】

［一］旧国，即旧都，指京师长安。

［二］临歧，送到岔路口分别之时。

［三］百战，指安史之乱。

［四］二陵，指崤山。崤山有南、北二陵，在今陕州区。

［五］行当，职务，此指王端公。

［六］吴楚，指长江中下游一带。

送友人西上

刘长卿

载《全唐诗》卷一百四十七

羁心不自解[一]，有别会沾衣。
春草连天积，五陵远客归[二]。
十年经转战[三]，几处便芳菲。
想见函关路[四]，行人去亦稀。

此诗约作于唐代宗永泰元年(765)春的扬州，为诗人送友人归长安而作。诗写诗人对友人的不舍，叙写友人西上沿途的萧条，既是对友人的担心，更体现了诗人对国事的关注与忧心，延续了诗人这一时期感时伤世、心忧黎庶的情感特点。

【注】

[一]羁心，郁结的心情。

[二]五陵，此指长安。远客，指友人。

[三]十年经转战，指安史之乱。

[四]函关路，函谷关路，友人西上长安的必经之地。

送张七判官还京觐省

刘长卿

载《全唐诗》卷一百四十八

春兰方可采[一]，此去叶初齐。
函谷莺声里[二]，秦山马首西[三]。
庭闱新柏署[四]，门馆旧桃蹊[五]。
春色长安道，相随入禁闺[六]。

此诗约作于唐代宗大历六年(771)初春。诗题中，张七判官，御史大夫张延赏之子，名时初，排行七，官陕虢观察使判官。时张七判官回长安探望双亲，诗人作诗相送。诗通过描写两京驿路上春兰盛开、函谷莺声以及庭闱柏署、门馆桃蹊等宜人美景，抒发对友人回乡省亲的欣喜与祝福。

【注】

[一]春兰，即兰草。古时有孝子采集兰草以供父母享用之俗。唐时以采兰象征尽孝养亲之意。

[二]函谷，即函谷关。

[三]秦山，秦岭，泛指指关中一带的山。

[四]庭闱，指父母居处。柏署，即柏台，御史台之别称。

[五]桃蹊，指桃树林或桃树夹道之处。

[六]禁闺，宫中小门，此指宫禁之内。

京师叛乱寄诸弟

韦应物

载《全唐诗》卷一百八十八

弱冠遭世难[一]，二纪犹未平[二]。羁离官远郡[三]，虎豹满西京[四]。上怀犬马恋，下有骨肉情。归去在何时，流泪忽沾缨[五]。忧来上北楼，左右但军营。函谷行人绝[六]，淮南春草生。鸟鸣野田间，思忆故园行。何当四海晏[七]，甘与齐民耕。

这是一首抒发遭逢战乱倍思亲之情的诗作，作于唐德宗兴元元年(784)的滁州。诗题中，京师叛乱，指建中四年(783)冬泾原兵变，朱泚据长安称帝，唐德宗出奔奉天，又奔梁州事。诗人安史之乱时已受够战乱之苦，此时又遇朱泚叛乱，函谷关路断绝，诗人更加忧虑皇帝和国家，思念在长安的亲人。诗写诗人身世的坎坷与国家的不幸，表达了诗人的忧国思乡之情和对安定和平环境的渴望，时代乱离的侧影和诗人对当时社会的感受在诗中浮现。

【注】

[一]弱冠，古代男子二十岁举行冠礼，初加冠，以示成年，但体犹未壮，故称“弱冠”。世难，指天宝十四载(755)发生的安史之乱。

[二]二纪，二十四年。一纪为十二年。

[三]羁离，犹羁栖、羁旅，谓漂泊他乡。远郡，指滁州。

[四]虎豹，指朱泚叛军。西京，长安。

[五]缨，冠带。

[六]函谷，即函谷关。

[七]四海晏，天下太平。

客中作

杜　俨

载《全唐诗》卷二百三

书剑催人不暂闲[一]，洛阳羁旅复秦关[二]。
容颜岁岁愁边改，乡国时时梦里还[三]。

这是一首羁旅行役诗。时诗人盖由洛阳西赴长安。诗作发漂泊羁旅情怀、抒思归恋阙之叹，表达了诗人思念家乡又不得归的愁苦心情，以及羁旅行役背后矢志不移的政治追求。明周珽《唐诗选脉会通评林》评曰："善言客情，平调之有嫣韵者。"

【注】

［一］书剑，书籍和宝剑，为古代文人随身携带之物。喻指文武二事。

［二］秦关，指函谷关。时诗人欲西入秦，故云。

［三］乡国，家乡。

送从侄端之东都

李嘉祐　载《全唐诗》卷二百六

虏近人行少[一]，怜君独出城。
故关逢落叶[二]，寒日逐徂征[三]。
闻笛添归思，看山惬野情。
皇华今绝少[四]，龙额也相迎[五]。

此诗约作于唐代宗永泰元年(765)的长安。诗题中，端，即“大历十才子”之一的李端，李嘉祐从侄。东都，即洛阳。诗写动乱之际，诗人送从侄李端离长安，出函谷，东行洛阳时内心的思念与牵挂。

【注】

[一]虏近，指永泰元年九月和十月吐蕃等侵犯长安一带，京师为之戒严事。

[二]故关，指函谷关。

[三]徂征，远行。

[四]皇华，即皇华使，奉命出使的人。

[五]龙额，即龙额侯，此代指功臣贵胄。

送王谏议充东都留守判官

李嘉祐

载《全唐诗》卷二百六

时称谢康乐[一]，别事汉平津[二]。
衰柳寒关道[三]，高车左掖臣[四]。
背河见北雁，到洛问东人[五]。
忆昔游金谷[六]，相看华发新。

此诗当作于唐代宗大历初年，时诗人在长安。谏议，即谏议大夫。王谏议，名不详，其时由长安赴洛阳任职，诗人作诗相赠。诗主要通过描绘王谏议赴任途经的“关道”“洛”“金谷”等几个代表性景观，表达惜别之情。

【注】

[一]谢康乐，即东晋谢灵运，袭封康乐公。

[二]平津，西汉公孙弘曾拜相并受封为平津侯，后因以平津代指丞相。

[三]关道，指潼关道。

[四]左掖臣，唐代谏议官的别称。

[五]洛，洛阳。东人，洛阳人。

[六]金谷，即金谷园，在今洛阳西北，乃西晋石崇所建庄园，繁华豪奢，极一时之盛。唐时已荒废。

新婚别

杜　甫

载《全唐诗》卷二百十七

兔丝附蓬麻[一]，引蔓故不长。嫁女与征夫，不如弃路旁。结发为妻子，席不暖君床。暮婚晨告别，无乃太匆忙。君行虽不远，守边赴河阳[二]。妾身未分明，何以拜姑嫜[三]。父母养我时，日夜令我藏[四]。生女有所归[五]，鸡狗亦得将。君今往死地，沈痛迫中肠。誓欲随君去，形势反苍黄[六]。勿为新婚念，努力事戎行[七]。妇人在军中，兵气恐不扬。自嗟贫家女，久致罗襦裳[八]。罗襦不复施，对君洗红妆。仰视百鸟飞，大小必双翔。人事多错迕，与君永相望。

此诗是诗人著名组诗“三别”中的第一首，为唐肃宗乾元二年（759）诗人由洛阳回华州途中，目睹邺城战败后，唐军在这一带大肆征兵之情形，有感而作。诗写一位新娘子面对官军拉夫从军的复杂心理和抉择，面对生离死别的悲哀，她为自己命运的不幸而痛苦，却又抑制着内心的痛苦，坚强地鼓励丈夫从军。全诗将一个感情丰富又深明大义的崤函女子形象刻画得栩栩如生。

【注】

[一]兔丝，即菟丝子，一种蔓生草，需附于其他植物枝干上生长。蓬麻，蓬草和苎麻，都是低矮的植物。

[二]河阳，今河南孟州，当时是与叛军作战的军事前线。

[三]姑嫜，公婆。

[四]藏，指居于深闺。

[五]归，指女子出嫁。

[六]苍黄，同“仓皇”。

[七]戎行，指军旅之事。

[八]罗襦裳，丝绸做的衣裳。

垂老别

杜 甫

载《全唐诗》卷二百十七

四郊未宁静[一]，垂老不得安[二]。子孙阵亡尽，焉用身独完[三]。投杖出门去，同行为辛酸。幸有牙齿存，所悲骨髓干[四]。男儿既介胄[五]，长揖别上官[六]。老妻卧路啼，岁暮衣裳单。孰知是死别，且复伤其寒。此去必不归，还闻劝加餐。土门壁甚坚[七]，杏园度亦难[八]。势异邺城下，纵死时犹宽。人生有离合，岂择衰老端[九]。忆昔少壮日，迟回竟长叹。万国尽征戍，烽火被冈峦[十]。积尸草木腥，流血川原丹。何乡为乐土，安敢尚盘桓。弃绝蓬室居[十一]，塌然摧肺肝。

此诗是诗人著名组诗“三别”中的第二首，亦作于乾元二年(759)诗人由洛阳回华州途中。邺城战败后，唐军在崤函大肆征兵，最后连老翁老妇都得上战场。诗歌讲述了一个暮年从军的老翁与老妻惜别的悲苦故事，真实再现了战乱给人民生活带来的无穷灾难。清浦起龙《读杜心解》评曰：“忽而永诀，忽而相慰，忽而自奋，千曲百折，末段又推开解譬，作死心塌地语，犹云无一寸干净地，愈益悲痛。”

【注】

[一]四郊，指洛阳四周之地。

[二]垂老，临近老年。

[三]身独完，独自活下去。

[四]骨髓干，形容筋骨衰老。

[五]介胄，犹甲胄，铠甲和头盔。

[六]上官，地方长官。

[七]土门，即土门口，在河阳附近，是当时唐军防守的重要据点。

[八]杏园，在今河南卫辉，也是当时唐军防守的重要据点。

[九]衰老端，犹言衰老时。

[十]被冈峦，布满山冈。

[十一]蓬室，茅屋。

无家别

杜 甫

载《全唐诗》卷二百十七

寂寞天宝后[一]，园庐但蒿藜[二]。我里百余家[三]，世乱各东西。存者无消息，死者为尘泥。贱子因阵败[四]，归来寻旧蹊[五]。人行见空巷，日瘦气惨凄[六]。但对狐与狸，竖毛怒我啼[七]。四邻何所有，一二老寡妻。宿鸟恋本枝，安辞且穷栖。方春独荷锄，日暮还灌畦。县吏知我至，召令习鼓鞞[八]。虽从本州役，内顾无所携[九]。近行止一身，远去终转迷。家乡既荡尽，远近理亦齐[十]。永痛长病母，五年委沟溪[十一]。生我不得力，终身两酸嘶[十二]。人生无家别，何以为烝黎[十三]。

此诗是诗人著名组诗“三别”中的最后一首，作于乾元二年(759)诗人由洛阳回华州途中。诗以一个战败归乡的士兵为叙事主人公，以他归来所见和重新被征入伍时所感，描述了安史之乱时期崤函一带田园芜废、人烟稀少、民不聊生的艰难境况。因他家的人都已死去，有家等于无家，故以《无家别》名篇。

【注】

[一]天宝后，指安史之乱爆发后。

[二]园庐，指村落。

[三]里，古代五家为邻，五邻为里。这里指村庄。

[四]贱子，士兵的自称。阵败，指乾元二年郭子仪等九个节度使溃败邺城。

[五]蹊，小路。

[六]日瘦，太阳暗淡无光。

[七]怒我啼，对我发怒且吼叫。

[八]鼓鞞，即战鼓。习鼓鞞，谓再次被征入伍。

[九]内顾，回望家中。携，牵挂。

[十]理亦齐，道理是一样的。

[十一]委，抛弃。此处指母亲已因病去世。

[十二]酸嘶，哀叹、悲鸣。

[十三]烝黎，指老百姓。

京留别刘方平

皇甫冉

载《全唐诗》卷二百五十

客子慕俦侣[一]，含凄整晨装。邀欢日不足，况乃前期长[二]。
离袂惜嘉月[三]，远还劳折芳[四]。迟回越二陵[五]，回首但
苍茫。乔木清宿雨，故关愁夕阳[六]。人言长安乐，其奈缅
相望[七]。

此诗作于天宝十二、十三载(753、754)间。刘方平，洛阳人，诗人诗友。时诗人受兄皇甫曾中进士的影响，放弃隐居生活，再次赴京应考，行前留诗赠好友。诗写与友人分别的惜别情怀，用路上的“二陵”“故关”风景，渲染对友人的不舍，表达出对友情的渴望。

【注】

[一]俦侣，伴侣。

[二]前期，对未来相会的约定。

[三]离袂，分袂，离别。嘉月，美好的月份，多指春季。

[四]折芳，折花赠友，以示纪念。

[五]二陵，即崤山南、北二陵，在崤函古道上。

[六]故关，指秦函谷关，在今灵宝。

[七]缅相望，遥相思念。

送客东归

李 端

载《全唐诗》卷二百八十四

昨夜东风吹尽雪，两京路上梅花发[一]。
行人相见便东西[二]，日暮溪头饮马别。
把君衫袖望垂杨，两行泪下思故乡。

这是一首送别诗，当作于冬季的长安，友人前往洛阳，诗人作诗送之。诗写两京驿路梅花凌寒盛开，行旅东来西往。与友人的别离，勾起了诗人对故乡的怀念。

【注】

[一]两京路，即长安至洛阳的驿路。崤函古道是其主要路段。

[二]东西，指各奔东西，喻分别。

送唐六赴举

冷朝阳

载《全唐诗》卷三百五

秋色生边思，送君西入关[一]。
草衰空大野，叶落露青山。
故国烟霞外[二]，新安道路间[三]。
碧霄知己在[四]，香桂月中攀[五]。

这是一首送人赴举的诗作，主要通过对唐六赴京应举路上环境景物的描写，表现诗人对友人赴举成功的祝福。

【注】

[一]入关，入潼关。

[二]故国，指故乡。

[三]新安，指今河南省新安县，在崤山北路上。

[四]碧霄，喻朝廷。

[五]香桂，神话传说月中有桂树，此以攀折月中桂喻指应举登第。

送远上人归京

冷朝阳

载《全唐诗》卷三百五

夏腊岁方深[一]，思归彻曙吟[二]。
未离销雪院，已有过云心。
寒磬清函谷[三]，孤钟宿华阴[四]。
别京游旧寺，月色似双林[五]。

这是一首送别之作。诗题中，远上人，名不详。归京，即归长安。诗通过对远上人思归心切及路上函谷、华阴等景物的描写，表达了诗人的惜别之情。

【注】

[一]夏腊，指僧人出家的年数。

[二]彻曙，通宵。

[三]函谷，函谷关。

[四]华阴，今陕西华阴，在两京驿路上。

[五]双林，即娑罗双树。传为释迦牟尼涅槃之处。

奉使巡检两京路种果树事毕入秦因咏

郑审

载《全唐诗》卷三百十一

圣德周天壤，韶华满帝畿。九重承涣汗[一]，千里树芳菲。陕塞余阴薄[二]，关河旧色微[三]。发生和气动，封植众心归[四]。春露条应弱，秋霜果定肥。影移行子盖[六]，香扑使臣衣。入径迷驰道，分行接禁闱。何当扈仙跸[七]，攀折奉恩辉[八]。

此诗作于开元二十八年(740)。这年正月，唐玄宗诏令在两京道路种果树，以荫蔽往来行旅，具体工作由殿中侍御史郑审充使负责。此诗即诗人实地巡察两京路落实玄宗诏令情况后所作。诗人满怀成功的喜悦，记述两京路上广植果树，春长其条、秋得其实的盛景，称颂玄宗的植树决策使两京驿路千里芳菲，驰道壮观，众心归一。通过这首诗，可以想象曾经大唐帝国交通主脉两京路的美景之盛、气势之壮。

【注】

[一] 九重，宫禁中。涣汗，喻帝王命令。

[二] 陕塞，陕津。

[三] 关河，指潼关与黄河。

[四] 封植，种植，栽培。

[六] 行子盖，行人的车。

[七] 仙跸，帝王车驾。

[八] 恩辉，指帝王的恩惠。

春思寄梦得乐天

令狐楚

载《全唐诗》卷三百三十四

花满中庭酒满樽[一]，平明独坐到黄昏[二]。
春来诗思偏何处[三]，飞过函关入鼎门[四]。

此诗作于唐文宗开成二年(837)春的兴元(今陕西汉中)。诗题中,梦得,刘禹锡的字。乐天,白居易的字。时诗人在山南西道节度使任上,看到府衙庭院中盛开的鲜花,置酒独酌赏花,饮到兴处,不由想起远在洛阳的好友刘禹锡、白居易,遂作诗寄二人,表达神往思念之情。此诗虽短小,但真实反映了中唐时期诗人以诗文酬唱的情形。刘禹锡收到令狐楚赠诗后作《令狐相公春思见寄》,可相参看。

【注】

[一]中庭,庭中。

[二]平明,清晨,天刚亮时。

[三]诗思,诗情。

[四]函关,函谷关。鼎门,即周公定鼎时的洛阳城东南门,此指洛阳。

酬裴十六功曹巡府西驿途中见寄

韩 愈

载《全唐诗》卷三百三十九

相公罢论道[一]，聿至活东人[二]。御史坐言事[三]，作吏府中尘。遂令河南治[四]，今古无俦伦[五]。四海日富庶，道途隘蹄轮[六]。府西三百里[七]，候馆同鱼鳞[八]。相公谓御史，劳子去自巡。是时山水秋，光景何鲜新。哀鸿鸣清耳，宿雾褰高旻[九]。遗我行旅诗[十]，轩轩有风神。譬如黄金盘，照耀荆璞真[十二]。我来亦已幸，事贤友其仁[十二]。持竿洛水侧，孤坐屡穷辰[十三]。多才自劳苦，无用只因循。辞免期匪远，行行及山春。

这是一首唱和诗，作于唐宪宗元和二年(807)秋的洛阳。时韩愈分司东都。裴十六，即裴度，因忤旨由监察御史贬为河南府功曹。巡府西驿，指巡察河南府以西地区的驿路驿馆。这首诗赞美裴度的非凡才能和政绩，表达了诗人对裴度的敬重。诗中“府西三百里，候馆同鱼鳞”的描写，集中反映了河南府西崤函古道驿馆发展的盛况，也是唐代驿馆业繁荣发达的生动写照。

【注】

[一]相公，指郑余庆。罢论道，即罢相。郑余庆，元和初罢相，出为河南尹。

[二]东人，洛阳人。唐以洛阳为东都，故云。

[三]御史，指裴度，曾任监察御史。

[四]河南，即河南府。

[五]俦伦，相匹配。

[六]隘蹄轮，谓车马阻塞道路。

[七]三百里，河南府西至硖石县三百里，府西包括寿安、福昌、长水、新安、渑池诸县。

[八]候馆，接待行旅宾客食宿的馆舍，包括驿馆、旅馆等。鱼鳞，像鱼鳞一样紧密相连、排列有序。

[九]褰，散开。高旻，高空。

[十]行旅诗，指裴度《巡府西驿途中》。

[十一]荆璞，即荆玉，比喻优秀卓异的人才。

[十二]贤，指郑余庆。仁，指裴度。

[十三]穷辰，尽日，整天。

送卢处士归嵩山别业

刘禹锡

载《全唐诗》卷三百五十七

世业嵩山隐，云深无四邻。
药炉烧姹女[一]，酒瓮贮贤人。
晚日华阴雾[二]，秋风函谷尘[三]。
送君从此去，铃阁少谈宾[四]。

此诗当作于唐文宗开成元年(836)秋，诗人同州刺史任上。诗题中，卢处士，即卢元符，卢鸿之孙，时自同州(今陕西大荔)归嵩山，诗人作诗相送。诗描摹卢处士归嵩山别业的景象，悬想卢处士一路上所经华阴、函谷关之雾尘，勾画出一个烟雾弥漫的仙境，表现了诗人对友人离开的惜别之情。

【注】

[一]姹女，道家炼丹，称水银为姹女。

[二]华阴雾，传东汉张楷性好道术，能作五里雾于华阴。后因用以形容烟雾弥漫的仙境或泛指雾。

[三]函谷，函谷关。

[四]铃阁，古时将帅或州郡长官办公场所。此指同州衙署。

送李庚先辈赴选

刘禹锡　载《全唐诗》卷三百五十九

一家何啻十朱轮[一]，诸父双飞秉大钧[二]。
曾脱素衣参幕客[三]，却为精舍读书人[四]。
离筵雒水侵杯色，征路函关向晚尘[五]。
今日山公旧宾主[六]，知君不负帝城春[七]。

此诗约作于开成五年(840)的洛阳。诗题中，李庚，当为李庾之讹。李庾，唐宗室，唐文宗大和九年(835)进士。时李庾由洛阳赴长安参加吏部铨选，在饯别宴席上，诗人作诗赠别。诗人以温和委婉之语勉励友人天道酬勤，祝福他不负众望，功成而还。

【注】

[一]朱轮，指达官贵人。

[二]秉大钧，此指任宰相。

[三]参幕客，为幕僚。

[四]精舍，读书之所。

[五]函关，函谷关。

[六]山公，晋征南将军山简镇襄阳，常饮宴烂醉。后因用作咏醉饮的典故。这里为诗人自喻。

[七]帝城，指长安。不负帝城春，谓得以铨选授官。唐制，铨选工作在三月底前完成。

同乐天送河南冯尹学士

刘禹锡

载《全唐诗》卷三百六十

可怜五马风流地[一]，暂辍金貂侍从才[二]。
阁上掩书刘向去[三]，门前修刺孔融来[四]。
崤陵路静寒无雨[五]，洛水桥长昼起雷[六]。
共羡府中棠棣好[七]，先于城外百花开。

此诗作于唐文宗大和二年(828)的长安。诗题中，乐天，白居易的字。冯尹学士，即冯宿，时以左散骑常侍出为河南尹，诗人作诗送之，表达对冯宿的祝福，并以“崤陵路静寒无雨，洛水桥长昼起雷”表达一种期盼。清赵臣瑗《山满楼笺注唐诗七言律》：“（五、六句）谓是写河南风景乎，而正不仅写河南风景已也。‘寒无雨’，叹河南一路，久未沾良牧恩膏也；‘昼起雷’，讽冯公此去，慎毋赦当道豺狼也。”同期白居易有《送河南尹冯学士赴任》可相参看。

【注】

[一]五马风流地，指洛阳。五马，代指州府行政长官。

[二]金貂，皇帝左右侍臣的帽饰。此指冯宿为左散骑常侍。

[三]阁，指集贤阁。冯宿曾兼集贤殿学士。刘向，西汉经学家、目录学家和文学家。

[四]“门前”句，东汉孔融欲见河南尹李膺，遂自称与李为世交，登门求见，得以见面。修刺，指置备名帖，以备通报姓名之用。这里用以指冯宿任河南尹。

[五]崤陵，即崤山南、北二陵，是长安入洛阳的必经之处。

[六]洛水桥，洛河上的桥。此指天津桥。

[七]棠棣，喻指兄弟。

赠转运陆中丞

孟 郊

载《全唐诗》卷三百七十七

掌运职既大[一]，摧邪名更雄。鹏飞簸曲云，鹗怒生直风。投彼霜雪令，翦除荆棘丛。楚仓倾向西[二]，吴米发自东[三]。帆影咽河口[四]，车声聋关中[五]。尧知才策高，人喜道路通[六]。皆经内史力[七]，继得酂侯功[八]。莱子真为少[九]，相如未免穷。衣花野菡萏[十]，书叶山梧桐。不是宗匠心[十一]，谁怜久栖蓬[十二]。

此诗当作于唐德宗贞元初。诗题中，陆中丞即江淮转运副使陆长源。贞元元年(785)七月，韩滉任江淮转运使，以陆长源为副使。时孟郊为求官入汴州，写诗称颂陆中丞协助韩滉整治漕运的功绩，生动反映了中唐黄河漕运再次繁盛的景况。

【注】

[一]掌运，主管运输。

[二]楚，指两湖一带。倾向西，指输往长安一带。

[三]吴，指江淮。

[四]咽，充塞。河口，指汴水东段注入黄河之处。又称汴口，在今荥阳北。一说指关中漕渠汇入黄河的入口，在今潼关县附近。

[五]聋，言声音之大，震耳欲聋。

[六]道路通，唐德宗建中、兴元间，叛镇作乱，江淮路绝，转运受阻，直至贞元初，才恢复畅通。

[七]内史，武则天时曾改中书令为内史，此当指韩滉。

[八]酂侯功，楚汉相争中，萧何守关中，转漕给军，给食不乏。汉立国后，萧何论功第一，被封为酂侯。此喻陆长源转运之功。

[九]莱子，老莱子。

[十]菡萏，荷花。

[十一]宗匠，技艺高超的工匠。喻有重大成就而为众人推崇的人。此指陆长源。

[十二]久栖蓬，久居蓬室之人，即穷苦之人。

奉使途中戏赠张常侍

白居易

载《全唐诗》卷四百四十八

早风吹土满长衢[一],驿骑星轺尽疾驱[二]。
共笑篮舁亦称使[三],日驰一驿向东都[四]。

此诗作于唐文宗大和元年(827)十二月,诗人自长安奉使赴洛阳途中。诗题中,张常侍,即张正甫,时任右散骑常侍。诗人这次出使,只是作为吊祭使,事务单一,差事较为轻松,因此行进速度缓慢,乘坐软轿,日行一驿。诗歌即反映了诗人与他人急如星火的日夜兼程不同的行驿生活。

【注】

[一]长衢,大道。此指崤函古道。

[二]星轺,古代称皇帝使者为"星使",因称使者所乘车为"星轺"。

[三]篮舁,即篮舆,一种类似轿子的人力交通工具。

[四]一驿,唐制,三十里为一驿。

京路

白居易

载《全唐诗》卷四百四十八

西来为看秦山雪[一]，东去缘寻洛苑春[二]。
来去腾腾两京路[三]，闲行除我更无人。

此诗作于大和三年(829)，诗人以太子宾客分司东都，自长安赴洛阳途中。京路，即两京驿路。诗歌反映了诗人陶醉物色、边行边玩的悠闲惬意行旅生活与悠然的心境，给人轻松、愉快和心旷神怡的审美感受。

【注】

[一]秦山，即秦岭。

[二]洛苑，即洛阳苑。隋唐时的皇家园林，在洛阳宫城西，称西苑，亦称上林苑、神都苑。

[三]腾腾，闲行貌。

从陕至东京

白居易

载《全唐诗》卷四百四十八

从陕至东京，山低路渐平。
风光四百里[一]，车马十三程[二]。
花共垂鞭看，杯多并辔倾。
笙歌与谈笑，随分自将行。

此诗作于大和三年(829)，诗人由长安至洛阳途中。诗题中，陕，即陕州。东京，即东都洛阳。唐陕州至东京的交通路线，以崤山南路为主线。诗歌描写崤山南路美色佳景和行驿，真实反映了当时崤函古道驿传交通发达的情形。

【注】

[一]四百里，陕州至东都，取道崤山南路则走三百五十里，此处言其概数。

[二]程，驿程，指以驿站为起讫的行程。唐制，凡三十里设驿，两个驿站之间称为一程。

西行

白居易

衣裘不单薄，车马不羸弱[一]。蔼蔼三月天，闲行亦不恶。寿安流水馆[二]，硖石青山郭[三]。官道柳阴阴[四]，行宫花漠漠[五]。常闻俗间语，有钱在处乐[六]。我虽非富人，亦不苦寂寞。家僮解弦管，骑从携杯杓[七]。时向春风前，歇鞍开一酌。

载《全唐诗》卷四百五十三

此诗作于大和九年(835)春，诗人由洛阳至家乡下邽途中。诗描绘沿途自然与人文景观，叙写行旅过程与旅途之思。其中“寿安流水馆，硖石青山郭。官道柳阴阴，行宫花漠漠”是吟咏崤函古道风光的名句。

【注】

[一]羸弱，瘦弱。

[二]寿安，即寿安县，治在今宜阳县城，崤山南路上。馆，指驿馆。

[三]硖石，即硖石县，治在今陕州区菜园乡北石门村东，崤山南路上。郭，指城郭。

[四]官道，驿路，指崤山南路。

[五]漠漠，密布貌。

[六]在处，处处。

[七]骑从，车骑侍从。

东归

白居易

载《全唐诗》卷四百五十三

翩翩平肩舆[一]，中有醉老夫。膝上展诗卷，竿头悬酒壶。食宿无定程，仆马多缓驱。临水歇半日，望山倾一盂。藉草坐嵬峨[二]，攀花行踟蹰。风将景共暖，体与心同舒。始悟有营者，居家如在途。方知无系者，在道如安居。前夕宿三堂[三]，今旦游申湖[四]。残春三百里[五]，送我归东都[六]。

此诗亦作于大和九年(835)春，反映的是诗人由下邽经崤函古道东归洛阳的沿途景色与行役生活，体现了诗人当时悠闲的精神状态和崤函古道发达的驿路交通状况。

【注】

[一]肩舆，轿子。

[二]嵬峨，倾侧不稳貌。形容醉态。

[三]三堂，唐代虢州著名的园林，位于虢州官舍北侧。

[四]申湖，唐代陕州著名的景观，在陕州城南关。

[五]三百里，指硖石县东至河南府三百里的驿路。

[六]东都，即洛阳。

种花

朱庆馀

载《全唐诗》卷五百十四

忆昔两京官道上[一]，可怜桃李昼阴垂[二]。
不知谁作巡花使，空记玄宗遣种时[三]。

这是一首怀古抒怀诗。诗写两京驿路上行道树的景观，追颂唐玄宗遣种桃李的功绩，抒发前人栽树、后人乘凉的感叹。

【注】

[一]两京官道，即长安与洛阳间的两京驿路。

[二]桃李，桃树、李树。

[三]遣种，指唐玄宗开元二十八年(740)诏令两京道路并种果树，以殿中侍御史郑审充使。

洛阳长句二首（其二）

杜 牧

载《全唐诗》卷五百二十一

天汉东穿白玉京[一]，日华浮动翠光生。
桥边游女珮环委，波底上阳金碧明[二]。
月锁名园孤鹤唳[三]，川酣秋梦凿龙声[四]。
连昌绣岭行宫在[五]，玉辇何时父老迎。

此诗是组诗《洛阳长句二首》中的第二首，作于唐文宗开成元年（836）秋的洛阳。诗人时任监察御史分司东都，面对洛阳闲置已久的荒凉的宫阙园林和崤山南路上荒芜的行宫，不禁心生感慨。诗歌抒发了诗人对盛世的怀念，表现出诗人忧愁怅惘的情怀。

【注】

［一］天汉，本指银河，此谓洛水。白玉京，传说中天帝住所，此谓洛阳。

［二］上阳，即上阳宫，在洛阳皇城西南。

［三］名园，指洛阳的隋唐官建园林。

［四］凿龙，开凿龙门。龙门一说在今洛阳南。传说龙门为大禹所凿。

［五］连昌，即连昌宫，在福昌三乡，即今宜阳县三乡镇三乡村北。唐高宗显庆三年（658）建。绣岭，即绣岭宫，在今陕州区菜园乡高家庄村南，与连昌宫建于同年。两宫都是唐代崤山南路上著名的行宫。

送前缑氏韦明府南游

许 浑

载《全唐诗》卷五百二十九

酒阑横剑歌，日暮望关河[一]。
道直去官早，家贫为客多。
山昏函谷雨[二]，木落洞庭波[三]。
莫尽远游兴，故园荒薜萝[四]。

此诗乃诗人为送友人出游而作。诗题中，缑氏，即缑氏县，治今洛阳市偃师区东南。韦明府，指杜陵人韦沆，曾任缑氏尉。诗歌通过描写韦明府南游所经的函谷关、洞庭湖等主要景色，表达惜别之情。“道直去官早，家贫为客多”句，道出正直为官的不易和家贫游宦的艰辛。明周珽《唐诗选脉会通评林》评价说：“起得慷慨激烈，接语熟谙世路，三、四记所历时景，结勉韦，欲使之速归。”

【注】

[一]关河，指函谷关与黄河。

[二]函谷，函谷关。

[三]洞庭，即洞庭湖，在今湖南北部。

[四]薜萝，薜荔和女萝，谓荒草丛杂。

东下三旬苦于风土马上戏作

李商隐

载《全唐诗》卷五百三十九

路绕函关东复东[一]，身骑征马逐惊蓬[二]。
天池辽阔谁相待[三]，日日虚乘九万风[四]。

此诗作于唐宣宗大中三年(849)冬，诗人自长安赴徐州卢弘止幕途中。诗题中，东下，即东赴徐州。诗写诗人身骑征马，东出函关，三十多日来风尘仆仆，表达诗人壮志难酬的惆怅与哀伤。

【注】

[一]函关，指秦函谷关。东复东，从长安出发赴徐州，东出函谷关后，还需东行一千多里，故云。

[二]惊蓬，大风扬起的蓬草。

[三]天池，天然大池。

[四]九万风，《庄子·逍遥游》："鹏之徙于南冥也，水击三千里，抟扶摇而上者九万里。"后因用以比喻仕途通显、前程远大。

送杜秀才东游

马戴

载《全唐诗》卷五百五十五

羁游年复长[一]，去日值秋残[二]。
草出函关白[三]，云藏野渡寒。
鸿多霜雪重，山广道途难[四]。
心事何人识，斗牛应数看[五]。

诗题中，杜秀才，即杜观，杜甫弟弟。诗当作于长安。杜秀才在长安应试多年不第，罢举离长安东游江南，诗人写诗相送。诗写杜秀才东游行程景色，表达对友人的关心与挂念。同时送别的姚合有《送杜观罢举东游》、贾岛有《送杜秀才东游》，可相参看。

【注】

[一]羁游，寄居做客。

[二]去日，离去的时候。

[三]函关，函谷关。

[四]山广，山地广阔。

[五]斗牛，斗宿、牛宿。杜秀才东游，吴越扬州等地均当斗、牛的分野。数看斗牛，意谓会时常思念东游的杜秀才。

农父谣

皮日休

载《全唐诗》卷六百八

农父冤辛苦，向我述其情。难将一人农[一]，可备十人征[二]。如何江淮粟，挽漕输咸京[三]。黄河水如电[四]，一半沈与倾。均输利其事[五]，职司安敢评[六]。三川岂不农[七]，三辅岂不耕[八]。奚不车其粟[九]，用以供天兵[十]。美哉农父言，何计达王程[十二]。

此诗是组诗《正乐府十篇》中的第四首。诗借农父之口，具体而强烈地反映了物资由江淮漕运到京师长安所造成的巨大损失和当地农民的怨愤情绪。唐代江淮至长安漕运，崤函古道和黄河三门峡是必经之地。本诗对了解和研究唐代漕运的情况，具有史料价值。

【注】

[一]一人农，一人所耕种的粮食。

[二]征，征收赋税。

[三]挽漕，漕运。古代运送粮饷，水运曰漕，陆运曰挽。亦作漕挽。咸京，长安。

[四]水如电，指黄河水流奔腾，如闪电一般。

[五]均输，指掌管漕运的官。利其事，利用漕运一事从中得利。

[六]职司，主管某事的官员。此指掌管谏议的官。

[七]三川，河、洛、伊三条河流的合称，概指今洛阳一带的中原地区。

[八]三辅，泛指长安一带的关中平原。

[九]奚，哪里，为什么。车其粟，以车运载其粟。其，指三川、三辅两地区。

[十]天兵，指朝廷的军队。

[十一]王程，奉王命差遣的行程。此指皇帝派来的使臣。

秦妇吟（节选） 韦庄

载《全唐诗补编》

来时晓出城东陌[一]，城外风烟如塞色。路旁时见游奕军[二]，坡下寂无迎送客[三]。霸陵东望人烟绝，树锁骊山金翠灭。大道俱成棘子林，行人夜宿墙匡月。明朝晓至三峰路[四]，百万人家无一户。破落田园但有蒿，摧残竹树皆无主。路旁试问金天神[五]，金天无语愁于人。庙前古柏有残枿，殿上金炉生暗尘。一从狂寇陷中国，天地晦冥风雨黑。案前神水咒不成，壁上阴兵驱不得。闲日徒歆奠飨恩，危时不助神通力。我今愧恧拙为神[六]，且向山中深避匿。寰中箫管不曾闻，筵上牺牲无处觅。旋教魇鬼傍乡村，诛剥生灵过朝夕。妾闻此语愁更愁，天遣时灾非自由。神在山中犹避难，何须责望东诸侯[七]。前年又出杨震关[八]，举头云际见荆山。如从地府到人间，顿觉时清天地闲。陕州主帅忠且贞[九]，不动干戈唯守城。蒲津主帅能戢兵[十]，千里晏然无犬声。朝携宝货无人问，暮插金钗唯独行。明朝又过新安东，路上乞浆逢一翁。苍苍面带苔藓色，隐隐身藏蓬荻中。问翁本是何乡曲？底是寒天霜露宿？老翁暂起欲陈辞，却坐支颐仰天哭。乡园本贯东畿县[十二]，岁岁耕桑临近甸[十二]。岁种良田二百廛，年输户税三千万。小姑惯织褐絁袍，中妇能炊红黍饭。千间仓兮万丝箱，黄巢过后犹残半。自从洛下屯师旅，日夜巡兵入村坞。匣中秋水拔青蛇[十三]，旗上高风吹白虎[十四]。入门下马若旋风，罄室倾囊如卷土。家财既尽骨肉离，今日垂年一身苦。一身苦兮何足嗟，山中更有千万家。朝饥山上寻蓬子，夜宿霜中卧荻花！妾闻此父伤心语，竟日阑干泪如雨。出门惟见乱枭鸣，更欲东奔何处所？仍闻汴路舟车绝[十五]，又道彭门自相杀[十六]。野色徒销战士魂，河津半是冤人血。

此诗作于唐僖宗中和三年(883)。唐僖宗广明元年(880),黄巢军攻入长安,诗人因在京都应举而陷城中。三年后,诗人逃出长安,东奔洛阳,写下这首长篇叙事诗,借一个从长安逃出的“秦妇”之口,对当时社会的动乱、起义军和官军的行为,做了比较全面且符合史实的描绘,反映了战争给社会带来的巨大破坏和唐室将倾之际的沧桑巨变。作品一经问世便风靡一时,诗人也获得“《秦妇吟》秀才”的雅号。该诗是最长的唐代诗歌,共238句,此处选录的是第三段,写秦妇逃出长安后经霸陵、华阴、潼关、陕州、新安东逃至洛阳这一路上的所见所闻所感。

【注】

[一]城东,长安城东。陌,田间小路。

[二]游奕军,巡逻的士兵。

[三]坡下,指灞桥一带。

[四]三峰路,指华山一带。三峰,华山之莲花峰、毛女峰、松桧峰。

[五]金天神,指华岳神。唐玄宗先天元年(712)奉其为金天王。

[六]愧恧,惭愧。

[七]东诸侯,唐朝东面的各带兵节度使。

[八]杨震关,指潼关。杨震,东汉大儒,华阴人,死后葬潼关亭,故称。

[九]陕州主帅,指陕虢观察使王重盈。

[十]蒲津主帅,指河中节度使王重荣。蒲津,指蒲州,河中节度使治所,今山西永济。戢兵,指息兵,停止军事行动。

[十一]东畿县,指新安县。

[十二]近甸,临近都城的地方。

[十三]秋水、青蛇,皆指宝剑。

[十四]白虎,饰有白虎的军旗,指唐军。

[十五]汴路,指汴河水路。

[十六]彭门,即彭城,今江苏徐州。

东阳夜怪诗（其四）

载《全唐诗》卷八百六十七

长安城东洛阳道，车轮不息尘浩浩。
争利贪前竞著鞭[一]，相逢尽是尘中老。

此诗为《东阳夜怪诗》中的第四首。题序记其事云：“元和中，彭城秀才成自虚就举东还，路出东陈驿。风雪，夜投佛寺。暗中有一老病僧。俄复有数人至，以自虚举子，各述所作诗，喧论达晓。自虚方欲自夸旧制。一无睹矣。”诗歌形象描写了两京驿路驿骑星驰、车轮不息的繁忙景象，道出繁忙背后的争利本质。

【注】

[一]“争利”句，化用“天下熙熙，皆为利来；天下攘攘，皆为利往”之句。

附录一

诗人简介

B

白居易

白居易(772—846),字乐天,晚号香山居士。祖籍太原,徙居下邽(今陕西渭南北)。贞元进士,又登书判拔萃科,授盩厔县尉,入为左拾遗、翰林学士,迁赞善大夫,因屡上章奏请革弊政,为权贵所忌。贬江州司马。移忠州刺史,复任杭州、苏州刺史,又任太子宾客分司东都,以刑部尚书致仕。白诗深入浅出,通俗易懂。早年与元稹交厚,世称"元白"。晚年与刘禹锡唱和,世称"刘白"。有《白氏长庆集》七十一卷。《全唐诗》编诗三十九卷。

C

崔　颢

崔颢(? —754),汴州(今河南开封)人。开元进士。官至司勋员外郎。有俊才,长于诗。其《黄鹤楼》诗,相传为李白所倾服,后世誉为"唐代律诗第一"。有《崔颢集》。《全唐诗》编诗一卷。

岑　参

岑参(约715—770),江陵(今湖北荆州)人。天宝进士,初为率府兵曹参军,后两次从军边塞。肃宗时,拜右补阙,乾元二年(759)改起居舍人,寻出为虢州长史。宝应元年(762),迁关西节度判官。代宗朝入蜀,任嘉州刺史,世称"岑嘉州",卒于成都。其诗与高适齐名,并称"高岑"。长于七言歌行,有《岑嘉州诗集》八卷。《全唐诗》编诗四卷。

曹　邺

曹邺，字邺之，桂州阳朔（今属广西）人。大中进士，官祠部郎中、洋州刺史、吏部郎中等。后辞官归里，居桂林阜财坊。有《曹祠部集》二卷。《全唐诗》编诗一卷。

陈季卿

陈季卿，江南人，早年辞家赴京应举，屡举不就，遂羁栖长安，靠卖字为生，长达十年，后成名。

崔　湜

崔湜（671—713），字澄澜，定州（今河北定州）人。少以文辞知名，举进士，累转左补阙，预修《三教珠英》。以附武三思等，由考功员外郎骤升吏部侍郎，官至宰相。玄宗立，以尝参与逆谋，流放岭南，途中赐死。《全唐诗》存诗三十八首。

蔡希寂

蔡希寂，开元中进士及第。历官渭南尉、金部郎中。《全唐诗》存诗五首。

崔道融

崔道融，荆州（今湖北江陵）人。早年漫游各地，以征召为永嘉令，累官右补阙，避乱入闽。《全唐诗》编诗一卷。

崔　曙

崔曙（？—739），一作崔署，宋州（今河南商丘）人。少时隐居太室山。开元进士，授河内县尉。《全唐诗》存诗一卷。

崔　涂

崔涂，字礼山，盖为今浙江桐庐、建德一带人。文德元年（888）进士，终生未仕，漂泊穷年。《全唐诗》编诗一卷。

储嗣宗

储嗣宗，润州延陵（今江苏丹阳）人。大中十三年（859）进士，官至校书郎。《全唐诗》编诗一卷。

崔　橹

崔橹，荆南（今湖北江陵）人。大中时中进士，官至棣州司马。《全唐诗》存诗十六首。

陈子昂

陈子昂（659—700），字伯玉，梓州射洪（今属四川）人。文明进士，以上书论政，为武则天所赞赏，拜麟台正字。转右拾遗。曾随武攸宜击契丹。解职回乡后，为县令段简所诬，入狱后忧愤而死。陈子昂是诗歌革新先驱。有《陈伯玉集》十卷。《全唐诗》编诗二卷。

D

杜　甫

杜甫（712—770），字子美，自称少陵野老。其先代由原籍襄阳迁居巩县（今河南巩义），杜审言之孙。开元后期，举进士不第，漫游各地。后寓居长安近十年，以献《三大礼赋》，进入集贤院。及安禄山陷长安，逃至凤翔谒见肃宗，官左拾遗，后人因称"杜拾遗"。长安收复，随肃宗还京，又出为华州司功参军。不久，弃官居秦州，又移家成都，筑草堂于浣花溪。成都府尹严武表荐检校工部员外郎，后人因称"杜工部"。晚年携家出蜀，客死湖南耒阳舟中。杜甫与李白并称"李杜"。其诗世称"诗史"，他本人也被称为"诗圣"。有《杜工部集》传世。《全唐诗》编诗十九卷。

杜　牧

杜牧（803—853），字牧之，京兆万年（今陕西西安）人，杜佑孙。大和进士，授弘文馆校书郎。初为江西、宣歙、淮南等地府署幕吏，后入朝为监察御史，旋分司东都，历左补阙、比部员外郎等。受李德裕排挤，出为黄、池、睦三州刺史。后再入为司勋员外郎，官终中书舍人。工诗善文，与李商隐并称“小李杜”。晚年居长安南樊川别墅，故后世称“杜樊川”。有《樊川文集》二十卷。《全唐诗》编诗八卷。

杜荀鹤

杜荀鹤（846—904），字彦之，号九华山人，池州石埭（今安徽石台）人。大顺二年（891）进士，以世乱还归九华山旧居。后奉命出使大梁，为朱温所留，授翰林学士，知制诰，仅五日而卒。有《唐风集》三卷。《全唐诗》编诗三卷。

杜审言

杜审言（约645—708），字必简，杜甫祖父。咸亨元年（670）进士，官洛阳丞，因与张易之兄弟交往，流峰州。寻入为国子监主簿，修文馆直学士。少与李峤、崔融、苏味道齐名，称“文章四友”。有宋人辑《杜审言诗集》一卷。《全唐诗》编诗一卷。

杜　俨

杜俨，生卒里贯均不详。玄宗朝曾官新安丞。《全唐诗》存诗一首。

G

高　蟾

高蟾，渤海（今河北沧州）人。乾符三年（876）进士，官至御史中丞。有《高蟾诗》一卷。《全唐诗》编诗一卷。

郭文之

郭文之，唐朝人，生卒年及生平不详。

耿　沣

耿沣，字洪源，河东（属今山西）人。宝应进士，授盩厔县尉。大历中入为左拾遗。为“大历十才子”之一。有明人辑《耿沣诗集》二卷。《全唐诗》编诗二卷。

顾 况

顾况(约730—806后),字逋翁,苏州海盐(今属浙江)人。至德二载(757)进士,官校书郎,迁著作佐郎。因作诗嘲讽权贵,贬饶州司户。晚年隐居茅山,受道箓,自号华阳山人。工诗善画,有清人辑《顾逋翁诗集》四卷。《全唐诗》编诗四卷。

顾非熊

顾非熊,顾况之子,生卒年不详。会昌五年(845)进士,累佐使府。大中间,为盱眙尉。诗长于五律。有《顾非熊诗》一卷。《全唐诗》编诗一卷。

H

韩 愈

韩愈(768—824),字退之,河阳(今河南孟州南)人。自谓郡望昌黎,世称"韩昌黎"。贞元八年(792)进士,累官监察御史,因论事贬为阳山令。宪宗元和年间,任国子博士、太子右庶子,随宰相裴度平定淮西,迁刑部侍郎。因谏迎佛骨,贬潮州刺史。穆宗时,召为国子监祭酒,历官京兆尹及兵部、吏部侍郎。韩愈是唐代古文运动的倡导者,与柳宗元并称"韩柳"。有《昌黎先生集》四十卷并《外集》行世。《全唐诗》编诗十卷。

胡 曾

胡曾,字秋田,邵阳(湖南邵阳)人。咸通中屡举进士不第,滞留长安。后为剑南西川节度使路岩、高骈诸人幕僚。以咏史诗名世,有《咏史诗》一百五十首,皆七绝,每为后世讲史小说所引用。《全唐诗》编诗一卷。

黄 滔

黄滔(840—911),字文江,莆田(今福建莆田东南)人。乾宁二年(895)进士。光化中,除四门博士,寻迁监察御史。天复元年(901),王审知召为威武军节度推官,荐授御史里行。工诗善文,被誉为"闽中文章初祖"。有《莆田黄御史集》十卷。《全唐诗》编诗三卷。

韩　翃

韩翃,字君平,南阳(今属河南)人。天宝进士,官至中书舍人。"大历十才子"之一。明人辑有《韩君平集》。

韩　偓

韩偓,字致尧,一作致光,小名冬郎,自号玉山樵人,京兆万年(今西安)人。龙纪元年(889)进士,官左拾遗、翰林学士、中书舍人、兵部侍郎。后以不附朱全忠被贬斥,举家入闽依王审知而卒。诗有"香奁体"之称。有《韩翰林集》。《全唐诗》编诗四卷。

皇甫冉

皇甫冉(约718—约770),字茂政,润州丹阳(今江苏丹阳)人。天宝十五载(756)进士,授无锡尉,官至右补阙,奉使江表,卒于家。有《皇甫冉诗集》三卷。《全唐诗》编诗二卷。

J

贾　驰

贾驰,大和九年(835)进士。与曹邺友善。仕宦不达,然诗文俱有美声,后之文士呼之为"贾先辈"。《全唐诗》存诗二首。

贾彦璋

贾彦璋,陕州陕郡(今三门峡陕州区)人。历任监察御史、侍御史兼殿中侍御史,终库部郎中。《全唐诗》存诗四首。

皎　然

皎然(约720—?),字清昼,俗姓谢,湖州(今浙江长兴人)。初应举不第,在杭州灵隐寺受戒出家,晚年居湖州杼山。有《皎然集》十卷。《全唐诗》编诗七卷。

贾　岛

贾岛(779—843),字浪仙,一作阆仙,范阳(今河北涿州)人。早年出家为僧，韩愈教其还俗，学为文，屡举进士不第。曾任长江主簿，人称“贾长江”。后转迁普州司仓参军。诗以五律见长，与孟郊之诗并称“郊寒岛瘦”。有《长江集》十卷。《全唐诗》编诗四卷。

L

李世民

李世民（599—649），即唐太宗，唐高祖李渊次子。隋末助其父于太原起兵，进取关中，进封秦王。武德九年（626）发动玄武门之变，旋继帝位。在位期间，政治修明，经济发达，史称“贞观之治”。登基之前即开文学馆，召十八人为学士，相与“研讨典籍”。即位后，于殿左置弘文馆，招引学士入内，研讨未尝少歇。有集四十卷。《全唐诗》编诗一卷。

李隆基

李隆基（685—762），即唐玄宗，又称唐明皇，睿宗第三子。在位四十余年，前期励精图治，开创“开元盛世”。后期任用非人，导致安史之乱，致唐室由是衰颓，盛唐局面结束。玄宗工诗能文，知音律，善书法，对盛唐文化的繁荣有倡导之功。《全唐诗》编诗一卷。

刘长卿

刘长卿，字文房，郡望河间（今河北献县），后迁居洛阳。曾任长洲县尉、海盐令。广德中为监察御史。因事下狱，两遭贬谪，量移睦州司马，官终随州刺史，世称“刘随州”。以诗驰声上元、宝应间。尤长五言律诗，权德舆推之谓“五言长城”。有《刘随州集》十卷。《全唐诗》编诗五卷。

卢　纶

卢纶（约742—约799），字允言，河中蒲（今山西永济西南）人，“大历十才子”之一，诗人李益表兄。安史之乱时，避难客居鄱阳（今江西鄱阳）。大历初，数举进士不入第，经宰相王缙、元载推荐，大历六年（771）补阌乡尉，继官陕府户曹参军、密县令、昭应县令，入为监察御史。坐事，拘系虢州。贞元初任河中军幕判官，累迁检校户部郎中。有明人辑《卢纶集》十卷。《全唐诗》编诗五卷。

刘禹锡

刘禹锡(772—842),字梦得,洛阳人,一作彭城(今江苏徐州)人,自言系出中山(今河北定州一带)。贞元九年(793)进士,又登博学宏词科,授太子校书,官监察御史。因参与王叔文政治集团的革新活动,失败后,贬朗州司马,历连、夔、和三州刺史。文宗初,为主客,礼部侍郎,不久又出为苏、汝、同三州刺史。开成元年(836)以太子宾客分司东都。武宗初,加检校礼部尚书。世称"刘宾客"。能诗善文,有"诗豪"之称。排行二十八,人称"刘二八"。前期和柳宗元交谊很深,人称"刘柳";后因与白居易唱和很多,又并称"刘白"。有《刘梦得文集》四十卷。《全唐诗》存诗十二卷。

吕 温

吕温(约771—811),字和叔,一字化光,河中(今山西永济)人,居洛阳。贞元十四年(798)进士,又登宏词科,授集贤殿校书郎,迁左拾遗。曾以侍御史出使吐蕃多年,及还,累迁至刑部郎中。后因与宰相李吉甫有隙,先后被贬为均州、道州、衡州刺史,卒于任所。有《吕衡州集》十卷。《全唐诗》存诗二卷。

李 远

李远,字求古,一说承古,夔州云安(今重庆云阳)人。大和五年(831)进士,官司门员外郎,历杭、忠、岳、江四州刺史,终御史中丞。诗赋俱有佳作,赋尤有名,与许浑并称,有"浑诗远赋"之誉。有《李远诗集》一卷。《全唐诗》编诗一卷。

李商隐

李商隐(约813—约858),字义山,号玉溪生,又号樊南生。原籍怀州河内(今河南沁阳),祖父起迁居荥阳(今河南荥阳)。开成二年(837)进士,授秘书省校书郎,调补弘农尉。后任太学博士、东川节度使判官、检校工部员外郎等职。因受牛李党争影响,被人排挤,终生潦倒。擅长律、绝,也工四六文,具有独特风格。与杜牧并称"小李杜",又与温庭筠并称"温李"。有《李义山诗集》六卷。《全唐诗》编诗三卷。

刘 沧

刘沧,生卒年不详,字蕴灵,洛阳人,一说汶阳(今山东宁阳)人。大中八年(854)进士,调华原尉,迁龙门令。工七律,《全唐诗》编诗一卷。

林　宽

林宽,侯官(今福建闽侯)人。早年曾入太学,游边塞。约咸通末登进士第,曾任职于御史台,后不知所终。有《林宽集》一卷。《全唐诗》编诗一卷。

罗　邺

罗邺,苏州吴县(今江苏苏州)人。咸通中,屡举进士不第,羁旅长安近十年。后入督邮江西观察使崔安潜幕。长于律诗,时称为“诗虎”。与罗隐、罗虬齐名,合称“三罗”。有明人辑《罗邺诗集》一卷。《全唐诗》编诗一卷。

李　郢

李郢,字楚望,京兆长安(今陕西西安)人,家居余杭(今浙江杭州)。大中十年(856)进士,官侍御史。后弃职回乡,入浙东观察使幕。《全唐诗》存诗一卷。

李　贺

李贺(790—816),字长吉,福昌昌谷(今宜阳三乡)人,后人因称“李昌谷”。以父名晋肃,需避父讳,不得应进士试。后以宗室子弟任太常寺奉礼郎,三年后,以病辞归昌谷。死时仅二十七岁。诗尚奇诡,与李白、李商隐并称唐代“三李”。有《昌谷集》四卷、《外集》一卷。《全唐诗》编诗五卷。

罗　隐

罗隐(833—910),字昭谏,杭州新城(今浙江富阳)人。本名横,长困科场,十举进士不第,遂更名。光启中,入镇海军节度使钱镠幕,官钱塘令、掌书记、节度判官、给事中等。有诗集《甲乙集》。《全唐诗》编诗十一卷。

李　白

李白(710—762),字太白,号青莲居士。祖籍陇西成纪(今甘肃静宁西南)，隋末其先流寓碎叶(唐时属安西都护府，在今吉尔吉斯斯坦北部托克马克附近)。幼时随父迁居绵州昌隆(今四川江油)青莲乡。少有逸才，并好行侠。二十五岁离川，长期在各地漫游。天宝中曾被引荐入朝供奉翰林，仅年余即离去。安史之乱中，参与永王璘幕僚，璘败牵累，流放夜郎(今贵州桐梓一带)，中途遇赦东还。晚年漂泊困苦，卒于当涂(今安徽马鞍山)。李白是唐代伟大的浪漫主义诗人，被后人誉为“诗仙”，与杜甫并称为“李杜”。有《李太白集》三十卷传世。《全唐诗》编诗二十五卷。

李行言

李行言，陇西(今甘肃临洮)人。中宗时，官左司员外郎，迁给事中。《全唐诗》存诗一首，《全唐诗外编》补诗一首。

郎士元

郎士元，字君胄，定州(今河北定州)人。天宝十五载(756)进士。宝应元年(762)补渭南尉，累官至右拾遗、郢州刺史等职。诗与钱起齐名，世称“钱郎”。《全唐诗》存诗一卷。

李　涉

李涉，洛阳人，自号清溪子。初与弟渤同隐庐山，后应陈许辟。元和中，官太子通事舍人，贬陕州司仓参军，旋遭流放桂林。擅长七绝和长篇。《全唐诗》编诗一卷。

陆　畅

陆畅，字达夫，吴郡吴县(今江苏苏州)人。元和元年(806)进士，官太子率府参军。后归江南，为江西、淮南幕官。再入为监察御史，历秘书丞、凤翔少尹、凤翔行军司马。《全唐诗》存诗一卷。

李　频

李频(？—876)，字德新，睦州寿昌(今浙江建德西南)人。大中进士。官至建州刺史。有《梨岳集》传世。

柳公权

柳公权(778—865)，字诚悬，京兆华原(今陕西铜川)人。元和三年

(808)进士,初任秘书省校书郎,后入夏绥节度使幕府。穆宗时,拜右拾遗、侍书学士等职,终太子少师,故世称“柳少师”。书法以楷书著称,自创“柳体”,与颜真卿并称“颜柳”。亦工诗,《全唐诗》存诗五首。

李　洞

李洞,字才江,京兆(今西安)人,唐宗室远支。昭宗时,三举进士不第,游蜀卒。《全唐诗》编诗三卷。

陆龟蒙

陆龟蒙(?—约881),字鲁望,姑苏(今江苏苏州)人。曾任苏州、湖州从事,后隐居淞江甫里,自号天随子、江湖散人、甫里先生。与皮日休齐名,人称“皮陆”。有《甫里集》二十卷。《全唐诗》编诗十四卷。

卢　渥

卢渥,字子章,范阳(今河北涿州)人。大中进士,累官中书舍人、陕府观察使、尚书左丞,官至检校司徒。《全唐诗》存诗二首。

李　华

李华(715—?),字遐叔,赵州赞皇(今河北赞皇)人。开元二十三年(735)进士。历官监察御史、右补阙。安禄山陷长安,以受伪职,贬杭州司户参军。后历官至检校吏部员外郎,因病去官,客隐山阳(今江苏淮安)。文与萧颖士齐名,并称“萧李”。《全唐诗》存诗一卷。

李　约

李约,字存博,自号萧斋,汧国公李勉之子。元和年间,官至兵部员外郎,后弃官隐居。《全唐诗》存诗十首。

李群玉

李群玉,字文山,澧州(今湖南澧州)人。举进士不第,后以布衣游长安,进诗于宣宗,授弘文馆校书郎,不久去职归乡。有《李群玉集》三卷。《全唐诗》编诗三卷。

刘　驾

刘驾,字司南,江东(疑为浙江绍兴)人。大中六年(852)进士,官国子博士。与曹邺友善,俱工古风,时称“曹刘”。《全唐诗》存诗一卷。

陆贞洞

陆贞洞,吴郡(今江苏苏州)人,唐末进士。《全唐诗》存诗一首。

李 峤

李峤(645—714),字巨山,赵郡赞皇(今河北赞皇)人。龙朔进士,调安定尉,官监察御史、给事中、麟台少监等。中宗、武后年间,三次拜相,官至中书令,封赵国公。玄宗即位,贬为庐州别驾。以文辞著称,与苏味道并称“苏李”。有明人辑《李峤集》。《全唐诗》编诗五卷。

来 鹄

来鹄(?—883),即来鹏,豫章(今江西南昌)人。咸通时屡举进士不第。后流落荆襄,客死扬州旅舍。《全唐诗》存诗一卷。

李 颀

李颀(?—约753),望出赵郡(治今河北赵县),家居河南颍阳(今河南登封西)。开元进士。所作边塞诗风格豪放,七言歌行尤具特色。

李嘉祐

李嘉祐(?—约779),字从一,赵州(治今河北赵县)人。天宝进士。与钱起、郎士元、刘长卿并称“钱郎刘李”。有《李嘉祐集》二卷。

李 端

李端,字正已,赵州(今河北赵县)人。大历五年(770)进士。初授校书郎,后为杭州司马。“大历十才子”之一。《全唐诗》编诗三卷。

冷朝阳

冷朝阳,金陵(今江苏南京)人。大历四年(769)进士,为潞州节度使从事,入为太子正字,贞元中出佐幕府兼监察御史。“大历十才子”之一。《全唐诗》存诗十一首。

令狐楚

令狐楚(766—837),字悫士,太原(今山西太原)人,贞元七年(791)进士,历仕德宗至文宗五朝,官至中书侍郎同平章事,卒于山南西道节度使任所。《全唐诗》编诗一卷。

李　适

李适(742—805),即唐德宗,代宗长子。广德二年(764)被立为太子,大历十四年(779)即位。善属文,尤长于篇什。今存诗十五首。

骆宾王

骆宾王(约638—?),字观光,婺州义乌(今浙江义乌)人。初为道王府属,历武功、长安两县主簿,迁侍御史。因上书论政,谪临海丞,故世称"骆临海"。徐敬业起兵反武则天,为艺文令,起草檄文。兵败,不知所终。为"初唐四杰"之一。有《骆宾王文集》。《全唐诗》编诗三卷。

M

孟浩然

孟浩然(689—740),名浩,字浩然,号孟山人,襄阳(今湖北襄阳)人,世称"孟襄阳"。早年隐居故乡鹿门山。年四十,应进士不第。晚年,张九龄任荆州长史,孟被召为从事,旋归隐鹿门山卧疾。诗与王维齐名,称为"王孟"。有《孟浩然集》三卷。《全唐诗》编诗二卷。

马　戴

马戴,字虞臣,会昌四年(844)进士。大中初,太原李司空辟为掌书记,以正言被斥为龙阳尉。咸通末,佐大同军幕。终太学博士。《全唐诗》存诗二卷。

孟　郊

孟郊(751—814),字东野,湖州武康(今浙江德清)人。早年隐居嵩山。贞元十二年(796)进士,授溧阳尉,郁郁不得志。赴任兴元军参谋途中,卒于阌乡。诗与贾岛齐名,有“郊寒岛瘦”之名。有《孟东野诗集》十卷。《全唐诗》编诗十卷。

孟　迟

孟迟,字迟之,会昌五年(845)进士,入浙西、淮南节度幕掌书记。《全唐诗》存诗十七首。

P

皮日休

皮日休(约 838—约 883),字逸少,后改袭美,襄阳(今湖北襄阳)人。早年隐于鹿门山,自号鹿门子。咸通八年(867)进士,苏州刺史召为军事判官,后入朝为著作佐郎、太常博士,出为毗陵副使,途中参加黄巢起义军,任翰林学士。黄巢兵败退出长安后,皮日休亦下落不明。诗与陆龟蒙齐名,时称“皮陆”。有《皮子文薮》。《全唐诗》存诗九卷。

Q

权德舆

权德舆(约 761—818),字载之,秦州略阳(今甘肃秦安东北)人。少时即以文章驰名。德宗时被召为太常博士,改左补阙,进中书舍人、礼部侍郎。宪宗时,为宰相,复以检校吏部尚书出为山南西道节度使。有《权德舆集》五十卷。《全唐诗》编诗十卷。

齐　己

齐己(约 864—约 943),俗姓胡,名得生,潭州益阳(今湖南益阳)人。幼时出家,尝居江陵龙兴寺,为僧正,自号衡岳沙门。工五言律诗,有《白莲集》十卷。《全唐诗》编诗十卷。

钱　起

钱起(约 720—约 782),字仲文,吴兴(今浙江湖州)人。天宝十载(751)进士。初为秘书省校书郎、蓝田县尉,后迁司勋员外郎、考功郎中、翰林学士等，官终尚书考功郎中，故世称“钱考功”。“大历十才子”之一。有《钱考功集》十卷。《全唐诗》编诗四卷。

S

苏　颋

苏颋（670—727），字廷硕，京兆武功（今陕西武功）人。调露举进士，袭封许国公，号“小许公”。玄宗朝由工部侍郎进紫微侍郎，知政事，与宋璟共理朝政。善文工诗，朝廷制诰命，多出其手，与燕国公张说并称“燕许大手笔”。《全唐诗》编诗二卷。

宋之问

宋之问（约656—约713），一名少连，字延清，一说虢州弘农（今河南灵宝）人，一说汾州（治今山西汾阳）人。上元二年（675）进士。武后时，官尚方监丞、左奉宸内供奉。因谄事张易之坐贬泷州参军。中宗时，官考功员外郎，寻转越州长史。睿宗时贬钦州，赐死。工五言律诗，为近体诗定型的代表诗人。与沈佺期齐名，并称“沈宋”。有明人辑《宋之问集》二卷。《全唐诗》编诗三卷。

司空图

司空图（837—908），字表圣，河中（治今山西永济）人。咸通十年（869）进士，官礼部郎中、知制诰、中书舍人，后归隐中条山王官谷，自号知非子、耐辱居士。有《司空表圣文集》三十卷、《司空表圣诗集》五卷。《全唐诗》编诗三卷。

司马扎

司马扎（约826—约878），一说京兆茂陵（今陕西兴平）人。曾登进士第。《全唐诗》编诗一卷。

T

陶　翰

陶翰，生卒年不详，润州丹阳（今江苏镇江）人。开元十八年（730）进士，又擢博学宏词科、书判拔萃科，授华阴丞。天宝中，屡官大理评事、太常博士，官终礼部员外郎。长于五言诗。《全唐诗》编诗一卷。

唐彦谦

唐彦谦（？—约893），字茂业，自号鹿门先生，并州晋阳（今山西太原）人。咸通时屡举进士不中。乾符末，避乱汉南。后官河中从事，晋、绛、阆、壁四州刺史，兴元节度副使。有《唐彦谦诗集》三卷。《全唐诗》编诗二卷。

W

魏　徵

魏徵（580—643），字玄成，魏郡内黄（今河南内黄西北）人。隋末从李密起义，掌管书檄，后入唐辅佐李世民，为人犯颜敢谏，陈二百余事，无不剀切可采，深受赏识和尊重，累官至左光禄大夫，封郑国公。后拜太子太师，以疾卒官。《全唐诗》编诗一卷。

武元衡

武元衡（758—815），字伯苍，缑氏（今河南偃师东南）人。建中四年（783）进士，任华原县令。德宗知其才，召授比部员外郎，寻擢御史中丞。宪宗元和二年（807），拜门下侍郎平章事，寻出为剑南节度使。后因主张强势对抗藩镇，早朝路上为刺客所杀。有《临淮集》十卷。《全唐诗》编诗二卷。

温庭筠

温庭筠（？—866），原名岐，字飞卿，太原（今山西太原）人。数举进士不第，仕途不得意，宣宗大中末，授随县尉，历巡官、方城尉，终国子助教。世称“温方城”“温助教”。诗与李商隐齐名，时称“温李”。词与韦庄齐名，并称“温韦”。有《温飞卿集》七卷，别集一卷。《全唐诗》编诗九卷。

吴　融

吴融（约850—903），字子华，越州山阴（今浙江绍兴）人。龙纪元年

(889)进士,累迁侍御史、礼部郎中,官至中书舍人。天复元年(901),朱全忠兵犯京师,昭宗避难凤翔,吴融流落阌乡。天复三年(903)召还,任翰林学士,迁翰林承旨。有《唐英歌诗》三卷。《全唐诗》编诗四卷。

韦　庄

韦庄(约836—910),字端己,长安杜陵(今西安东南)人。少孤贫力学,大中时迁虢州,居十载,后辞家泛潇湘,游江南。屡举进士不第,乾宁元年(894)始中,授校书郎,迁左补阙。后以中原多故入蜀,为西川节度使王建掌书记。王建称帝,官至宰相。工诗能词,与温庭筠齐名,世称"温韦"。有《浣花集》十卷和《浣花词》行世。《全唐诗》编诗六卷。

汪　遵

汪遵,宣州泾县(今安徽泾县)人。初为小吏,后辞役就贡。咸通七年(866)进士及第。诗多为怀古之作,擅长七绝。《全唐诗》存诗一卷。

王　维

王维(701?—761),字摩诘,河东蒲州(今山西永济)人。开元九年(721)进士,官至给事中。安史之乱中因受伪职,降为太子中允,后官至尚书右丞,世称"王右丞"。晚年居于蓝田辋川别墅。工诗善画,苏轼称赞其"诗中有画,画中有诗"。尤以山水诗成就最高,与孟浩然合称"王孟"。有《王右丞集》十卷。《全唐诗》编诗四卷。

王　勃

王勃(650或649—676),绛州龙门(今山西河津)人。麟德初应举及第,授朝散郎。咸亨三年(672)补为虢州参军,因匿杀官奴获罪,遇赦革职。后往交趾探父,归程溺水,受惊而死。为"初唐四杰"之一。有明人辑《王子安集》十六卷。《全唐诗》编诗二卷。

韦应物

韦应物(约737—791),字义博,京兆万年(今西安)人,少以三卫郎事玄宗。安史之乱后,入太学,折节读书,中进士,历任洛阳丞、京兆府功曹、比部员外郎、滁州刺史、江州刺史、左司郎中、苏州刺史等,故世称"韦江州""韦左司""韦苏州"。其诗以写田园风物著名,与王维、孟浩然、柳宗元并称为“王孟韦柳”。有《韦苏州集》。《全唐诗》编诗十卷。

无 可

无可，范阳涿（今河北涿州）人，俗名贾区，贾岛从弟。少出家，与贾岛同居长安青龙寺，后云游各地，曾居终南山、华山等地。诗善五律，与贾岛、周贺齐名。《全唐诗》编诗二卷。

王 建

王建（约 767—约 830），字仲初，许川（治今河南许昌）人。大历进士，官昭应县丞、渭南尉。长庆初，由太府寺丞转秘书郎。大和二年（828）出为陕州司马。晚年退职居咸阳原上。曾从军塞上，擅长乐府诗，与张籍并称“张王乐府”。有《王司马集》。《全唐诗》编诗六卷。

魏知古

魏知古（647—715），深州陆泽（今河北深州西）人。弱冠举进士，初任著作郎兼修国史。长安中，历凤阁舍人。神龙初，擢吏部侍郎。睿宗即位，召拜黄门侍郎，迁散骑常侍，同平章事。开元初，改紫微令，终工部尚书。《全唐诗》存诗四首。

X

许敬宗

许敬宗（592—672），字延族，杭州新城（今浙江富阳西南）人。隋大业举秀才。隋末从李密起义。入唐，召为秦王府学士，为十八学士之一。贞观时为著作郎。高宗即位，擢礼部尚书，终右相。有集八十卷，《全唐诗》存诗二十七首。

许 浑

许浑，字用晦，一作仲晦，郡望安陆（今湖北安陆），籍贯洛阳。后移家京口（今江苏镇江）。大和六年（832）进士，初任当涂、太平二县令。大中初入为监察御史，历虞部员外郎，睦、郢二州刺史。诗长于律体，曾自编诗集《丁卯集》，故世称“许丁卯”。有《丁卯集》二卷行世。《全唐诗》编诗十一卷。

薛　逢

薛逢(约806—约874),字陶臣,蒲州河东(今山西永济西)人。会昌元年(841)进士,授秘书省校书郎,约会昌五年(845)任虢州属县县吏。后历万年尉、秘书郎,迁侍御史,以尚书郎分司东都,出为嘉、蓬、绵三州刺史。再还为给事中,官终秘书监。《全唐诗》存诗一卷。

薛　能

薛能(817—880),字太拙,汾州(今山西汾阳)人。会昌六年(846)进士。大中八年(854)书判中选,补盩厔尉,辟太原、陕虢、河阳从事。历任嘉州刺史,工部尚书,徐州、忠武节度使等职。广明元年(880)为部将周岌所害。喜为诗,日赋一章。有《薛许昌集》。《全唐诗》存诗四卷。

徐　夤

徐夤,字昭梦,别号钓矶,泉州莆田(今福建莆田)人。早年屡试不第,至乾宁元年(894)须鬓交白时始登进士第,授秘书省正字。后客游汴梁朱全忠幕府两年,归闽后入王审知幕十余年,后辞官归隐莆田延寿溪。有《钓矶文集》五卷。《全唐诗》编诗四卷。

许　棠

许棠(822—?),字文化,宣州泾县(今安徽泾县西)人。咸通十二年(871)五十岁中进士及第,辟淮南馆驿官,授泾县尉。后任虔州从事、江宁丞。有《许棠集》一卷。《全唐诗》编诗二卷。

徐贤妃

徐贤妃(627—650),名惠,湖州长城(今浙江长兴)人。聪慧能诗文,太宗召为才人,历婕妤、充容。太宗去世后,哀慕成疾,高宗永徽元年(650)病逝,被追赠贤妃。《全唐诗》存诗五首。

萧颖士

萧颖士(717—759),字茂挺,祖籍南兰陵(治今江苏常州西北),生于颍川。开元二十三年(735)进士。历秘书省正字、金坛尉、集贤校理、广陵郡参军、河南府参军等。安史乱起，辟任襄阳、淮南二镇掌书记，扬州功曹参军。文与李华齐名，称“萧李”。《全唐诗》编诗一卷。

徐安贞

徐安贞（约667—约731），初名楚璧，龙丘（在今浙江衢州）人。应制举，一岁三登甲科。开元中为中书舍人、集贤院学士。玄宗属文，多令视草。终中书侍郎。《全唐诗》存诗十一首。

薛　稷

薛稷（649—713），字嗣通，蒲州汾阴（今山西万荣）人。官至太子少保、礼部尚书，世称“薛少保”，工书画，与欧阳询、虞世南、褚遂良并称“唐初四大书家”。《全唐诗》存诗十四首。

Y

杨敬真

杨敬真，中唐虢州阌乡长寿乡天仙村田家女，王清之妻，生平不详。

杨　炯

杨炯（650—?），华阴（今陕西华阴）人。幼有文名，十岁举神童。上元三年（676）应制举及第，授校书郎，迁太子詹事司直，充崇文馆学士。武后时，左迁梓州司马参军、盈川令，故世称“杨盈川”。与王勃、卢照邻、骆宾王以文词齐名，号“初唐四杰”。有明人辑《盈川集》十卷。《全唐诗》编诗一卷。

元　稹

元稹（779—831），字微之，河南人，居京兆万年（今陕西西安）。贞元九年（793）举明经科、书判拔萃科。与白居易友善，世称“元白”。有《元氏长庆集》。

于　邺

于邺，唐末进士。后唐明宗时官都官员外郎、工部郎中。《全唐诗》编诗一卷。

杨齐哲

杨齐哲，生卒年未详，弘农（今灵宝）人。曾参与修撰《三教珠英》。武后长安四年（704）任洛阳县尉。《全唐诗》存诗一首。

姚　合

姚合（777—843），字大凝，陕州硖石（今三门峡陕州区）人。姚崇曾侄孙。元和十一年（816）进士，授武功主簿，累官监察御史、侍御史、右谏议大夫、陕虢观察使等职，开成末，终秘书少监。世称“姚武功”“姚少监”，其诗派称“武功体”，与贾岛并称“姚贾”。有《姚少监诗集》十卷，又编有《极玄集》。《全唐诗》编诗七卷。

姚　鹄

姚鹄（约808—？），字居云，蜀（今四川）人。会昌三年（843）进士，累官至台州刺史，兼御史中丞。《全唐诗》编诗一卷。

杨贵妃

杨贵妃（719—756），玄宗贵妃，小字玉环。蒲州永乐（今山西芮城）人。初为玄宗子寿王瑁妃。后为女道士，号“太真”。旋入宫，深得玄宗宠幸。天宝四载（745）封为贵妃；后安史乱军破潼关，玄宗逃至马嵬驿，侍卫将士请斩杨国忠、贵妃，乃赐死于路旁。《全唐诗》存诗一首。

杨於陵

杨於陵（约753—约830），字达夫，弘农（今河南灵宝）人。大历进士，授润州句容主簿，节度使韩滉奇之，择为婿。韩滉卒后，入为膳部员外郎。历官吏部郎中、中书舍人、潼关防御、镇国军使、浙东观察使、户部侍郎。《全唐诗》存诗三首。

羊士谔

羊士谔（约762—约821），字谏卿，祖籍泰山（今山东泰安），家于洛阳。贞元元年（785）进士。累迁至宣歙观察使巡官。元和初，拜监察御史，迁侍御史，出为资州刺史。再入为户部郎中。《全唐诗》存诗一卷。

Z

张九龄

张九龄(673 或 678—740),字子寿,一名博物,韶州曲江(今广东韶关西南)人。进士出身,任左拾遗,迁右补阙。唐玄宗时为相。后为李林甫所谮,贬荆州长史。有《张曲江集》二十卷。《全唐诗》编诗三卷。

周　贺

周贺(约 777—?),字南卿,一作南云,东洛(今洛阳)人。初居庐山为僧,法名清塞。杭州刺史姚合爱其诗,遂命还俗,改名贺。曾至陕州投姚合。后归隐庐山草堂。诗与贾岛、无可齐名,有《周贺诗集》一卷。《全唐诗》编诗一卷。

张　祜

张祜(约 789—约 853),字承吉,一说为南阳(今河南南阳)人。早年寓居姑苏,至长安,为元稹排挤,抑郁而归,晚年隐居丹阳。以宫词著名,有《张承吉文集》十卷。《全唐诗》编诗二卷,《全唐诗外编》辑诗四卷。

郑　谷

郑谷,字守愚,宜春(今属江西)人。光启进士。官都官郎中,人称"郑都官"。又以《鹧鸪诗》得名,人称"郑鹧鸪"。有《云台编》三卷。《全唐诗》编诗四卷。

周　昙

周昙,唐末曾任国子直讲。专力写咏史诗,有《咏史诗》八卷,已佚。《全唐诗》编诗二卷。

张　说

张说(667—731),字道济,一字说之,洛阳人。进士出身,授太子校书郎,累迁凤阁舍人。因不附张易之兄弟而流配钦州。中宗复位,召为黄门侍郎等职。睿宗朝,进同中书门下平章事。玄宗时,任中书令,封燕国公。张说前后三度为相,擅长文辞,当时朝廷重大文件多出其手,与苏颋并称

"燕许大手笔"。有《张燕公集》三十卷。《全唐诗》编诗五卷。

郑还古

郑还古，号谷神子，郡望嵩山荥阳。初居青、齐(今山东中部)，后徙家洛阳。元和进士，曾为河中从事，坐谤，贬吉州掾曹。后入京为国子博士。著有《博异志》一卷。《全唐诗》存诗三首。

祖 咏

祖咏，洛阳人，后迁居汝水以北。开元十二年(724)进士。与王维友善。有明人辑《祖咏集》一卷。《全唐诗》编诗一卷。

赵 嘏

赵嘏，字承祐，楚州山阳(今江苏淮安)人。会昌进士，授渭南尉，卒于任上，世称"赵渭南"。有《渭南诗集》二卷。《全唐诗》编诗二卷。

郑 繇

郑繇，荥阳(今河南荥阳)人。嗣圣元年(684)进士。官右拾遗、监察御史。开元间，出为陈、湖、博三州刺史。《全唐诗》存诗二首。

郑 审

郑审，荥阳(今河南荥阳)人，郑繇之子。开元中，官殿中侍御史，充馆驿使。天宝中，历司勋员外郎、吏部郎中、谏议大夫。乾元中，出为袁州刺史。大历初，官秘书监，出为江陵少尹。《全唐诗》存诗二首。

朱庆馀

朱庆馀，名可久，字庆馀，越州(今浙江绍兴)人。宝历二年(826)进士，官秘书省校书郎。有《朱庆馀诗集》一卷。《全唐诗》编诗二卷。

附录二

隋唐崤函古道行宫设置分布表

行宫名称	行宫位置	建宫年代	使用年代
轩游宫（别院宫、阌乡别馆）	虢州阌乡县（今灵宝市豫灵镇文底南原村附近）	隋	隋、唐
上阳宫	虢州湖城县（今灵宝市阳平镇文乡村附近）	隋初	隋、唐
桃源宫	陕州灵宝县（今灵宝市大王镇后地村西南）	唐武德元年（618）	唐
陕城宫（弘农宫）	陕州陕县（今三门峡市湖滨区陕州故城）	隋大业初	隋、唐
绣岭宫	陕州硖石县（今三门峡市陕州区菜园乡高家庄村南）	唐显庆三年（658）	唐
兰峰宫	河南府永宁县（今陕州区宫前乡宫前村北）	唐显庆三年	唐
莎栅宫	河南府永宁县莎栅城（今陕州区宫前乡宫前村兰峰宫东三里）	唐	唐
绮岫宫	河南府永宁县西（今洛阳市洛宁县东宋镇南、北旧县村）	唐显庆三年	唐
福昌宫	河南府福昌县（今洛阳市宜阳县三乡镇连昌河之东）	隋	隋、唐
兰昌宫	河南府福昌县西（今宜阳县三乡镇南寨村）	唐	唐

续表

行宫名称	行宫位置	建宫年代	使用年代
连昌宫	河南府寿安县西(当为福昌县,今宜阳县三乡镇三乡村北)	唐显庆三年	唐
兴泰宫(凉宫)	河南府寿安县西南(今宜阳县赵保乡赵保村)	唐长安四年(704)	唐
显仁宫(明德宫、昭仁宫)	河南府寿安县(今宜阳县周村、苗村一带)	隋大业元年(605)	隋、唐
甘泉宫	河南府寿安县东(今宜阳县甘水上游一带)	隋大业元年	隋、唐
连曜宫	河南府寿安县(今宜阳县)	唐	唐
紫桂宫(避暑宫、芳桂宫)	河南府渑池县(今三门峡市渑池县陈村乡黄花村)	唐仪凤二年(677)	唐

附录三

隋唐崤函古道馆驿设置分布表

馆驿名称	馆驿位置	建驿年代	驿距(里)
关西驿	今渭南市潼关县秦东镇黄河边	唐	—
潼关驿	今潼关县秦东镇黄河边	唐	二
阌乡驿	今灵宝市豫灵镇文底南原村	唐	三十
盘豆驿（盘豆馆）	今灵宝市故县镇娄店下黄河滩地	唐	二十五
湖城驿	今灵宝市阳平镇文乡村附近	唐	二十八
荆山馆（荆馆）	今灵宝市阳平镇张村	唐	—
柏人（仁）驿（虢州公馆）	今灵宝市城关镇	唐	五十二
稠桑驿	今灵宝市函谷关镇稠桑村沙河口西侧	隋	三十（一）
桃林驿	今灵宝市大王镇老城村	隋	二十（二）
甘棠驿	今三门峡市区陕州故城	唐	七十
硖石驿	今三门峡市陕州区菜园乡北石门村东	唐	五十
嘉祥驿	今陕州区宫前乡宫前村东	唐	三十
鹿桥驿	今洛阳市洛宁县中河乡旧县村	唐	三十
临泉驿	今洛宁县东宋镇官庄村	唐	三十
三乡驿	今洛阳市宜阳县三乡镇	唐	二十五

续表

馆驿名称	馆驿位置	建驿年代	驿距(里)
福昌馆	今宜阳县韩城镇福昌村北	唐	二十五
宜阳馆	今宜阳县韩城镇东关村韩都宜阳城	唐	十四
柳泉驿	今宜阳县柳泉镇	唐	二十五
甘棠馆(寿安南馆、寿安水馆)	今宜阳县县城内	唐	三十
寿安山馆(寿安山阴馆)	今宜阳县寿安山北、锦屏镇河下村附近	唐	十三
三泉驿	今宜阳县城关镇苗村	唐	十二
甘水驿	今洛阳市洛龙区丰李镇小作村附近,甘水与洛河会合处	唐	十八
临都驿	今洛阳市城西五里处	唐	二十
芳桂宫驿	今三门峡市渑池县陈村乡黄花村	唐	—
渑池南馆	今渑池县城关镇	唐	五
新安驿	今洛阳市新安县城关镇	唐	六十

注:(一)此为湖城驿至稠桑驿驿距。(二)自柏人(仁)驿(虢州公馆)至桃林驿(桃林传舍)约为三十里。

附录四

唐帝东幸洛阳简表

帝号	次序	往返时间与线路	东幸时间	资料来源
太宗	1	贞观十一年(637)二月甲子,上行幸洛阳宫;三月丁亥,车驾至洛阳。十二年(638)二月乙卯,车驾西还;癸亥,幸河北,观砥柱;乙丑,次陕州,自新桥幸河北县,上祀禹庙;丁卯,至柳谷,观盐池;庚午,至蒲州;乙亥,猎于河滨;甲戌,幸长春宫;丁未,车驾至京师	一年	《资治通鉴》唐纪十、十一;《旧唐书·太宗纪》;《新唐书·太宗本纪》
	2	贞观十五年(641)正月辛巳,幸洛阳宫;十一月壬申,车驾西归长安;十二月戊子,车驾至京师	十个月	《资治通鉴》唐纪十二;《旧唐书·太宗纪》
	3	贞观十八年(644)十月甲寅,车驾行幸洛阳;己巳,畋于渑池之天池;十一月壬申,至洛阳。十九年(645)二月庚戌,上自将诸军发洛阳,征高丽	四个月	《资治通鉴》唐纪十三
高宗	1	显庆二年(657)闰正月壬寅,上行幸洛阳;二月,辛酉,车驾至洛阳宫。三年(658)二月丁巳,上发东都;甲戌,至京师	一年又一月	《资治通鉴》唐纪十六
	2	显庆四年(659)闰十月戊寅,上发京师;戊戌,车驾至东都。龙朔二年(662)三月甲午,车驾发东都;辛亥,幸蒲州;四月庚申朔,至京师	二年又五月	《资治通鉴》唐纪十六
	3	麟德二年(665)二月壬午,车驾发京师;丁酉,至合璧宫;闰三月壬申朔,车驾至东都;十月丙寅,上发东都,往祀泰山	十个月	《资治通鉴》唐纪十七

续表

帝号	次序	往返时间与线路	东幸时间	资料来源
高宗	4	咸亨二年(671)正月甲子,上幸东都。三年(672)十月壬戌,车驾发东都;十一月,甲辰,车驾至京师	一年又十月	《资治通鉴》唐纪十八
	5	上元元年(674)十一月丙午朔,车驾发京师;己酉,校猎华山之曲武原;戊辰,至东都。仪凤元年(676)三月庚寅,车驾西还;戊午,车驾至九成宫;十月,车驾还京师	一年又四月	《资治通鉴》唐纪十八
	6	调露元年(679)正月己酉,上幸东都。永隆元年(680)十月己酉,车驾西还	一年又九月	《资治通鉴》唐纪十八
	7	永淳元年(682)四月丙寅,幸东都;乙酉,车驾至东都。弘道元年(683)十二月己酉,崩于东都贞观殿	一年又八月	《资治通鉴》唐纪十九
武后		大足元年(701)十月壬寅,太后西入关;辛酉,至京师。长安三年(703)十月丙寅,车驾发西京;乙酉,至神都。除此两年居长安外,余均在东都洛阳		《资治通鉴》唐纪二十三
玄宗	1	开元五年(717)正月辛亥,行幸东都。达崤谷,道隘不治。上欲免河南尹及知顿使官,宋璟谏,上命释之。二月甲戌,至东都。六年(718)十月丙申,车驾还京师;十一月辛卯,车驾至西京	一年又九月	《资治通鉴》唐纪二十七、二十八;《旧唐书·玄宗纪》
	2	开元十年(722)正月丁巳,上行幸东都;二月戊寅,上至东都。十一年(723)正月己巳,车驾自东都北巡;庚辰,至潞州;辛卯,至并州;二月戊申,还至晋州;壬子,祭后土于汾阴;三月庚午,车驾至京师	一年又二月	《资治通鉴》唐纪二十八
	3	开元十二年(724)十一月庚午,上幸东都;戊寅,至东都。十五年(727)闰九月庚申,车驾发东都;己卯,至西京	二年又十一月	《资治通鉴》唐纪二十八、二十九

续表

帝号	次序	往返时间与线路	东幸时间	资料来源
玄宗	4	开元十九年(731)十月丙申,上幸东都。二十年(732)十月,壬午,上发东都;辛卯,幸潞州;辛丑,至北都;十一月,庚申,祀后土于汾阴;十二月,辛未,还西京	一年	《资治通鉴》唐纪二十九
	5	开元二十二年(734)正月己巳,上发西京;己丑,至东都。二十四年(736)十月戊申,车驾发东都,过陕州;甲子,至华州;丁卯,至西京	二年又十月	《资治通鉴》唐纪三十;《旧唐书·玄宗纪》

参考文献

[1]中华书局编辑部点校. 全唐诗(增订本). 北京:中华书局,1999.

[2]周勋初、傅璇琮等主编. 全唐五代诗. 西安:陕西人民出版社,2014.

[3]陈贻焮主编. 增订注释《全唐诗》. 北京:文化艺术出版社,2001.

[4]傅璇琮、陶敏等著. 新编唐五代文学编年史. 沈阳:辽海出版社,2012.

[5]陈文新主编. 中国文学编年史·隋唐五代卷. 长沙:湖南人民出版社,2006.

[6]陈伯海主编. 唐诗汇评(增订本). 上海:上海古籍出版社,2015.

[7]张忠纲主编. 全唐诗大辞典. 北京:语文出版社,2000.

[8]周勋初主编. 唐诗大辞典. 南京:凤凰出版社,2003.

[9]《全唐诗词语通释》编纂组编著. 全唐诗词语通释. 合肥:安徽大学出版社,2017.

[10]周蒙、冯宇主编. 全唐诗广选新注集评. 沈阳:辽宁人民出版社,1994.

[11]李久昌等. 陕州文化. 郑州:河南人民出版社,2020.

[12][清]王琦注. 李太白全集. 北京:中华书局,1977.

[13]郁贤皓注评. 李白全集注评. 南京:凤凰出版社,2018.

[14]陈铁民、侯忠义校注. 岑参集校注. 上海:上海古籍出版社,1981.

[15]廖立笺注. 岑嘉州诗笺注. 北京:中华书局,2004.

[16]刘开扬笺注. 岑参诗集编年笺注. 成都:巴蜀书社,1995.

[17]高文、王刘纯选注. 高适岑参选集. 上海:上海古籍出版社,2016.

[18][清]仇兆鳌详注. 杜诗详注. 北京:中华书局,1979.

[19]钱仲联集释. 韩昌黎诗系年集释. 上海:上海古籍出版社,1984.

[20]瞿蜕园笺证. 刘禹锡集笺证. 上海:上海古籍出版社,1989.

[21]孙丽编著. 刘禹锡诗全集. 武汉:湖北辞书出版社,2018.

[22]吴企明笺注.李长吉歌诗编年笺注.北京:中华书局,2012.
[23]闵泽平编著.李贺全集.武汉:崇文书局,2015.
[24]周相录校注.元稹集校注.上海:上海古籍出版社,2011.
[25]谢永芳编著.元稹诗全集.武汉:崇文书局,2016.
[26]朱金城笺注.白居易集笺校.上海:上海古籍出版社,1988.
[27]谢思炜校注.白居易诗集校注.北京:中华书局,2006.
[28]吴河清校注.姚合诗集校注.上海:上海古籍出版社,2012.
[29]吴在庆校注.杜牧集系年校注.北京:中华书局,2008.
[30]罗时进笺证.丁卯集笺证.北京:中华书局,2012.
[31]郑在瀛编著.李商隐诗全集.武汉:崇文书局,2015.
[32]刘学锴、余恕诚著.李商隐诗歌集解.北京:中华书局,1988.
[33]聂安福笺注.韦庄集笺注.上海:上海古籍出版社,2002.
[34]谢永芳校注.韦庄诗词全集.武汉:崇文书局,2018.

后　　记

十多年来，我一直执着于崤函古道的考察与研究，为此收集整理了大量相关的唐诗，本是为以诗证史，丰富和提升研究内容，但随着唐诗收集数量的增多和认识的加深，我惊奇地发现，崤函古道作为唐王朝连接长安、洛阳两京最重要的交通线，不仅是唐帝国最繁忙的一条交通干线，也是一条魅力四射的唐代诗歌生产和传播之路。唐代众多诗人在这条长达五百里的道路上行旅漫游、击节高歌，边走边写、边写边走，创作了大量脍炙人口的诗篇。诞生于崤函古道上的诗歌既是唐代交通发展的一大盛景，也是文化史上一道亮丽的文化景观，诗与路相得益彰、融为一体，铺就了一条典型的唐诗之路——崤函唐诗之路。我深为崤函古道与唐诗发展的密切关系、为诗人们一路行吟的种种诗境和浓厚的文化情怀倾倒，也为目前尚未有崤函唐诗之路相关书籍出版惋惜。因之，在完成《崤函古道史》后，我立即着手编撰崤函古道交通线路唐诗总集《崤函古道唐诗全编》。三秦出版社副总编辑贾云先生得知后，以出版家的眼光，建议我先行做个选本，以宣传崤函唐诗之路，弘扬正能量，增强文化自信。这给我以很大的鼓舞，于是，便有了这本小书——《崤函：唐诗之路》。

编选这样一部唐诗选本并非易事。编选过程中，所遇最大的难处，便是如何确定所选唐诗是在吟咏崤函或在崤函所作。因为有相当部分诗作，学界有不同意见。如因有灵宝秦函谷关、魏函谷关和新安函谷关之分，吟咏函谷关的唐诗究竟是在吟咏哪一座函谷关，其写作时代和背景又是怎样的，要厘清这些疑问，需要翻阅古今大量研究成果，结合交通线路走向和诗人行迹，择善做出判断。又如，蔡希寂《赠张敬微》“大河东北望桃林”，望的究竟是桃林塞还是桃林县？再如，唐代硖石县有南、北之分，前者在崤山南路上，后者在崤山北路，相差甚远，唐诗中所言之“硖石”，究竟指的是南硖石县，还是北硖石县。类似的问题还有许多，甚至已对读者造成一定的误导。为了准确写好注解，所选唐诗，大体都经过了这样一个阅读、判断、考证的过程，虽不能做到尽善尽美，但已力争减少误说、误释。

本书的完成，曾蒙许多同仁、朋友的支持和帮助。2009 年，我曾约请倪玲玲副教授、张翼副教授、郭红欣教授、樊莉娜副教授、马志强副教授等一起进行相关唐诗诗目收集，后因故停顿。今年书稿草成后，又承倪玲玲、樊莉娜审阅并多加匡正。倪教授还帮助解决了本书课题立项(SZYGCCRC－2020－001)问题。作为出版方，三秦出版社赵建黎总编辑、贾云副总编辑对本项目给予了大力支持，何飞燕主任、胡若涵编辑认真负责，为本书顺利出版付出了辛苦劳动，谨于此一并表示诚挚的感谢。同时还要感谢李翠莲高级会计师、陈玮教授、齐天峰教授的支持和配合。感谢赵艳军、徐小亮两位好友费心收集、提供宝贵的参考资料。感谢三门峡市委宣传部任战洲副部长，陕州区文化广电和旅游局卫冠军局长、刘江涛主任，渑池县委宣传部贺晓鹏副部长，灵宝市委宣传部赵江峰副部长、李雯科长等热心提供的文字、视频资料。

本书题解、注释，参考、征引了不少前贤时彦的作品和成果，特附列主要参考文献于附录后，以志其德泽。唯囿于体例，仍有不能逐一注明的，待《崤函古道唐诗全编》出版时补注弥补，在此谨表歉意和感谢。

崤函古道是中国古代最负盛名且最富政治、军事和经济价值的东西大干道，唐太宗李世民《入潼关》一诗中的“崤函称地险，襟带壮两京”“冠盖往来合，风尘朝夕惊”，十分形象地概括了这条古道对唐王朝、对大唐盛世的重要作用。这部《崤函：唐诗之路》，可以说既是对崤函古道曾经的辉煌、对唐代诗人华美的咏唱表达我们的温情与敬意，同时也蕴含着我们对未来的美好期待，希望在黄河流域生态保护和高质量发展这一重大国家战略推进中，崤函古道所在地区能够重新焕发风采，也希望为大家行走崤函、踏访古道、触摸历史、感知文明、读懂中国，为当地梳理地方历史文化和发展文化产业，提供一个有益的文化参考。

由于学养水平以及参考资料有限，讹误之处在所难免，敬请专家和读者不吝赐教。

李久昌

2022 年 10 月 11 日夜